漂砂のうたう

木内　昇

集英社文庫

漂砂のうたう

一

どうやらこの辺りでは、綿虫のことを大綿と呼ぶらしい。

先刻から童《わらべ》の囃子歌《はやしうた》が、路地を抜けて忍び込んできている。

〽大綿来い来い、飯《まま》食わっしょ
飯が嫌なら餅食わしょ
大綿来い、来いよーう

歌声はまたたく間に木枯らしにからめ捕られ、土器《かわらけ》を擦《こす》り合わせたようないびつな高音となって響き合う。廓《くるわ》の中に渦巻きはじめる。

定九郎《さだくろう》は大きく伸びをして、妓夫台《ぎゆうだい》から腰を上げた。

根津遊廓《ねづゆうかく》を南北に貫く八重垣丁通《やえがきちようどお》りに歩み出て、空を仰ぐ。通りには吉原仲《よしわらなか》の町《ちよう》を模した桜並木があり、冬の声を聞いてすっかり葉を落としたその枝々の間を、粉雪のように綿虫は舞っていた。暮れどきの陽を、裳裾《もすそ》になびかせた白い綿に灯《とも》した無数の虫は廓には不似合いな清らかさで、意志があるのかないのか、ただふらふらと風に漂う様を見るうちに、定九郎はつい眠気がさして人目もはばからず大あくびをする。

ザラリ、と口の中がざわついた。あくびの拍子に、うっかり綿虫まで吸い込んでしまったらしい。唾を吐き出す。黒く濡《ぬ》れた地面に、なんとか浮かび上がろうと懸命にもがく虫を見つける。唾液にまみれ、優雅な綿を失ったみすぼらしい羽虫の姿だ。定九郎はしゃがみ込んで、そいつを目に焼きつける。

「おい、番頭っ」

後ろから呼ばれて、ゆるりと立ち上がった。なるたけ柔らかに見えるよう笑みを作り、見世《みせ》へと振り向きつつ自分の吐いた唾を、綿虫ごと下駄の歯で踏みしだいた。門口では、遣手《やりて》が腰に手を当てて立っている。

「勝手に台を空けるな。何度も言われてんだろう。龍造《りょうぞう》に見つかったら、またどやされるぞ」

定九郎は肩をすくめて、耳の後ろを掻《か》いてみせた。そういう仕草を遣手が好むことを、よく知っているからだ。

見世の玄関口に据えられた妓夫台と呼ばれる腰掛けが、美仙楼《みせんろう》で立番《たちばん》として働く定九郎の持ち場である。台は半畳の枡形《ますがた》で、暖簾《のれん》をくぐった土間の両端にひとつずつ置かれている。向かって右、花魁《おいらん》が張見世《はりみせ》をする格子に近いほうが本番口で、ここには立番より格上の妓夫太郎《ぎゆうたろう》が座る。立番は左側の脇口が居敷《いしき》なのだが、妓夫のいない昼見世の間は本番口に座り、ひとりで役を担うことになっていた。台の上から客を引いては、揚代《あげだい》を掛合うのだ。

　相手の稼業や懐具合はどのあたりか、やくざ者や同業者といった厄介者が紛れ込んでいないか。短いやりとりの中で素早く素性を見抜くのが、門口を守る者の務めだった。妓夫太郎の龍造なぞは、どんな相手でも面《つら》と形《なり》を一瞥《いちべつ》しただけで出自から財産まですべてわかると言い切るだけあって、通りを歩いてくる客と目が合ったときにはすでに、そいつからもぎ取る金の試算が腹の中でできているらしい。

　もっとも、玄関口でいきなり吹っ掛けるような真似《まね》はしない。根津の揚代は、小見世二十銭、大見世になると四十銭が相場で、中見世の美仙楼も三十銭と一応は定められた額がある。懐の温かそうな客には多少の上乗せをするが、揚代の他は一文も掛からぬような煽《あお》り文句で客を釣り、敷居を跨《また》ぎやすくしたところで花魁の世話をする遣手に繋ぐ。遣手は、二階の引付座敷《ひきつけざしき》に客を案内しながら酒や台の物をさりげなくねだり、巧みに金額を吊《つ》り上げていく。旦那のようなお方じゃあ花魁のほうが入れ込んじまう、どうぞほどほどにしてやってくださいましよ。こう囁《ささや》けば、たいがいの客は財布に紐《ひも》が付いていることなど忘れてしまう。

「それからおまえ、今日こそ龍造に言うんだよ。見世をつけるのは立番の役目なんだから、こっちにやらせろ、ってさ」

へえ、と応えて、定九郎はもう一度肩をすくめてみせた。

「なにも奴を立てる義理はないんだ。おまえ、明けて二十六だって。龍造とひとつっきゃ違わないじゃないか。もう妓夫に上がってもいい頃なんだから」

「したってわっちは、ここじゃあ新参者ですし、妓夫に上がれるかどうか、そればっかりは兄さんの判じですから」

「だからってそう後ろにすっこんでちゃあ、いつんなってもお鉢は回ってこないんだ。いざとなったら、あたしっから御内証《ごないしょう》に頼んでやっから」

楼主《ろうしゅ》まで持ち出して焚《た》きつける。遣手が言葉を継ぐごとに、縮み紙のような顔の皺《しわ》や手の甲に浮かんだ蟇痣《ひきあざ》が、伸びたりひしゃげたりした。

客が廓に落とす金額を吊り上げるのはもちろんだが、遣手の腕の見せ所はむしろ、敵《あい》娼《かた》の見立てにある。客が床を急ぐ生野暮《きやぼ》か、作法を知らぬ浅葱裏《あさぎうら》か、それとも遊び慣れた粋人か。外見だけで床ぶりまで見通し、性《しょう》の合いそうな妓《おんな》を添わす勘は、かつて花魁として見世に出ていた女特有のものだろう。

ところが龍造は遣手に客を渡す際、敵娼の指図まですることが再々あった。遣手はそのたび律儀に腹を立て、といって門口を仕切る妓夫と大っぴらにやり合うわけにもいかないのだろう、溜まりに溜まった鬱憤《うっぷん》を、新造《しんぞ》への小言と、無害な定九郎への親切という形で発散させていた。

「それじゃあ近く、兄さんに頼んでみます。わっちもいい加減、この不甲斐《ふがい》ねぇのを改めねぇと」

定九郎は素直に頭を下げる。それからはにかんだふうに口元を緩め、ためらってみせたのちにひとこと添えた。

「すみません。いっつもおばさんばっかり頼みにして」

世の中の裏という裏をくぐってきた女の顔が、飴玉《あめだま》をもらった童女のごとく華やいだ。遣手は目尻を下げて頷《うなず》くと、「龍造に断られたら、あたしに言うんだよ。あんたになんかあったら、そんときこそは容赦しないんだ」と言い置いて、見世の奥へと姿を消した。

定九郎は妓夫台に戻る。頬に薄笑いを浮かべて、見世の前の八重垣丁通りに目を遣《や》った。もう童の歌は聞こえず、代わりにすり切れた落ち葉の転がる鈍い音が鳴っている。先刻の残映は消え、宵闇が足下から這《は》い上ってきていた。もうしばらくすると昼見世を仕舞う頃になる。

灯ともし頃、表を掃いていた定九郎は、低い声に襟首を掴《つか》まれた。妓夫太郎の龍造が、通りを歩いてくる。足を素早く運ぶたび、縞《しま》の裾から紫の襦袢《じゅばん》が覗く。龍造は毎日、午前二時の大引けまで務めるため、昼見世は定九郎に任せて夕刻廓に入り、夜見世から台につくのだ。

「そこはええから、御内証の、例の用足しに行っつくんな」

この刻になると龍造は、決まって命じた。

夜見世を開ける前、どの妓楼《ぎろう》でもひとつの儀式が執り行われる。「見世をつける」と呼ばれる、げん担ぎの習わしである。

まず、楼主の居室である内証の神棚に灯明をあげ、帳場の縁起棚に向かって火打石を切る。福を呼び込むと信じられている鼠《ねずみ》を真似た「鼠鳴き」をしながら楼内を巡り、下足札の引き打ちをする。最後に、張見世のため籬《まがき》の内に並んだ花魁ひとりひとりのうなじに切り火をする――この役目は、新吉原でも深川《ふかがわ》でもこの根津でも、立番が負うものと決まっている。ところが定九郎は美仙楼に入って半年、一度もこの役を預かっていなかった。

龍造は、はじめの頃こそ「俺がやるからおめぇは見てな」と定九郎を儀式に立ち会わせたが、ひと月もせぬうちに見世をつける頃になるとなにかと用事を言いつけて、廓から遠ざけるようになった。頑《かたく》なに役目を抱え込む龍造の意図が定九郎には汲《く》めなかったが、といって遣手が再々せっつくように、食い下がってまでこの役を任されたいとも思わなかった。これまで勤めた深川や品川の見世でさんざんやらされたせいで、今や目を瞑《つむ》ってもできる仕事に固執する気にもなれず、それでなくとも、さしたる意味もない旧習のために骨を折るのは馬鹿らしく思えたからだ。

龍造は、通りから見えないよう下足箱の陰で唐桟《とうざん》の羽織を脱いだ。定九郎と同じく濃紺の縞木綿に無地の角帯という素っ気ないいでたちとなり、短く刈り込んだ髪を左手で撫《な》で上げると、それまで異彩を放っていた男の佇《たたずま》いが、手妻《てづま》でもかけたように無色になる。嫖客《ひょうかく》たちは、台に座った龍造に人格を感じることすらないだろう。だからこそ声を掛けられるまま身構える暇もなく、美仙楼の門口に吸い寄せられてしまうのだ。

龍造の変化を見るともなしに見届けてから、定九郎は着物と揃《そろ》いの縞の前掛けをはずした。同情を顔一杯に浮かべた遣手が、こちらを打ち見て廊下を横切っていった。

見世見世に灯《あか》りがともり、八重垣丁通りは昼とは異なる風情を見せている。そろそろ格子の内に並びはじめる花魁目当ての遊客たちが、通りを埋めていた。

根津遊廓は、小見世も合わせると百軒近い妓楼と、二十数軒の引手茶屋から成っている。吉原でいえば大門《おおもん》にあたる惣門《そうもん》の手前には引手茶屋が並ぶ宮永丁《みやながちょう》、そこを過ぎると八重垣丁通り沿いに根津権現まで妓楼が並んでいた。美仙楼は宮永丁を越して四軒目で、惣門から近く素見《ひやかし》も覗きやすいのだろう、日暮れからしばらくは祭りのような賑《にぎ》わいを見せる。

定九郎は客をよけつつ歩くのを嫌い、横丁から裏道に入った。芸者置屋と斜めに傾《かし》いだ小見世の並んだ須賀丁《すがちょう》を足早に抜ける。表通りの喧噪《けんそう》はなりを潜《ひそ》め、なにごとかを言い争う妓の声と、門口に置かれた台殻《だいがら》が風に揺れて擦れ合う音が漂っているばかりだ。

一丁ほども行くと根津権現の正面に出る。右手には根津遊廓随一の大見世・大八幡楼《おおやわたろう》が鎮座しているのだが、これほどたいそうな総籬ともなると引手茶屋を介した身元の確かな客しか取らぬため、花魁が見世を張ることもなければ、素見の客が気易く近寄れる雰囲気もない。自然、辺りは須賀丁とは異質の、気品ある静謐《せいひつ》さに覆われる。見世の左右を固める引手茶屋から雅《みやび》やかな三味の音がかすかに聞こえてきていた。定九郎は大八幡楼を横目に権現の鳥居を素通りして、左手に延びる権現坂を上っていく。

根津の町はちょうど、周囲を小高い丘に囲まれたすり鉢の底の部分にあたる。低い窪地のうえに、不忍池《しのばずのいけ》に注ぎ込む藍染川《あいぞめがわ》が町を縫っているせいか、秋も終わろうというこの時季になっても肌に絡みつく湿気が消えない。坂を上りながら定九郎は、谷底の粘つく気色から解き放たれる様を夢想する。ところが無心に足を運んでようやっと崖上に立った途端、近くの寺という寺から立ち上る線香の臭いにまとわりつかれ、身体《からだ》がますます重くなるのが常だった。

息を整えようと足を止め、谷を振り返る。真っ黒に沈んだ広大な陸軍省用地の下に、遊廓の灯が煌《きら》めいている。そのずっと先には、薄墨を垂らしたような上野の山影が盛り上がっていた。

京での王政復古、江戸無血開城を成し遂げた薩長の討幕軍と、旧幕府の旗本・御家人による彰義隊《しょうぎたい》が衝突したのは、元号が明治に改まる直前のことだ。戦場《いくさば》と化した上野の山にはその後、首や手足のちぎれた骸《むくろ》がおびただしい数、残されていたと聞く。

「何故《なにゆえ》、父上は義軍に加わりませぬ」

兄の金切り声は、定九郎の耳に未《いま》だ生々しく留まっていた。士分とはいえ、部屋住みの次男坊だった定九郎には倒幕という転変も薄ぼんやりとしたものだったが、御家人の役を父から継ぐことを当然のものとして生きてきた兄にとって、仕えるべき主君が消えてなくなるという現実は耐え難い恐怖だったに違いない。父が旧幕軍にも彰義隊にも加わらぬと知ったときの兄の憤りは、尋常ならざるものだった。

「今更、なにをしても遅い」

父は兄の混乱を、たったひとことで片付けた。忠臣であることを唯一の拠《よ》り所《どころ》としていた父が、なぜあれほど突き放した物言いをしたのか。八年も経《た》ってしまった今となってはもう、確かめようもない。

定九郎はひとつ息をつき、山に背を向けて歩き出す。線香の煙に往生しながら寺の間の小径《こみち》を抜け、追分丁《おいわけちょう》の路地に建つ間口三間ほどの町家の前で足を止めた。声を掛けて戸を引き開けると、すぐさま奥から、ひとりの男が走り出てくる。

「ご苦労さん。ここに入っちょるけぇな」

山公《やまこう》はいつものように、使い古した胴巻《どうまき》を定九郎に手渡した。

長いこと空店《あきだな》だった町家を賭場《とば》に仕立て直したのは、美仙楼を含む根津中見世の楼主五人だ。襖《ふすま》で隔てられた八畳間では、毎晩一転《ぴんころ》がしや四下《しした》といった賽子賭博《さいころとばく》が行われているはずである。盆茣蓙《ぼんござ》を囲んでいるのはほとんど廓に働く男衆《おとこし》で、玄人《くろうと》の博徒は滅多に訪れない。賭場の仕切りも、本来であれば博奕《ばくち》に通じた半稼師《はんかし》を置くところを、素人《しろうと》同然の山公で済ませている。ただ、それも山公からすれば、「持って生まれた裁量を見込まれたんじゃろう。もともとわしゃ、こねぇな小さな賭場の仕切り役で終わる男じゃあないけぇの」ということであり、幾度となく繰り返されるその自慢に大袈裟《おおげさ》に頷いてみせる芝居は、定九郎の十八番《おはこ》になりつつある。

宵のうちであるにもかかわらず、三和土《たたき》は履物で埋まっていた。

「今日は、だいぶ早くっから入ってますね」

定九郎は胴巻を懐にねじ込み、愛想良く言う。

「廓の景気が悪いと、混みようる。御一新のあとはどこも、新しゅうできた新橋だの柳橋だのに客を取られちょるけぇのう。深川なんぞ、火が消えたようじゃちいうじゃろう。おのしの働いちょった深川の見世も、まだあれきりけ？」

「へぇ。五年前に焼けたっきり。再建しようにも新政府の鑑札が下りないようで」

「許可がなけりゃあ、なにもできん世ん中じゃのう。なんちゅうたか……二、三年前、妓楼の規則ができたろう」

「ああ、貸座敷渡世規則」

「あれもおかしな話よ。だいたい妓楼を廃して、なして『貸座敷』なんぞと半端な名をつけよったろう。商いの中身は変わらんに。四角四面なことばっかりで」

「その四角四面が、長州様の本領でしょう」

　定九郎が剽《ひょう》げると、山公は鼻の頭に皺を刻んだ。

　この男もまた、長州の出なのだ。御一新より前に江戸に出て来てふらふらしていたところを根津の楼主に拾われ、賭場を任されるに至ったというのがその来歴だが、明治の世になるや彼の長州弁はからかいの的になった。「なんだえ、長州様でも新政府に加われなかった奴があるのかえ」。江戸っ子特有の毒気にあてられるたび山公は、「長州人にもいろいろあるんじゃ」と逐一口返答をし、「新政府に入った長州人より、わしのほうが早く江戸に出てきちょったんじゃけぇ」と、ふて腐れた。いっときは出自を隠すため江戸弁に改めることも試みたようだが、節回しがどうも性に合わん、と早々に諦め、今は開き直って長州弁で通している。

　襖の向こうから、ドッと男たちの歓声があがった。山公が奥を顎でしゃくる。

「前は新宿、品川辺りのもんが多かったが、ここんとこ吉原の男衆も来よる。吉原まで左前じゃあ厳しいのう」

「どこも同じでさぁ。根津にしたって客が減って、廓中で税の軽減を御上《おかみ》に申し立ててるくれぇで」

「それにしちゃ根津のもんは来んのう」

「そりゃあ……」

言いかけて、定九郎は口をつぐんだ。

胴元の名は表向き伏せられていたが、根津の楼主たちが一枚嚙《か》んでいるという噂は、谷底に働く者なら多かれ少なかれ耳にしている。男衆らは、せっかく廓で稼いだ金をまたぞろ楼主に吸い上げられるのを忌み、また、賭場での話だの態度だのが上に筒抜けになるのを恐れたのだろう、追分丁を避け、他の河岸《かし》へと移っていった。

定九郎は、山公と言葉を交わす中で、胴元である楼主の名、テラ銭の振り分け方といった内情を聞き出していた。意外だったのは、いずれの楼主も賭場での利鞘《りざや》にうるさいことを言わず、帳簿つけから金勘定まで山公に一任していることだ。花魁の前借金や稼ぎには異様なまでに細かい楼主たちが、うまくやれば大きく儲《もう》かるテラ銭に執着しないことを定九郎ははじめ訝《いぶか》しんだが、賭場で得る金が変に膨らめば玄人衆から睨まれようし、おそらくこの空店を借りたのも、見世の裏帳簿のような、役人たちの目に触れてはまずいものを隠すのが初手の目当てだったのだろうと推量してからは、さほど気にならなくなった。

再び男たちのどよめきがあったのを潮に、定九郎は賭場を出た。

格子を開けると、正面にやけに大きな月がある。垢染《あかじ》みた橙《だいだい》色《いろ》の月だ。風が一陣、横切った。定九郎は前をかき合わせ、足を急がせて狭い路地を縫う。両脇を塞いだ寺の、整然と並んだ墓石が見える。時折、白い靄《もや》らしきものが視界の隅を飛来した。崖上一帯を埋め尽くしている寺の謂《いわ》れを定九郎は知らない。ただここを通るたび、まったく異なる人生を辿ったろう者たちが、一様に土に押し込められ、同じ形の重石《おもし》を載せられているることを奇異に思うのだ。

帰りはいつも、往《い》きと異なる道筋を辿る。浄心寺の横から藪下《やぶした》と呼ばれる小径に出た。寺の反対側は幅五、六間もあろうかという朽ちかけた石垣、その向こう側は空き地になっている。定九郎は石垣の前で立ち止まり、用心深く辺りを見回した。人影がないことを確かめてから、懐の胴巻を取り出す。幾重にも巻かれた紐を手早くほどいて月明かりで中身を数えると、六円八十銭。そこから五銭を取り出して、元の通りに胴巻をしばる。

石垣の中程に三角の形をしたこぶし大の石があり、片手で掴むとそれは造作なくはずれた。内側には蛇の巣ほどの穴が空いている。定九郎はそこに、五銭を放り込んだ。これまで貯《た》めた金を数えようと石垣に顔を近づけたときだった。

ベベン、ベン。

突然、鼓膜を揺るがす音が、間近に鳴ったのだ。身体が勝手に大きく跳ね、手にしていた三角石を取り落とす。鐘のような響きで耳を打つのが絃《いと》の音だとは、すぐにはわからなかった。芸妓が鳴らす軽やかな清掻《すががき》とはまるで違う、腹に響く太棹《ふとざお》が闇を裂いていく。

〽草鞋《わらじ》で行くのが難行道《なんぎょうどう》　舟で行くのが易行道《いぎょうどう》
智恵《ちえ》をみがいて心で証《さと》るが聖道門《しょうどうもん》
智恵をみがかず利口を出さず
行こう行けぬの思案はやめて　石の立ちたる道おしえ〜

三味線に合わせて、唄が鳴る。男の声だ。すぐそばから聞こえてくるようなのに、いくら首を巡らしても人影は見当たらない。空き地は渺漠《びょうばく》としており、向かいの寺には墓石が整然と並んでいるばかり。定九郎の額に、脂汗が玉となって浮かんだ。

〽何時《なんどき》なりと無常の風　まってくれとはいわぬぞよ
高座の前で聞く一念　乗彼願力《じょうひがんりき》と乗りこむなり
乗ったわたしは高枕　乗せて必ず渡すとある

無心に声の主を捜していた定九郎は、ようやく少し離れた暗がりの中にぼんやりした影を見つける。

墓場の真ん中に、男がひとり立っていた。

安堵《あんど》と恐怖が一緒くたになった混乱に陥り、益体《やくたい》もなく膝が笑う。男はこちらに背を向けていた。御納戸色《おなんどいろ》の着流しに三味線を抱いているところまでは見て取れたが、首から上は、髪の色が闇に溶けているせいだろう、定九郎の位置からはよく見えない。

唄の調子は次第に高くなっていく。

〽阿弥陀如来《あみだにょらい》の取り舵《かじ》でぇ〜　三悪道《さんまくどう》の暗礁《あんしょう》も
生死《しょうじ》の海の浅瀬をも　無難に浄土の港入り
させていただく仕合せがぁ〜
阿弥陀如来の御本願じゃあ〜

高く振り上げた撥《ばち》が絃を叩《たた》く。唐突に唄が終わった。物々しい静けさが、一帯を支配する。男はだらりと三絃《さんげん》をおろす。まるで、見ている者があったことに最前から気付いていたかのように迷いなく振り返り、正面を定九郎に据えた。

定九郎は、目を瞠《みは》る。

汗が、こめかみを流れていった。

男の、首から上が、ない。

髪だと思っていた場所には、はなからなにもなかったのだ。月明かりを浴びて白く光る首筋は、ちょうど真ん中あたりでちょん切られている。

定九郎は震える足で一歩、また一歩と後じさり、無様な音を立てて尻餅をついた。そのとき確かに、首無しの声を聞いたのだ。

「おや。ちょうどええところにお出《い》でました」

声もまた、耳元で囁かれているように近い。定九郎は立ち上がろうと手足をばたつかせたが、身体がまるで言うことを聞かない。四肢に宿っているはずの力は、土に吸い尽くされた。

「アタシのこのザマァ見えるでしょう？　だったら一緒に探しとくれよ……一緒によォ」

首無しが左右に揺れながら、近づいてくる。

「ねェ、お願いだよォ。こん中のどこかにアタシの首ィ埋まってるはずなんだ。戦で吹っ飛ばされちまった首がさあ。どうか、一緒に、探しておくれよォ」

定九郎は丹田《たんでん》に力を込めて、息を吐き出した。瞬間、固まっていた手足に音を立てて血が通う。その勢いをかってなんとか腰を上げ、半ば這うようにして駆け出した。足下がおぼつかない。振り返ることもできない。遮二無二藪下目掛けて走る。火照った身の芯から間断なく悪寒が立ち上って、脳天へと突き抜けていく。

　ここらじゃあまだ、夜中んなると彰義隊が隊列組んで通るんじゃ、気付いちょらんのよ、己らがもうこの世におらんっちうことをよ。

　いつぞや聞いた山公のぼやきが耳の奥でぶり返す。

　遊廓の灯が近づいてくる。いつもは蔑《さげす》んでいるあの灯りだけが、今は砦《とりで》に見えた。足がもつれて、何度も転びかけながらもひたすら走る。あと少し、あと少しで、谷に潜《もぐ》れる。どこよりも平穏な谷に。

　道の左手に広がる雑木林からなにかが近づいて来る。草木をなぎ倒して迫ってくる。ザーッという凄《すさ》まじく速い音は、降り込める雨にも、川の激流にも似ていた。音に耳を尖《とが》らせながらも、定九郎は下り坂を踏み込む足を緩めることができない。目の前の繁《しげ》みが激しく揺れた。止まる間もなく、黒い塊が飛び出してくる。定九郎は堪《たま》らず叫び声をあげ、その拍子に足を取られて転げた。土煙の中に御納戸色の着流しと三味線を見て、道に突っ伏したきり、頭を抱えて動くこともできなくなった。

　カランコロン　カランコロン。

　駒下駄の音が近づいてくる。疾風が地面を舐《な》めていった。下駄の音は、定九郎の傍らでぴたりと止まる。肩に、ひんやりとしたなにかが触れる。身体が大きく波打った。

「嫌だよォ、お兄《あに》いさん。ちょいと起きてくださいよォ」

声が降ってくる。聞き覚えのある声だ。

「アタシですよ。ポン太ですよ。そんなとこに、いつまでも寝転んでちゃあ嫌ですよ。まさか雨寶陀羅尼経《うほうだらにきょう》でもお唱えですか」

歯の根も合わぬ定九郎は、なんとか顔半分を持ち上げて薄目を開けた。着物も三味線も確かにさっき見た首無しのものに違いなかったが、男にはきちんと頭がついていた。それも、定九郎のよく知った顔だった。

「だっておまえ……さっきわっちは上で、首のねぇ男を……」

「ですからさ、それがアタシだったんですよ。お兄いさんがあんまり驚いてるんでね、つい悪のりィしちまって、すみませんねェ」

「いや、違う。わっちゃ確かに見たんだ、首がねぇのを」

ポン太は、「く、く、く」とさも可笑《おか》しそうな忍び笑いを漏らした。

「あすこはねェ、月明かりの加減でそう見えるようなんですよ。そら、東っ側に大きな欅《けやき》があるでしょう。あれがうまい具合に明かりィ遮ってね、アタシの丈だとちょうど首から上が影になっちまうらしいんですね。お兄いさんで驚かしたのァ六人目。たいがい悲鳴ィあげるからさ、ああ、アタシァ今宵も首ィ飛んで見えてんだ、なんてすぐわかるんですよ」

　ポン太は、定九郎に手を延べて立ち上がらせた。

「アタシだって驚きましたよ、なんたってお兄いさん、逃げ足が速《はえ》ェんだもの。近道辿って追いついたからよかったけど、危うく怪談《かいだんばなし》噺が廓に広まるとこだった」

　ゆらりと顔を綻ばせた。歯が数本欠けている。皺の深い面相はどう見ても四十過ぎのものだったが、自分より年少にしか感じられぬのは、男の腰の低さのせいか、この無邪気さゆえか。

「『首を探せ』って台詞《せりふ》もその口が言ったのかえ」

「はい。どうも、悪ふざけが過ぎまして」

「そのうち祟《たた》られるぜ」

「そうしましたら噺の種にでもいたしましょう」

　ポン太が、なんとかいう噺家の弟子であることは、遊廓に働く者ならみな知っている。それというのも奴がたびたび八重垣丁通りを素見《ひやかし》がてら流して回るからで、小咄《こばなし》を器用に挟むその話芸に魅せられた格子の内の花魁や門口の男衆は好んでポン太に声を掛けたし、芸者連《ねこれん》なんぞは「あんた、幇間《たいこもち》になれば引っ張りだこだよ」と本気で言い立てた。

「したっておまえ、なんだってあんな薄気味悪《わり》ぃ所で猫の皮なぞいじってたんだえ」

「人気《ひとけ》がないとこで弾こうと思いましてね。音曲《おんぎょく》ァはじめたばかりで、人の耳ィあるとこじゃあ恥ずかしいですから」

定九郎を見上げて言うと、ポン太は不意に声を潜め、「アタシが三絃ォ覚えようとしているこたァ内緒ですよ。代わりにお兄《あに》いさんのさっきのザマもみなには黙っておきますから」と、ご丁寧に口元に人差指を立ててから、大袈裟に噴き出した。

「でも、ふざけた相手がお兄いさんでよかったよ。逃げてくれたんでね。これが龍造さんなら、長脇差ィ抜いて向かって来ますねィ。今頃アタシァまことの首無しになってますよ」

美仙楼に戻るまで、ポン太はなぜか後ろをついてきた。首無しの正体がわかってもなお肌に浮いた粟《あわ》がとれない定九郎は、裏道を避け、客で賑わう八重垣丁通りを行く。道に並んだ見世見世の妓夫太郎から、ポン太に向けて「たまにゃ登楼《あが》ってけよ」と、からかいの声が盛んに飛んだ。

「アタシァまだ修業の身ィですから素見で十分。お銭《あし》だってございませんよォ」

ポン太が律儀に返すたび、自分たちよりひと回りも上の男が「修業の身」だと恐縮するのが可笑しいのか、妓夫たちは一様に相好を崩すのだ。

ところが龍造は違う。戻ってきた定九郎の背後にポン太を見つけるなり眉間に皺を刻み、「妙なもんを連れてくんな」と吐き捨てたのだった。

「すいやせん、冥府からついてきちまいまして」

定九郎が軽口を叩いても、

「つまらねぇきまりを言うな」

と取り合わない。賭場から持ち帰った胴巻を定九郎から引ったくり、「今日はもう帰《けえ》れ。あとは俺ひとりで十分だ。その代わり、明日は明け前《めえ》に来るんだぜ」と恩着せがましく言って暖簾をくぐった。テラ銭は帳場を通さず、直接楼主に届けられる。その役は龍造が負うと決まっている。

通りに取り残された定九郎は、しばらく冷ややかな面持ちで暖簾を見詰めていた。それからふっと息を抜き、門口から顔だけ覗かせて奥の帳場に向かい、「お先に失礼しますんで」と片手拝みをした。男衆が気付き、笑みを浮かべて頷く。

惣門へと向かう途中、嫖客の波間に浮かんだ美仙楼を振り返る。見世の構えは見栄えよく作られているが、間口は大八幡楼の半分にも満たない。抱える妓も十一人と、やはり大見世の半分ほどしかいなかった。遊廓という、世間では悪所と疎《うと》まれている箱庭の中にも、整然とした序列がある。

懐手で、惣門に向き直った。

すぐ目の前にポン太が立っている。定九郎は不意を食らって思わず身を引いた。

「……なんだえ。わっちゃもう上がりだぜ」

言うと、ポン太は坊主頭を左右に振りながら笑い、

「さいですか。したら今宵ァ、ここらで取り憑《つ》くのをやめにしましょう」

踵《きびす》を返して八重垣丁の人混みにかき消えた。

どういうわけか、藍染川はいつでも沼地の臭いがする。蛇のごとく身をうねらせて流れる川沿いを、定九郎は南へ下っていった。谷中坂丁《やなかさかまち》の寺沿いの道を進み、上野花園丁《はなぞのちょう》にさしかかる手前、人ひとりがようよう通れるほどの幅しかない路地に入る。どんつきにある家まで足を運び、建てつけの悪い格子戸を開けた。

三和土から続く三畳では、女が長火鉢に寄りかかっていた。猫板の上には徳利と小皿に盛ったザラメが置かれており、酒の肴《さかな》に甘味を舐めるこの女の奇癖に定九郎は胸が悪くなる。

「一人酒かえ。寂しいな」

下駄を脱ぎつつ言うと、

「なんだ。誰かと思ったら」

首も起こさず女は返した。

「そういや近頃どうしてたんだえ？　こたびは、六日も空いたじゃないか」

気のない素振りをしながらも、男が来る日を数えている女のぬめりをやり過ごし、定九郎は冷え切った身体を火鉢に貼りつけた。

「飯は？」

「いらねぇ。酒だけで」

「魚でも炙《あぶ》ろうか」

「いや、いい」

女のさし出した猪口《ちょこ》をひとつあおると、少しく身体が温《ぬく》まった。

「今日さ、昼間に藍染川を通ったんだよ。あっちのほうで、ちょいと出稽古があってね」

もう一本燗《かん》をつけつつ女が言う。静けさを塗り込めるような、どこか性急な口振りだった。

「しばらく川を眺めてたらさ、上のほうから鞠《まり》みたいなもんがいくつもいくつも流れてきたんだ。なんだと思うえ？」

さぁ。定九郎はおざなりに首を傾げる。

「兎《うさぎ》」

「またかえ」

「昨今じゃ鴨肉も危ないってよ。兎の肉が混じってるって噂なんだから」

常磐津《ときわず》の師範を生業《なりわい》としている女は、弟子たちから仕入れた話を一字一句違《たが》えず定九郎に語って聞かせることを自分の仕事とでも思い込んでいるのか、いつも脈絡のない世閑話を会話の糸口に持ってくる。

「兎税の取り立てが厳しくなってからこっち、売り子も兎を持て余しちまうんだろうねえ。いくら御上が『商売の自由』を唱えたからって、一羽二百円だの三百円だのの値をつける商人のほうがもとは悪いってことなのかねぇ」

明治五年、月の満ち欠けで時節を計る太陰暦から太陽暦へと暦が変わった折に、「路頭に迷った月の兎を飼うと御利益がある」なんぞと子供騙《だま》しの麗句を並べた兎商人がそこかしこに現れた。世の中が大きく変わって不安が渦巻く中、多くの者が縁起担ぎにと兎を買いに走ったために、値が跳ね上がる。ことに変わった模様の兎には、百円を超す高値がついた。新政府は、「兎の高騰から人民を守る」というもっともらしいお題目を添えて、兎一羽につき一円という高額な税を業者に課し、流行を抑える手立てに出たのだ。

「人を煽って値を吹っ掛けるような商いは、馬鹿のすることなんだってさ」

「……へぇ」

「そんなの旧幕時代のやり方で、開明的じゃないからだって」

定九郎は、さっきまでいた美仙楼の門口を思い浮かべる。今頃は龍造が、客を引いては少しでも揚代を吊り上げようと駆引きしているはずである。徳利を逆さにして振り、最後の一滴まで猪口に落とした。

「ほんとにそうなのかねぇ。ねぇ、あんたどう思う？」

「さあな……わからねぇよ」

とりとめもなく話しながらも女は、櫛巻《くしまき》のうなじを幾度となく撫でつけた。時折、左の中指でザラメをすくい取って、定九郎を見詰めて舌に絡める。

「これからはね、古いもんにしがみついてる奴は、切って捨てられるんだって」

定九郎は、鉄瓶につけてある徳利を取り上げた。まだぬる燗だったが構わずあおり、そいつを猫板の上に投げ出す。片手を伸ばし、女の腰をかき寄せる。裾が乱れて白い臑《すね》が露《あら》わになった。

「むつかしい話はよせよ。わっちゃ頭が弱《よえ》ぇからわからねぇんだ」

乱暴に女の口を吸うと、ザラリと甘い唾液が流れ込んできた。

「あんた、いい歳して、なんにも知らないんだね」

すでに息を熱くしている女にのしかかる。力任せに帯を解いて前をくつろげ、こぼれ出た乳房に顔を埋めた。生娘はちり紙でも揉《も》むように扱うより仕様がないが、この手の年増は手荒く弄《もてあそ》んだほうがいい。そうすれば、若い男が自制も利かぬほど自分の身体に溺れていると勝手に勘違いしてくれる。

裾を割って二布《ふたの》の奥深く指を這わせる。鵺《ぬえ》を思わせるくぐもった声が女から漏れた。

「国内の安寧、人民保護の事務を管理する」と称して内務省ができたのは、三年前のことだった。だが、「保護」と「自由」の意味を摑み切れぬ新政府は未だその狭間《はざま》で揺れ続け、結局誰も保護できず、自由も民に訪れはしない。米価はやみくもに上がり、農民たちが一揆《いっき》を起こし、士族は職と家禄《かろく》と矜持《きょうじ》を奪われ暴動に走り、貧民は貧民のままだ。

女の鋭い咆哮《ほうこう》に、思考を遮られた。定九郎は太い溜息をつく。それをどう取り違えたのか、女の手が下りてきて、定九郎の頰を愛《いと》おしそうに撫でた。

「その歳で……も知らないんだねぇ」

喘《あえ》ぎながら女がなにを言ったのか定九郎には聞き取れず、聞きたいとも思わなかった。三月《みつき》前から馴染《なじ》んだ女の名さえ知らないのだ。何度か聞いたには違いないが、頭の中には留まらなかった。女に関して知っているのはこの侘《わ》び住まいと生業、それから、炎天下に長いこと晒《さら》したところてんのような弛《ゆる》みきった身体だけだ。その身体を這い上がり、定九郎は女の耳に唇を寄せる。

「わっちは頭が弱《よえ》ぇから、なんにもわからねぇんだよ」

苦しげに寄っていた女の眉根が開き、口角が喜悦の形に持ち上がる。

三角石。唐突に定九郎は思い出す。ポン太に脅かされ、金の隠し場所にしてある石垣の石をはめ込まずに戻ってきてしまった。焦燥と後悔が湧いたがそれも束《つか》の間《ま》で、別段あそこに貯めた金に意味があるわけでも、使うあてがあるわけでもないと気付くと、すぐに忘れた。

定九郎は、諸肌脱《もろはだぬ》ぎになった背中をかすめた冷気に短く身震いし、再び、女のとろとろと掴みどころのない身体に沈み込んでいった。

二

朝靄《あさもや》が、一面に沈んでいる。

かしましい雀《すずめ》の声を払いながら、定九郎は谷中から根津へと向かう。惣門が見えてくる。みぞおちがむやみと重くなる。遊廓《ゆうかく》の内に踏み入ると、雀の声さえ間遠になった。

横丁から裏路地を辿り、美仙楼の内玄関をくぐる。表玄関が閉ざされているため、楼内は真っ暗だ。手探りで上《あ》がり框《がまち》に乗り、壁を伝って廊下を進む。楼主《ろうしゅ》の住まう部屋の前を抜け、手水場《ちょうずば》と風呂場、花魁《おいらん》の化粧部屋が並んだ一画を過ぎ、表玄関の手前、誰もいない帳場に立って正面の階段を見上げる。

まだ、妓《おんな》たちの起き出した気配はない。

籬《まがき》の脇から広々とした土間に降り、定九郎は音を立てぬよう加減しながら雨戸を外していった。あちらこちらの見世《みせ》で、同じく秘めやかに戸が開いていく。毎朝繰り返される、根津遊廓が息を殺して起き出す光景は、廓《くるわ》の後ろめたさそのものを映しているようだった。

縞《しま》の前掛けを腰骨に締め、帳場に置いてある火打石を袂《たもと》に落とした。表と土間を掃き、軽く水を打つうちに、二階に物音が立ちはじめる。花魁が耳盥《みみだらい》や湯桶《ゆおけ》を使い、客に朝の身支度をさせてやっているのだ。

背後で階段のきしむ音が鳴った。定九郎は、手にした桶を土間に置く。

――馬鹿に早《はえ》ぇお発《た》ちだ。

前掛けで手を拭い、笑みを作って振り向いたが、そこに立っていたのは客ではなく嘉《か》吉《きち》だった。

「相変わらず笑うと別人になりますさぁね、兄ぃは」

嘉吉は、目をたわめる。紺の法被《はっぴ》に紺の股引《ももひき》、脇には籠を抱えている。股引がかかとまで隠しているのは嘉吉の背丈が詰まっているからなのだが、この男はそれを、さも自ら工夫したように言いふらす。「あっしら若え衆《わけし》は足袋《たび》ぃ履かしてもらえませんから。冷える節にはこうして寒さぁごまかすんですよ」。そうして最後に必ず「知恵」と付け足すのだった。

「ねぇ、兄ぃ、これ見て下さいよ」

頰を紅潮させて、嘉吉は籠の中からなにやら持ち上げる。手にしたそばからそれは、ホロホロと泣くように千切れた。花魁が部屋で使った御事紙《おんことがみ》らしい。

「芳里《よしさと》花魁とこのですよ。今、部屋ぁ移られたんで掃除に入ったんですがね、こんなに濡《ぬ》れてるもんで摑《つか》んだそばからそら、破れっちまって手間ぁ取りましたぜ」

周りに見世の者がいないのをいいことに嘉吉は捲《まく》し立てる。咀嚼《そしゃく》の音が歯の隙間から漏れていた。おおかた、客の残した台の物でも摘《つま》んだのだろう。

「ここんとこずっとお茶挽《ひ》いてましたからね、久しぶりの客によほど繁《しげ》ったんでしょう」

御事紙から饐《す》えた臭いが漂ってきそうで、定九郎は後じさる。「しかもこんなにたくさん紙、使ってさ」。奴はそれでもしゃべるのをやめず、わざわざ籠の中身を定九郎の鼻先に突きつけた。この男は、闇の中に封じ込めておくべき一切合切を、選《よ》り分《わ》けもせず陽のもとに晒《さら》しては得意になるのだ。

「嘉吉。おめぇ、そんなことばっかり嗅ぎ回ってっと、臍《へそ》の下より耳目のほうが年増になるぜ」

定九郎は、腹の奥で沸々と音を立てはじめた苛立《いらだ》ちを、軽口で抑え込んだ。

「なに言ってんです、兄ぃ。あっしだってね、筆おろしはとうに済んでるんだ」

嘉吉は歯を剝《む》いた。三つのとき疱瘡《ほうそう》をやったとかで、顔中にあばたがある。落ち窪《くぼ》んだ眼窩《がんか》に妙に幅の広い二重、獅子鼻《ししばな》で乱杭歯《らんぐいば》、急勾配《きゅうこうばい》のなで肩に、背丈も五尺あるかないかの小男だ。口入屋《くちいれや》に連れられて美仙楼にやってきた嘉吉を一目見て、楼主は渋い顔をしたらしい。「うちはね、こんな商いですが人間様しか雇わないことにしてるんですよ」。本人を目の前にして、平然と言い放った。

ところがその場に立ち会った龍造が、嘉吉の雇い入れに口添えしたのだという。

「確かに見てくれは悪《わり》ぃが、あっしら廓の男衆《おとこし》はどんな客より劣った位にいなきゃならねぇ立場です。これほどの姿形なら役に立つかもしれません」

嘉吉は、楼主に化け物呼ばわりされたことより、このときの龍造の言葉を根に持っていた。「あっしは人様にええ気持ちになってもらうために、好きこのんでこんな面《つら》に生まれたわけじゃござんせんよ」と、未だなにかやらかして龍造に叱り飛ばされるたび、その話を持ち出すのである。

「おい、たいがいにしろよ。そろそろ客が下りてくる」

定九郎がいなすと、嘉吉はもう一遍籠の中身を見せてから、おどけた足取りで厨《くりや》へと入っていった。

美仙楼にいる年月は、定九郎より嘉吉のほうが長い。ただ、嘉吉が「仲《なか》どん」という立番《たちばん》より格下の役に就いているのは、奴にとってこれがはじめての廓勤めだからだ。主に門口を守る妓夫《ぎゆう》や立番と異なり、仲どんは楼内のあらゆる雑用を担う。台屋が仕出しした料理を二階に運ぶ、行灯《あんどん》の油をさして回る、事が済んだあとの御事紙を始末する——。

その合間に妓夫について少しずつ仕事を覚え、立番に上がってからさらに修業を積み、そこで兄貴分に認められてようやく、妓夫の役を得ることができた。そこまで普通、七年から十年はかかる。

ただし嘉吉は仕事の覚えも早く、機転も利いた。存外すぐに立番格に上がるかもしれないと定九郎は思い、そうなったら自分はどうなるのかと考える。龍造がいる限り、妓夫に上がれはしないだろう。立番を嘉吉に渡して見世であぶれ者になるのか、なにか別の役を与えられるのか——。先を思えば不安ばかりが立ち籠めるのに、確かな手立てを探ることは面倒であり無駄にも思え、結局、どうとでもなるさと思考を投げ出すのもまた、定九郎の常だった。

朝七時を過ぎると、次々と客が下りてくる。定九郎は火打石を手に、門口に立った。花魁たちも階下に下り、客を見送る。いずれの妓も、男が下駄を履く段になるといかにも名残惜しそうにその背中をさすり、ときには後ろから軽く抱きつくことまでした。人目もはばからず馴《な》れ寄る敵娼《あいかた》の様子に、男らは自らの仕事に自信を持ち、また妓を喜ばせてやろうと廓に足を運ぶことになる。「『後朝《きぬぎぬ》の別れ』なんぞきれいごとさ、どうせ遊女らが稼ぎを上げようとふりをつけているだけだろう」と半可通を決め込んで、冷めたことを言う客も無論ある。だがそういった連中も、まさか自分たちが盗人《ぬすつと》の疑いをかけられているとまでは考えが及ばないだろう。妓らは着物をつけた客の身体《からだ》をさりげなく触って、懐や袂に盗品を忍ばせていないか、念入りに調べているのだ。花魁の部屋には掛け軸から香炉まで高価な調度品が揃《そろ》っている。簪《かんざし》一本にしても値が張る。手癖の悪い客に盗《と》られれば、その代金は花魁の稼ぎからさっ引かれることになる。

送り出しをする際、定九郎の役目は、客の下駄を揃えて土間に置き、彼らが門口を出るとき無事を祈ってちょんちょんと切り火をしてやることだった。この立番の仕事に笑みで応えるのは、遊び慣れた常連か、経験の浅い初心《うぶ》だけだ。気の向いたときにだけ訪れ、ギリギリまで金を出し惜しみ、欲を満たすためだけに女を抱く輩《やから》に限って浮かぬ顔で土間に立つ。精を放ってもぬけの殻となり、面白くも可笑《おか》しくもないいつもの自分に立ち戻った男らは、その遣《や》る瀬《せ》なさを決まって妓に押しつける。こんな薄汚れた妓に金と時を使っちまった——後悔にのしかかられた身体を引きずって土間に立つ者には、定九郎の切り火がまた別の意味を持つ。不浄を断つ役目である。一際高い音で石を鳴らしてやると、冴《さ》えない面をした客も幾分楽になった様子で肩に込めた力を緩める。日が経《た》てば、後朝に味わった空疎なぞ忘れ、必ず見世に舞い戻る。

昨夜、芳里についた客は、羽織こそ着ていたが一目で半纏《はんてん》とわかる中年で、やはり虚《うつ》ろな面持ちで切り火を受けたのだった。「また、お待ちしてますんで」と定九郎が囁《ささや》くと、「どうもうまく化かされちまったよ」とひっそり恨み言まで吐いた。中には、切り火の効かぬ客もある。

——もう、こいつは来ねぇな。

龍造であれば、ここで二、三の世辞でも言ってなんとか次に繋げるだろう。が、定九郎は先刻嘉吉が見せた御事紙を頭に浮かべ、腹の中で男の丸まった背中を嗤《わら》っただけだった。妓との遊び方には、客の人生がそのまま映る。この男はきっと、ろくでもないものを自ら進んで取り込んでは、犠牲者面して泣き言を重ね、生きてきたのだ。力ない足取りで八重垣丁通りを行く男の背に向かって、定九郎は辺りに響き渡るような声で「行ってらっしゃいまし」と叫んだ。男の肩が無様に躍り、羞恥に染まった顔がこちらに向く。定九郎は深々と頭を下げる。腹を抱えて笑いたい衝動を堪《こら》えた。

「朝から威勢がいいじゃないか。定」

客を見送るために玄関口に立った芳里が、言った。赤や紫といった極彩色で菖蒲《しょうぶ》が描かれた唐織は、長く着ているせいか、埃《ほこり》まで織り込んだような風合いである。七宝繋ぎの帯だけが真新しく、身に馴染《なじ》まずに浮いていた。

「へえ。花魁のお客ですから特別に」

使い慣れた愛想で応えると、妓がすり寄ってきて耳打ちした。

「ねぇ、朝込み掛けたっていいんだよ、あんただったら」

饐えた臭いが鼻腔《びこう》を刺した。定九郎は息を止めて一歩退き、大仰に手を振ってみせる。

「滅相《めっそう》もねぇ、花魁に手ぇ出すなんざ。ようやくありついたお役です、ふいになっちゃあ堪《たま》りませんぜ。花魁だってただじゃあ済みませんよ」

一旦、目を伏せ、

「それにわっちにゃあ、花魁の相手なぞ恐れおおくて……」

上目遣いに言ってやると、わかってるよぉ、冗談事に決まってるだろう、と芳里は笑った。狆《ちん》を押し潰したような顔が大きく膨れて揺れている。

「まったく、あんたはいつまでも初心だねぇ。こんなとこにいるのにさ」

艶をじっとり含ませた声を投げると、妓は裾をひるがえして勢いよく階段を上っていった。定九郎は息を吐き出してから、首を鳴らす。

朝の送り出しが済むと、妓たちは仮眠をとる。その間に立番は、玄関から広廊下、花魁のいる二階に続く階段、下足箱の隅々まで拭き清めることになっている。なにをおいても毎日の拭き掃除だけは欠かすなというのが楼主の命で、その言葉通り長年磨かれてきた床という床は柾目《まさめ》が浮き出て黒光りし、美仙楼に中見世という以上の風格を与えていた。

雑巾を濯《すす》ぐため、手桶片手に井戸に向かう途中、定九郎はふと三角石のことを思った。金の隠し場所にしている石垣の石だ。

崖上の墓場でポン太に脅かされた翌朝、定九郎はまだ明けきらぬうちに藪下を駆け上がって、石垣の前に立ったのだ。不思議なことに三角石はいつもの場所にきちんとはめ込まれていた。中の金も検《あらた》めたが、一銭も減ってはいない。取り落としたこと自体が勘違いだったのか、それとも誰かがあとで――あの晩はまったく動顛《どうてん》していて、思い出そうにも記憶のすべてがおぼろだった。

答えに辿り着こうと躍起になるうち、薄ら寒さを覚えた。面白半分にくすねていただけの金を案じて、わざわざ早くに起き出し、迷わず崖上まで駆けていった自分が、ひどくみすぼらしく思えたのだ。

井戸に釣瓶《つるべ》を突き落とした。井戸縄が、奥歯のむず痒《がゆ》くなるような音を立てて落ちていく。水を汲《く》み上げようと縄に手を掛けて、定九郎は小さく舌打ちをした。先刻の、芳里についた客の後ろ姿が、崖上へと走る自らの姿と重なり合ったからだった。

花魁が起き出すのは十時頃で、朝飯を食って湯に浸《つ》かったあと、昼見世に備えて化粧部屋に入る。男衆らは、花魁たちの飯が終わってから残り物で昼飯を済ます。男衆にまで飯を恵む見世は珍しかったが、美仙楼では創業からの習いでそうしているらしく、毎日白飯と菜の一品程度にはありつくことができた。

定九郎は厨に行き、干物の食い残しをかき集めてどんぶり飯に載っけると、飯櫃《めしびつ》に群がる男衆を避けて勝手口から裏路地へ出た。昼でも薄暗く、人通りもない道っ端の、乱雑に積んである木箱に腰かけて飯をかき込む。路地には、腐った卵の臭いが溜まっていた。間を置かず嘉吉が茶漬け椀を抱えて現れ、定九郎の傍らにしゃがみ込むなり、

「今朝方、芳里花魁に言い寄られてたでしょう」

と、鼠《ねずみ》のように鼻をひくつかせた。

「いや」

定九郎は歯の間に挟まった小骨を取り、指先ではじく。魚の匂いにつられたのか、路地の暗闇には黄色い猫の目がいくつも浮かんでいた。

「兄ぃのどこが女を惹《ひ》きつけるんですかねぇ。お顔立ちからしたら、龍造さんのほうが上でしょう？　あっちは切れ長の目に通った鼻筋、文句のつけようもない端整な道具立てだ」

忌々しげに嘉吉は言う。

「だのに二階じゃもっぱら兄ぃの話ですよ。花魁たちの口からは龍造のりの字も出やしないんだから」

「あの人はいっつも目ぇ光らせてっから怖《こえ》えんだろう」

「それだけじゃあねぇ気もしますがねぇ。なんでしょう、身体つきですかねぇ。背ぇも高《たけ》ぇし、肩の辺りなんぞしっかりしてるからな、兄ぃは。それとも断髪が似合う黒々としてまっつぐな御髪《おぐし》か」

嘉吉は遠慮なく定九郎の全身を眺め回した。

「で、どうなんです。お相手をするおつもりですか、芳里さんの」

「馬鹿言うな。誰が、あんなとんび」

定九郎はペッと小骨を吐く。嘉吉が不安げな色を浮かべた。まるで人混みで母親とはぐれた幼子のような顔だった。

「……『とんび』ってのはなんです？」

ひどく慎重に問いかける。この男は、たとえそれがどれほど些細《ささい》なことであれ、自分の知らない事柄に突き当たると、とてつもない恐怖を覚えるらしい。

「廓でよく使われる喩《たと》えよ。上玉が鳳凰《ほうおう》、にっちもさっちもいかねぇのがとんび」

教えてやると、嘉吉は「へえ」と唸《うな》って意地の悪い笑みを浮かべた。

「したら鳳凰は、うちじゃあさしずめ小野菊《おのぎく》さんか」

喉を鳴らして汁を流し込んでから、口元を緩める。

「小野菊さんほどの方ぁ、大見世ぉ探したってそういませんよ。なんでうちなんかにいらしたんだろうねぇ。女衒《ぜげん》が見る目がなかったか、楼主が大枚はたいたか……。見目形が麗しいだけじゃあねぇ、おつむりもよければ、品もある。それにね、あの方の部屋はとびきりええ匂いがするんです。その匂いだけで眩暈《めまい》ぃ起こしちまって、気易く話もできなくなるくれぇで」

「いずれにしたって花魁と気易く話ができる立場じゃねぇんだ、わっちらは。お可哀想《かわいそう》な籠の鳥の、さらに下にいる虫ケラなんだからよ」

定九郎が鼻で笑うと嘉吉は聞こえぬふりを決め込んで、椀に残った飯粒を人差指でさらった。きっと龍造は、嘉吉の醜い面貌だけでなく、こういう図太さを見抜いて楼主に推したのだろう。

「それより兄ぃ。昨日『三編』を拾ったんですよ、運がええことに」

汚れた手を前掛けで執拗《しつよう》に拭って、嘉吉は懐から一冊を取り出した。今では十七編まで出ているこの版本を、奴は一年ほど前から根気強く拾い集めているのだった。偽版も合わせれば六、七十万部は出回っているという化け物じみた流行本だけあって、只《ただ》で手に入れるのはさほど難しくはないらしい。「たまにお客さんも忘れていくくれぇですから。廓の中で四、五冊拾いましたもの」。それでも手に入る巻数はとびとびで、読み進めるのに骨が折れるのだと嘉吉は常々こぼしている。それほど執心なら買えばいいものを、この男は余計な金を一銭たりとも使おうとはしないのだ。

「『独立の気力なき者は、国を思うこと深切《しんせつ》ならず』ですってさ。いいねぇ、いいこと言いますよ」

『学問のすゝめ』と書かれた表紙を誇らしそうに掲げ、頼みもしないのに中身を読み上げていく。

「外国に対して我国を守らんには、自由独立の気風を全国に充満せしむること、なんだそうですよ。これからは誰しも自由に生きりゃあいいんですってさ。そうすりゃ日本は異国にゃあ劣らないって書いてありますぜ」

「それにしちゃ異国の顔色ばっかり窺《うかが》ってるようだぜ、新政府は」

「だから政府になんぞ任せておけないんですよ。巷《ちまた》じゃ民権運動ってのが起こってるご時世ですよ。土佐の、えー……名前は忘れっちまったけど、そいつが『民撰議院《みんせんぎいん》設立建白書』ってのを出したくれぇのもんで」

「民撰議院」と言った嘉吉の口元はおぼつかなかった。咀嚼しきれぬものにやみくもに飛びついている者の危うさだ。目ばかりいやに爛々《らんらん》として、不自然な形で動く口から転げ出るのは受け売りか新語。御一新からこっち、こういう輩がやたらと増えた。

「『万人皆同じ位にて生れながら上下の別なく自由自在』ってのも、ええ文句だった。四民平等の時代、ありがてぇことです」

「おい……そんな話を、真に受けてるのかえ」

「だって書いてありますもの、この本に。一編だか二編だったかな」

嘉吉は心底不思議そうにまばたきをした。

「おまえ、こないだの戦んとき、いくつだった？」

なんです、急に、と今度は眉をひそめ、それでも指を折って歳を数える。

「あっしは文久《ぶんきゅう》初年の生まれですから、七つか八つってとこですかねぇ」

「したら覚えちゃいめぇな、あの戦のこたぁ」

「いやぁ、なんとはなしに知ってますよ。うちは向島《むこうじま》でしたけどね、彰義隊の屯所ぁはじめ浅草本願寺にあったようですし、戦んときも風向きによっちゃ遠くのほうからポンポンパチパチ聞こえてきてましたから」

「風向きで、ねぇ。風雅なことだ」

定九郎が薄く笑うと嘉吉は口を歪《ゆが》めて、「兄ぃこそ」と突っかかってきた。

「入間《いるま》のお百姓じゃあ、戦があったこともご存知なかったんじゃねぇですか？」

生まれも育ちも入間、家は小作、幼い頃に父親が突然博奕《ばくち》に狂って一家離散、そっから流れ流れて廓の男衆に落ち着いた――それが、働く先々で定九郎が騙《かた》ってきた自身の生い立ちだった。廓は、すべてが無意味な嘘《うそ》で塗り固められている。だから安心して息を継ぐことができる。

嘉吉は『学問のすゝめ』に目を落とし、「そういや、神田川を渡ったとこに大学校ができるでしょ。一ツ橋かどこか。近く、本富士町にもひとつ建つっていいますよ」と唐突に話題を変えた。

「ああ、そうらしいな」

「御公儀のやってた昌平坂学問所《しょうへいざかがくもんじょ》やら開成所やら医学所やらがみんな、まとまるらしいですけどね。どんな学問をするんでしょうね、ああいうとこじゃあ」

「さぁな。いずれにしたって出来のいい奴が入る塾さ。わっちらにゃ係りねぇ場所よ」

ふぅん、と鼻を鳴らした嘉吉の顔に暗い影がよぎった。面倒な話になりそうだ、と定九郎は食い終わった碗を持って腰を上げる。嘉吉も大人しく、版本を懐に滑り込ませて従った。

「昌平坂学問所は、位の高《たけ》ぇ子息だけ集めたっていいますやね。御一新とはいっても、やっぱり大学校に行くには多少の身分がないと難しんでしょうね」

己の懐に問うような籠もった声で、嘉吉は呟《つぶや》く。


昼見世は、生あくびに似た締まりのなさで明けていく。妓夫台につくのは定九郎ひとり、売れっ妓《こ》には見世を張らせず、他の妓たちも夜見世に備えて四時前には下がらせることになっている。

鈍色《にびいろ》の光の中に座っていると、定九郎は時折、奇妙な幻想に取り憑《つ》かれる。自分の身体が台から剝《は》がれなくなり、その上だけが生きる場となる空想だった。台はある日、美仙楼の門口から勝手に動き出す。定九郎の意志とは関わりなく、浮き草のように流れていく。それは、藍染川に流された兎《うさぎ》と同じで、どこに辿り着くでもなく、なにかを得るでもなく、ひたすら波間をさまようのだ。終《しま》いには、自分がどこにいるのかわからなくなる。

嘉吉は、知ることこそが生き延びるための命綱だと思い込んでいるのだろう。あの花魁にゃ間夫《まぶ》がいるだの、帳場の男衆が借財を背負っているらしいのと、その口は知り得たことをひっきりなしに垂れ流す。ときに噂話は廓を出て、追分丁の賭場《とば》にいる山公が御一新前は陰間《かげま》として働いていたなぞと、明らかにでたらめとわかる話にまで及んだ。嘉吉がムキになってたぐり寄せている下世話な噂の糸は、なにか確かなものに繋がってでもいるのか。

考え事に身を沈めていると、左側に影が差した。氷を押し当てられたように肌が冷える。顔を上げた。ポン太がすぐ側に立っていた。いつもと同じ御納戸色《おなんどいろ》の着流し姿、今日は三絃《さんげん》を背負っていない。

「小野菊さん、いらっしゃらないねェ」

奴は爪先立ちになって格子の内を覗き込んでから、不服顔を定九郎に向けた。

「うちでお職《しょく》を張ってる花魁ですぜ。昼には滅多に出ませんよ」

よそで会えばポン太にはぞんざいな口をきく定九郎も、客の目がある門口では一応それらしい言葉遣いに改める。

「それに今日は六日ですからね。花魁には一と六のつく日はお馴染《なじみ》がありまして、夜になっても見世は張りません」

ポン太は途端に悄然《しょうぜん》となった。

「アタシァこれから高座ェ上がるんでね、小野菊さんォ拝ませてもらって景気づけェしようとしたんですがねェ」

そうですか、と生返事をして、定九郎は足指で下駄を弄《もてあそ》ぶ。

「小野菊さんァお姫様《ひいさま》ですよ。世の中にゃあ、いろんな人ォいますがねェ、あの方はきれいなお気持ちをしていなさるよ。閻魔《えんま》の庁の浄頗梨鏡《じょうはりのかがみ》に映してごらんな、真っ白に光ったお身体ァ映って閻魔様もォ舌を抜かずに舌を巻く、ってもんですよ。ね、それでお姫様。いや、それよりお熊かもしれないねェ。一目拝むだに痺《しび》れ薬を飲まされたようになっちまう、ってね」

一方的にしゃべるポン太を睨《ね》めつけ、

「おめぇはさっきから、なにを言ってるんだえ」

定九郎は他には聞こえぬよう、声を潜《ひそ》めて剣突《けんつく》を食らわせた。

「おや、お兄《あに》いさん。鰍沢《かじかざわ》のお熊をご存知ないんで？　うちの師匠のお噺《はなし》ですよォ。ところは甲州《こうしゅう》、身延山詣《みのぶさんもうで》帰りの旅人が雪に往生して一軒の庵《いおり》に宿を願います。そこにおりますは妙齢の女・お熊。これが悪い奴でね、痺れ薬を飲ませて旅人から金ェ奪おうって魂胆です。それに気付いた旅人、薬が回って勝手の利かない身体ァ引きずって逃げまどう。お熊は鉄砲背負って追ってくる。旅人ァ追いつめられて鰍沢へドボーン。お題目を唱えて丸太にしがみつき、命ィ取り留め、こう言った。『これもお材木（お題目）のおかげ』」

　ポン太が落《さげ》を言うや、ワッと大きな歓声があがる。張見世の花魁たちも、周りの見世の男衆らも、いつの間にかポン太の噺に耳を傾けていたらしい。定九郎は決まりが悪くなり、「おい、いいからあっち行ってやっつくんな」と小声で叱った。

「ほらねェここじゃいい調子なのに、アタシァいつんなっても寄席の深《ふけ》ェとこにゃ出られないってんだから因果なことですよ。そうだ、お兄《あに》いさん。一遍アタシの噺ォ聴きに来てよ」

「わっちゃ、落し噺はからっきしだからよ」

「アタシのがお嫌なら、せめてお師匠さんのを聴いてくださいな。そりゃもう、えらい人気でね。師匠が小屋にかかるとそこに客ァ集まっちまって、周りの小屋はさっぱりと相成る。おかげで『八丁荒し』なんざ、めでてェ名前ェいただいてるんですから。寄席芸人だの鹿だのと馬鹿にしたもんじゃありませんよ」

　我がことのように胸を張った。定九郎はいい加減鬱陶《うっとう》しくなって、

「どっちにしたって小野菊花魁は出ねぇんだ。悪《わり》ぃな」

と話を切る。ポン太はようやく、しけた面で美仙楼の前を離れた。

「陰陽ってなァ、手の平を返す中にもあると申します。伏せた手が陰で、上を向けた手

が陽。幽霊は陰気ですから手を下に向けます。両手を伏せて『怨《うら》めしい』、手を仰向けに出すと『強飯《こわめし》ィ』」

なにやら唱えながら通りを行くポン太に、周りの見世からからかい半分の野次が飛ぶ。奴の姿はしばらく定九郎の目の端にふわふわ漂っていたが、台に座り直したわずかな隙に、どこかの路地を折れたのか、すっかり見えなくなっていた。

小野菊の馴染は佐伯《さえき》という四十過ぎの男で、八代続く老舗呉服屋の主人であるらしかった。たいていは夜の七時頃に宮永丁の引手茶屋に入り、芸妓や幇間《たいこもち》をあげて飲んだのち、茶屋まで迎えに行った花魁と共に美仙楼の敷居を跨《また》ぐ。妓の本間で過ごしても朝を迎えることは滅多になく、十二時の引け前には帰っていくような、昨今には珍しく余裕ある遊び方をする男だった。一六日《いちろくび》には律儀に通ってくるのだが、他用があって長居ができぬ日は、見世に入っても床をつけず帰ることがある。そういうときでも佐伯は、「これで台の物でもとってやりな」と遣手《やりて》にたっぷり心付けを渡していった。隅々まで気を配って粋を尽くす振舞は小野菊の有り様と通ずるところがあって、性《しょう》が合うのも頷《うなず》けた。

七時少し前、龍造が小野菊の下駄を揃えて土間に置いた。吉原辺りの大見世であれば三枚歯下駄でも履かせて、引足のひとつも披露するところだろうが、根津では格式張った道中はすっかり廃《すた》れている。少なくとも、定九郎がここに来てからは一度も行われていない。

ほどなくして、小野菊が階段を下りてくる。灯籠鬢《とうろうびん》に結い上げ、黒地に金糸で龍《りゅう》の描かれた裲襠《うちかけ》をまとっていた。普段は大人しい色柄を好む妓だが、一六日だけは華美な装いとなる。佐伯の呉服屋では、江戸の頃から重宝されている伝統的な色柄を今も主に扱っているとかで、小野菊に贈られる着物も、かつて吉原仲の町張りの際、花魁たちが用いていた柄がほとんどだった。ゆえに昨今にはないほど絢爛《けんらん》なこしらえになるのだが、他の妓であれば衣装だけが浮いてしまうだろうその柄も、小野菊は見事にものにした。茶屋への往復で、他の見世の花魁や客たちは感嘆と羨望をもって小野菊の装束に見入ることとなり、それだけでも佐伯がこの妓に金を使う甲斐《かい》があろうと思われた。

目鼻立ちこそ整っていたが、小野菊は男好きがする顔立ちではない。奥二重の大きな目と薄い唇は冷淡にさえ見えたし、横骨の引っ込んだ締まった身体も、男からしてみればむしろ近寄りがたい雰囲気があった。ただ小野菊には、江戸の盛りを彷彿《ほうふつ》とさせる気《き》っ風《ぷ》のよさと、和歌や俳諧をたしなむ賢さがあって、それが年配の通人たちの気を引くらしかった。言葉を交わしたこともない定九郎にも、おごそかと言い換えられるほどの気品が妓に備わっていることは十二分に見て取れ、しかし中見世に売られてくるような女が、どこでどのように教養や品位を身につけたのかと首を傾《かし》げるのだった。

本式の道中ではないため、小野菊には新造《しんぞ》と禿《かむろ》ふたりが従うだけだ。定九郎は暖簾《のれん》を分け、「いってらっしゃいまし」と控えめに声を掛ける。妓はしかし、かしずいている立番に目を向けることもない。白檀《びゃくだん》の香りだけが門口に残された。「小野菊さんはね、香を聞くのがお好きらしいんですよ。毎日欠かさず、裲襠に焚《た》きしめてるほどの凝りようで」と嘉吉が語ったことは、どうやら嘘ではないらしい。

夜見世がはじまって一刻もすると、今度は龍造が茶屋へ向かう。小野菊と佐伯を迎えに行くのである。龍造の提灯《ちょうちん》に先導されて戻ってくる妓を認め、定九郎は台から立って再び暖簾を分けた。

「ほう。縞なんぞでも……」

声がして、定九郎は目を上げる。佐伯が、こちらを見ていた。

「着られちまうことがあるんですね。着るほうの気構えが、こういう形で出るんですな」

佐伯は、珍しいものでも見つけたようにしみじみと語った。言われた定九郎は意を汲みかね、しかし大っぴらに貶《おとし》められている煩《わずら》わしさだけは敏《さと》く感じて、口を引き結ぶ。

小野菊が、ちらと定九郎に目を走らせた。

「気を入れて着ないといけませんよ、番頭さん。でないと縞みたような当たり前の柄でも、身から浮いちまう。いかものみたように見えちまいます。そういや花魁、確か、いかものの着物を売りつける古着商のお噺がありましたね。あれは面白かった」

佐伯は小野菊に向かって言い、妓は小さく頷いた。すると男は満足した様子で、「いや、突然にすみません。どうも仕事のことが頭を離れませんでね、野暮なことを致しました」と定九郎に軽く頭を下げ、悠然と下駄を脱いだ。

龍造も妓に従って中に入り、階段下でふたりを見送る。土間にひとり残った定九郎は釈然としないまま、佐伯の下駄をとって下足箱に置き、腰にさした手拭いで表面を拭った。上客の履物は磨け、というのも、楼主が日頃しつこいほどに門口に言い渡していることである。

龍造が奥から戻り、本番口に座った。

「今宵は、わっちもこのまま居ていいんですか？」

皮肉に聞こえぬよう、慎重に定九郎は訊《き》く。ああ、と龍造は目を合わせることもなく応えた。

「みなに祝儀を出す方だ。引けまで居て、有り難くいただけ」

龍造はその間にも絶えず通りを見回しており、ひとりの男に目を止めると台の上から声を掛けた。男は、糸で引かれたように吸い寄せられる。二十歳そこそこの若造だが、黒羽二重《くろはぶたえ》の羽織は艶やかな光沢を放っていた。

「お見立てはございますか？」

龍造が柔らかく訊くや、若造は血走った目を格子に注ぎ、「えー、あ、あの妓」とひどく性急に中のひとりを指さした。よりにもよって芳里だ。龍造は頷き、「他にお馴染はございませんね」と確かめてから、男に寄って揚代《あげだい》を耳打ちする。

遊廓には、同じ廓内の他の見世に馴染がある客を登楼《あげ》てはならぬという決まり事がある。見世同士、妓同士、客を取り合って泥仕合になるのを避けるためだ。この不文律を破れば、客もその廓内ではおはきものになった。どの見世も二度と登楼てはくれず、ひどいときには男衆からなんらかの制裁を受けることさえある。ゆえに妓夫や立番は、見世口からの初会の客には必ず、他に馴染がないかどうか、訊いてから登楼るのだった。

揚代の交渉が済んだところで、龍造が奥に向かって「お登楼《あが》りんなるよー」と声を張った。嘉吉がすぐさま飛んできて、男の持ち物を預かる。次いで遣手が階段の下に現れる。と、男は急に「ちょ、ちょいと手水場を貸しとくれっ」と叫んで、引付座敷《ひきつけざしき》に上がりもせぬうちに厠《かわや》へ飛び込んでしまった。

——とんだ野暮天じゃねぇか。

定九郎は嗤いを嚙《か》み殺す。張見世の花魁を直《じか》に指さし、登楼った早々厠に立つなど。あれでは、ろくな遊びはできない。

だが龍造は、男が厠に行った隙に遣手を呼び、

「芳里と言ってるが藤間《ふじま》を回せ」

と、意外なことを命じたのだ。藤間というのは座敷持ちの二枚目で、小野菊と並ぶ見世の看板である。

「そんなことできるかえ。客が選んだもんを」

「なに言ってやがる。敵娼なんぞいつもおまえの腹三寸で決めてるじゃねぇか。あの客はよくよく格子の中を見ちゃいねぇ、妓が違ったってわかるかえ」

「したってあんな、右も左もわかんねぇような初心に、藤間はもったいなかろう」

定九郎が腹で思っているのと同じことを、遣手が口にした。

「まぁ、初心だ。もう目ぇ回してる。だが慣れてくりゃあ、あれは上客になる。金もある。おそらく大店《おおだな》の跡取りってとこだ。今宵できっちり、うちの馴染になってもらう」

早口で言いたいことだけ言ってしまうと、龍造は門口にとって返した。彼が背を向けているのをいいことに、遣手が定九郎へ、飴細工《あめざいく》のように顔を歪めてみせる。その刹那、龍造が奥に振り向いたから、定九郎までひやりとなった。

「それから芳里は引け前に下げろ。具合がよくねぇらしい」

「芳里が、そう言ったんですか？」

花魁たちの躾《しつけ》から細々とした面倒まで見るのが遣手の務めである。怪訝《けげん》な顔になるのも当然だった。

「いや。見世をつけるとき、あれに切り火をしたろ。うなじが熱持ってた。顔も赤《あけ》ぇし、流行感冒《はやりかぜ》でももらったに違《ちげ》えねぇ」

　定九郎は思わず顔を上げた。切り火の最中にそんなことを確かめているのかえ、という驚きであった。その視線に気付いたのか、龍造は疎《うと》ましげに、

「他の花魁に感染《うつ》ったら事だ。とにかく下げろ」

　と短く言って話を仕舞った。

　黒羽二重の若造が手水場から戻り、遣手は渋い顔で、男を伴って階段を上っていく。龍造は妓夫台に座り、再び通りを睨め回す。一切無駄口をきこうとしない。さっき自分が向けた無遠慮な視線に気分を害したのかもしれぬと案じられ、定九郎は無理に話題を作って機嫌を取った。

「座って客引くよりも、廓中を歩き回ってよさそうな方を見つけて来られりゃあいいんですがねぇ。遠目に見て『ええな』と思っても、ここに辿り着く前によその見世に入っちまうと虚《むな》しいですよ」

　龍造は黙している。定九郎の脇が汗に濡れていく。応えを諦めかけたところで、低い声が聞こえてきた。目の前の通りに、客が途切れたときだった。

「その昔は、そうやって客引きをしていたらしい」

　よほど気を入れねば聞き取れぬほど潜めた声だ。

「領分なぞお構いなしに自在に客を引いていた。だがそうなると番頭同士、客の取り合

いになって小競り合いが絶えなくなる。わざわざ廓に足を運んで、野郎が取っ組み合っているところなんぞ見せられちゃあ、客も興ざめだろう」

「それで定まった居場所ができた、と」

龍造は顎を引く。

「廓《さと》のことにはすべて理由《わけ》がある。薄みっともねぇザマぁ表に見せねぇための、理由だ」

ひどく厳しい横顔を、龍造は見せていた。

——たかが根津の中見世に、よくそこまで心血注ぐ気になる。

定九郎は漏れ掛けた長嘆息を咳払《せきばら》いでごまかし、

「さすが兄さん、どんなことでもご存知だ。わっちゃまだまだ未熟ですから、どうぞまた、教えてくだせぇ」

膝につかんばかりに頭を下げた。


十時を回ると八重垣丁通りを行く客はぐんと減る。

師走とはいえ景気の悪さは相変わらずで、客が引けるのも日に日に早くなっていた。登楼《あが》った客たちは、そろそろ花魁と閨《ねや》に潜《もぐ》る頃合いだ。廓は喧噪《けんそう》から解かれ、静かな闇に沈んでいく。

「ちょいと任せるぜ」

ひとこと断って、龍造も奥に消えた。厠にでも行くのか、煙管《キセル》でも喫《す》うのか。定九郎は大きく伸びをする。居すくんでいた身体が少しだけほぐれた。あくびをすると、目尻から涙が垂れた。

どうも冷えると思ったら、闇の中に白いものが舞っている。綿虫のような軽やかさも燦《きら》めきもない、埃くさいばかりの雪だった。

龍造はなかなか戻らない。

定九郎はひとり、引けまでの刻を数える。あと半刻ほどのはずだった。月の出ぬ日は、影で刻が計れないから不便だ。今日はずいぶん長く座った。このまま台にケツを持っていかれそうな予感があった。定九郎は再び、妓夫台にすがりついて異境の地をさまよう己の姿を思い浮かべている。

三

明治十年が明けた。

年の瀬から景気はますます悪く、八重垣丁通りを行く嫖客《ひょうかく》の姿もまばら、廓《くるわ》全体が湖底にでも沈み込んだように森閑としている。

反して世間では、騒擾《そうじょう》が絶えない。士族の乱が次々と火蓋を切り、年末には地租改正に異を唱える農民たちの一揆《いっき》が各地で起こった。江戸っ子たちが、明治をもじって「治まるめい」と半ば自棄《やけ》になって囃《はや》すのも詮方ないほど世は荒《すさ》む一方なのだが、それとて定九郎にとっては目の詰まった蚊帳《かや》を通して見る夜色のようなもので、どうも実感に乏しい。日々は相変わらず、回り燈籠のごとくに同じ絵柄を映していた。世事は等しく各地を駆け巡りはすれど、こんな谷底にまでは降りてこないのだ。

正月紋日《もんび》も客はほとんど取れず、楼主《ろうしゅ》はさすがに焦りを見せて、初会の客を増やして帳尻を合わせろと門口に命じた。おかげで定九郎は、昼見世《みせ》だけでなく夜見世にも座り、引けまで龍造と過ごす気詰まりを毎日味わう羽目になった。

その、松の内のことだ。

夜の見世をつける前、龍造に命じられ、追分丁の賭場《とば》に金を取りに行った定九郎は、いつものように藪下《やぶした》の石垣へと足を急がせていた。寺の間の小径《こみち》を抜けようとしたところで絃《いと》の音が聞こえてきて、またポン太が墓場で三絃《さんげん》の修練をしているのだろうと、定九郎は息をつく。金の隠し場所を奴に見つかってもつまらない。胴巻《どうまき》からいくらかくすねることを諦め、塀に身を隠して進んだ。

三絃の音はまだ続いている。あと数歩で、藪下に紛れ込めるというところだった。

「お兄《あに》いさんよーう」

頭の上からポン太の声が降ってきたのだ。奴は、寺の塀から首だけ出してこちらを覗き込んでいる。定九郎は舌打ちして腰を伸ばした。

「ねェ、お兄いさん、知ってます？　新橋っから横濱まで陸蒸気《おかじょうき》が走ってるっていうでしょう。アタシァまだ見たことァないんですが、そりゃあすごい音がするってェいいますよ。そいつがねェ、夜中まで続く。周りはおちおち眠られねェ。だけど陸蒸気ァさすがに夜中ァ走らねェでしょう。なにが走ってんだと思います？」

「おい。わっちゃ忙しいんだ。おめぇと遊んでる暇なぞねぇんだ」

ポン太は、定九郎の声など一切耳に入っておらぬ様子で続けた。

「狸《たぬき》なんですってさァ。狸がね、陸蒸気に化けて走ってるんですってさァ」

定九郎は、眉間を揉《も》んだ。

「このご時世に、いつまで寝ぼけたことぉ言ってんだえ。だいたいおめぇ、狸なんざ……」

「つまらなくっていけませんよォ、当今は」

強引に、ポン太が遮る。

「ほんの十年前まではさ、怪しいものを見るとね、おお怖い、なんだえありゃ幽霊じゃないか、それとも狐《きつね》かえ、天狗《てんぐ》かえなんてことォ言ったもんですよ。ところが昨今じゃあ、ちょいと変なもん見たって言やァ、たいがいみんな肩をすぼめてよ、あァそいつは神経だ、おまえの神経がおかしいんだ、ってことを言いやがる。幽霊なんざ、はなからこの世にいねェんだから、おまえの頭がいかれっちまってるんだよ、ってさァ。あ、こいつァうちの師匠がこの頃よく使ってる枕の受け売りなんですがね。したってまァ、味気ないことです」

ポン太の口調が独特の拍子を刻んでいるせいか、定九郎は聞くうちまぶたが重くなり、だんだん朦朧《もうろう》としてくるようであった。頭の中は霞《かす》むのに地面からの冷気が、くるぶし、臑《すね》、腿《もも》へと這《は》い上がってくる感覚だけは鮮明だ。雪の中で死んでいく人間はこんな心地なのだろうかと、意識の隅で思う。

「だから、なんだ」

ようよう声を絞り出した。

「なんだ、ってこともないですよ。それだけの話です」

定九郎の眠気は、そこで不意に解かれる。途端に腹立たしさに襲われた。

「そんなくだらねぇ話で、気まぐれに呼び止めんな」

「嫌だよォ、お兄《あに》いさん。アタシァなにも気まぐれに呼び止めたんじゃござんせんよォ。今、言ったことォお伝えしたくってね、ここでずーっと、お兄いさんが来るのォ待ってたんですから」

ポン太の首は、それきり塀の向こう側に消えた。また三絃が鳴りはじめる。

なんでもないことかもしれない。だがこの一件は、喉に刺さった小骨のように、定九郎にしつこく不快を呼び覚ました。


「暇ですねぇ、兄ぃ」

昼見世の最中、後ろから言われて振り向くと、蒼白《あおじろ》い刃先が喉仏をかすめた。息が止まる。とっさに台から転げて身をかわした。

嘉吉が、抜き身の小刀をこちらに向けているのだ。

「……なんの真似《まね》だえ」

定九郎が擦《かす》れ声をあげてはじめて、嘉吉は自分の手元に目を落とし、「いけねぇ。鞘《さや》がねぇのを忘れてた」とうなじを叩《たた》いた。

「裏で磨《と》いできたんですが、鞘ぁ、下足箱んとこに置きっぱなしにしちまったもんで取りにきたんだった。すいやせん、物騒なことで」

「おまえ、そんな刀ぁ持ち歩いてんのかえ」

「これ、あっしのじゃあないですよ。龍造さんのです。昨夜、磨いでおくように言い付けられましてね」

「兄さんの？　小刀なんぞ、なんに使うんだえ？」

「あれ？　知らないんですか。じゃあ、兄ぃはそうしちゃいねぇんだ」

目をしばたたかせて嘉吉は、空いている脇口に腰を下ろした。

「お得意さんがいらっしゃるでしょう。例えば小野菊花魁《おいらん》とこについてるサーさんみてえな」

楼の中では客の名をそのまま呼ぶことはない。頭文字をとって「さん」付けするのが流儀である。小野菊の馴染《なじみ》である佐伯はゆえに、「サーさん」で通っている。襖《ふすま》で隔てただけの部屋が並んだ造りだ。客が複数入ればそれだけ耳も増える。互いに身元がわからぬようにはからうのも、廓の習いだった。

「そうすっと、お客が登楼《あが》ってる間に龍造さん、この小刀で下駄の歯のめくれをさ、削ってるんですよ。それだけじゃないですよ。固く絞った手拭いで下駄の裏側まで磨いてさ、最後に鼻緒に詰まった埃《ほこり》を爪楊枝《つまようじ》で取る念の入れようですぜ」

まさか。夜は台に座ってんのに、いつの間にそんな手間ぁ掛けてんだえ。定九郎は言いかけて、佐伯が登楼した折、龍造がよく、門口を定九郎に任せては姿を消すことに思い当たった。てっきり厠《かわや》か、煙管《キセル》だと決めつけていたが。

「裏路地でひとりでさ、削ってんですよねぇ。一度、お手伝いします、って声ぇ掛けたんですがね、お客の履物のこたぁ俺の領分だ、って任してくれなかったんですよ」

楼主は、上客の履物は磨け、と言った。定九郎はそれに従い、下足箱に入れる際に埃を拭う。それ以上のことをしろとは、命ぜられていない。

「へぇ。知らなかったんだ、兄ぃは」

脇口から嘉吉の、どこか浮かれた目が覗き込む。奴の薄ら寒い優越感に食い殺されぬうちに、定九郎は話題を変えた。

ポン太について訊《き》いたのだ。数日前の黄昏時《たそがれどき》、「お兄《あに》いさんを待っていた」という奴の吐いたひとことが未だ引っかかっており、とっさに名が出たのだろう。

「あいつぁどういう奴か、おまえ、知っているかえ？」

けれど噂話には敏《さと》い嘉吉も、ポン太のことになると首を傾《かし》げた。

「噺家《はなしか》の弟子って奴ですよねぇ。さぁ……あちこちに出張って遊んでるって噂ですけどね。朝んなると師匠の家に舞い戻って水汲《く》むくれぇしか、仕事がねぇって」

「なんだ。そのくれぇなら、わっちでも知ってるさ」

定九郎は、吐息と一緒に返した。別段他意はなかったのだが、なぜか嘉吉は顔を歪《ゆが》め、

「なるほど、そういう手で来ましたか」と呟《つぶや》いたのだった。

「龍造さんのなすってる仕事を兄ぃが知らなかったことを、あっしが馬鹿にしたとでも思ってなさるんですか？　それで早速意趣返しというわけですか？」

「なに言ってんだえ。そんなつまんねぇことで意趣返しなぞするかえ。わっちゃただ、

おまえなら細かに知ってると思って訊いただけさ」

「だってっ！」

いきなり金切り声をぶつけられ、定九郎は面食らって脇口を見た。嘉吉は本番口に身体《からだ》ごと向き直り、全身をこわばらせてこちらを睨んでいる。

「だってっ、あんな寄席芸人のことなんざっ、知ったってなんの得もないでしょう。世の中となんの係りもねぇことなんですからっ。奴のことを知ったところで飯の種にゃあならねぇんですから。知らないいんじゃねんだ、わざと頭に入れねぇんだ」

定九郎は口をつぐむ。どうやら嘉吉の踏んではならない場所を踏んでしまったらしい。

「あっしは、なんでもかんでも拾うような馬鹿じゃあないですよ。知っとくことと知らねぇでいいことの区別っくれぇはしてるんだ。こんだけたくさん報が飛び交ってるご時世ですぜ。そっから選ぶ目ぇが大事なんだ。兄ぃはそういうの、まるでわかってねぇんですよ。ぼーっとしてるばっかりで」

「わかった、わかった。わっちが悪かったよ」

なだめつつも、だったら花魁の間夫《まぶ》だの男衆《おとこし》の借財だの、そんなくだらねぇことはおまえにとって入れなきゃならねぇ大事な報なのかえ、と定九郎は内心毒づいた。

「あっしはちゃんと選んでるんだ。ポン太って奴のことだって知ろうと思えば知れるんですよ。そうしねぇだけなんだっ」

嘉吉はなおも言葉を継ぎ、定九郎はさすがに薄気味悪くなる。なにが奴をここまでムキにさせるのかと肩をすくめた。嘉吉はプイッと顔を背け、見世の奥に向く。その顔が、なにかを見つけて表情をなくし、それから無様に引きつっていった。不思議に思って嘉吉の目線を辿った定九郎もまた、血の気が引いた。

土間に、龍造が立っていたのだ。

一六日《いちろくび》でも検黴日《けんばいび》でもないのに、珍しく早く見世に出たらしい。裏路地から内玄関を抜け、楼《なか》を通って土間に降りたのだろう、通りに目を向けていた定九郎も嘉吉も、龍造が近づいていることに気付く術《すべ》はなかった。

嘉吉は尺取り虫のような動きで台から立ち上がって一礼する。龍造はしかし、なにも言わない。逃げ切ろうと、嘉吉が素早く上《あ》がり框《がまち》に足をかけたときだ。

「おい、嘉吉」

龍造がすかさず呼び止めた。嘉吉が硬くなって振り向く。打ち首になる直前の、罪人の顔だった。

「手拭いを一本、水で湿して持ってきつくんな」

龍造が命じると、立て続けに頷《うなず》いて駆け出した。まともに声すら出ないありさまだった。定九郎も慌ててケツを上げ、それまで座っていた本番口の台を龍造に渡して脇口に移る。けれど龍造は本番口の前に立ったきり、座ろうとしない。

手拭いを持って嘉吉が、勢い込んで土間に転げ降りてくる。走ったおかげで派手に息が上がり、上気した顔ではあばたというあばたが凄絶《せいぜつ》な花を咲かせていた。

その嘉吉の面《つら》を正面から見据えて、龍造は言った。

「おめぇがここに座るのは十年早《はえ》ぇ。それはわかってんな」

低い声が嘉吉を、また定九郎をも刺し抜いた。「へえ」と性《しょう》の抜けた声で応え、嘉吉はうなだれる。

「持ち場に戻れ。仕事ぁまだ残ってるはずだ」

手拭いを引ったくって龍造は、本番口の台を入念に拭きはじめた。定九郎は立ち上がる。

「あのぅ……すいやせんでした」

詫《わ》びを入れたが龍造は応えず、脇口に背を向けて執拗《しつよう》に台の上を拭い続けた。

椿《つばき》の花が首ごともげて、廊下に落ちる。花弁が散り、毒々しい黄色の花粉が、拭き掃除を終えたばかりの床面にへばりついた。定九郎は恨めしげに、壁に掛かった一輪挿しを見上げる。椿の朽ち方は、いつの時代も不吉だ。

「身体に痣《あざ》ぁ残すまで弄《もてあそ》ぶんだ。しょうもないよ」

飛び散った花粉を拭き取っていると、内証《ないしょう》から甲高い遣手《やりて》の声が漏れてきた。定九郎は、細く開いた襖の奥に目を走らせる。

遺手の横顔が見えた。その向こうに、妓《おんな》ふたりが退屈そうな顔で控えている。どちらも下座の妓で、ひとりは芳里。手前に座った後ろ姿は龍造だろう。廊下から見えぬ上座には、楼主がいるはずだった。そら、見せてみな。遺手が言うのに、妓たちは渋々胸元をくつろげる。首筋から胸にかけて、いくつもの赤い痣が刻まれていた。

「口で吸った跡だってんだから呆《あき》れますよ。男の手ぇ残されちゃあ、商売にならないってのに。こういうとこじゃ、派手な前戯後戯のたぐいはしないってのがお約束でしょう。それを知らねぇわけでもなかろうに、平気でこういうことするんですよ、昔のお武家ってヤツは」

定九郎は妓の痣のことよりも、「昔のお武家」という遺手の言い様に囚《とら》われた。まさか「お武家」に「昔」がひっ付く日が来るとは思わなかった。無性に胸がざわめいて、溜息と苦味が同時にこみ上げてくる。

「中にゃあ、いきなり花魁を素っ裸に剝《む》く野暮天までいるんですってよ。冗談じゃありませんよ、そんな流儀を知らない客の相手をするほど、うちの見世は廃《すた》れちゃいねぇんだ」

あたかも自分が楼主であるかのような言い方をして、遺手は禿《は》げ上がった額を癇性《かんしょう》に掻《か》いた。

「昔のお武家」は今や、「抗顔坐食《こうがんざしょく》の徒」だの「平民の居候《いそうろう》」だのと呼ばれ、単なる時世のお荷物となった。特に明治四年に行われた廃藩置県のすぐあとは、民からずいぶん恨まれもした。版籍奉還の折、すでに公卿《くぎょう》や大名だった連中は華族となり、武家は士族となっている。それまでの職は失えど、「県」と名を変えた藩から、かつての家禄《かろく》に応じた秩禄が与えられる。特に位の高かった連中は、遊び歩いていても十分食えるだけの金が入った。

だが、士族ばかり保障される治世が長く続くはずもなく、昨年の夏、新政府は家禄数年分の金禄公債を授けるのを最後に、「昔のお武家」と以後一切の関わりを断つと明言した。態《てい》のいいお払い箱だった。まとまった金といっても、数年で尽きる額である。しかも士族には新たにすべき仕事も用意されていない。多くの者は、ただ零落するのを待つよりなくなる。

ならば、俸禄が出ていた間に暮らしを立て直し、新たな職を見つければよかったのだ——というのは理に適《かな》った言い分だが、多くの士卒にとって武士というのは精神も構えも含めた生き方そのものであり、「職を変える」ことはすなわち生き方を変えることに他ならず、そうたやすくいくはずもないのだった。自らの在り様さえ見失った彼らが、自暴自棄に遊ぶのは無理からぬことかもしれない。

定九郎はおざなりに雑巾を滑らせつつ、自分が登楼《あげ》た客の顔立ちを思い浮かべていた。

士族が交じっていたかもしれないと不安になり、龍造に叱責されることを思って気が鬱《うつ》する。しかし断髪令が出され、腰のものが取れた中、外見だけで武士と見分けることなどかなわないのだ。

「そこは番頭さんがきちんと見極めてくれなきゃあ、ならないいんじゃあないんですかっ！」

切り口上が聞こえ、定九郎は顔を上げる。遣手がチラリと傍らの男を睨んだのが見えた。どうやら楼主の前で龍造を吊《つる》し上げようという魂胆らしい。

「なんたって門口が登楼ちゃったものをさ、あたしはさばくよりないいんだもの。番頭の見立て違いでした、申し訳ございません、どうぞお引き取りになって、とは言えないですからね」

見立ての確かさだけを楯《たて》に生きている男が、これだけ腐《くさ》されて黙っているはずもないのに、やけに強気で遣手は言い募る。

「ええよーう、このくらい。痛くもなんともないもの」

場を緩めたのは芳里だった。胸元をかき合わせながら、遣手と龍造へ、交互に笑みを送っている。

「どうせわちきはその程度の玉だしさ。男に大事にされるより、いたぶられるのが得意技、ってね。だいたいこのくらいの痣ぁ、お茶挽《ひ》いてる間に治っちまいますよ。人三化《にんさんばけ》七《しち》のわちきには、どんな客でもないよりあったほうがありがたい、ってね」

精一杯に道化《どうけ》たが、周りの誰も笑わぬのを見ると首をすくめた。たるんだ首の肉が、波打って襞《ひだ》となる。隣に座った妓が、「一緒にするな」とばかりの険しい目を芳里に向けた。「でもね」と遣手が言いさしたのを、

「こっちの落ち度だ」

と、龍造が遮る。

「俺の目が霞んでたってことだ。すまねぇ」

頭まで下げたのだ。

龍造がなんら申し開きもせず、あっさり非を認めたことに定九郎は驚き、また、呆れもした。自分が登楼た客とは限らぬのに責任のすべてを引き受け、しかもわざわざ楼主の前で詫びを入れるなんざ、落とし穴に気付きながら干し草を踏み抜くようなものだ。自分ならば……と定九郎は思う。楼主の前ではなんとか言い抜けて、陰でこっそり遣手に詫びるだろう。そのとき追従《ついしょう》のひとつ、そこらで買ってきた饅頭《まんじゅう》のひとつでも添えれば、万々丸く収まることだ。せいぜい、その程度で済むような話ではないか。

少し気をつけないといけねぇな、お武家はそこまで追いつめられちまったんだ、と楼主の声が聞こえた。あたしらの考えも及ばないとこまでさ。楼主は、どうやら笑っているようだった。龍造が「へい」と短く応えた。遣手は勝ち誇った顔を上げる。定九郎が

廊下から中を窺《うかが》っているのに気付いた芳里が、一度かき合わせた胸元を、定九郎に向かってくつろげてみせた。

その日は、暮れるとみぞれになった。

夜見世がはじまる前、龍造は賭場への使いを定九郎に命じたついでに、「しばらくの間、士族は避けろ」と、内証での話を受けた送り込みの指図をした。士族を登楼たのはおまえではなかったかと、詰め寄られなかったことに定九郎は安堵《あんど》し、「わかりやした」と素直に返す。といって、客に身分を訊くわけにもいかない、改めようもない話だ。それでも龍造とふたりで台を預かっている限り、なにかあっても定九郎ひとりが責を背負い込むことはない。面白くもないこの仕事の、それがただひとつの利点だった。

定九郎は見世を出て、湿り気を払いながら追分丁へと向かう。裾をからげているせいで、ふくらはぎに冷たい飛沫《しぶき》が跳ね上がった。

このところ、賭場への使いを言いつかる頻度が増している。博奕《ばくち》を打つ連中が増え、実入りが嵩《かさ》んだためというよりも、客の減った廓の穴を賭場の金で埋めているのではないかと定九郎は踏んでいる。追いつめられているのは、なにも士族に限ったことではないのだ。

番傘を畳んで、賭場の軒先に飛び込んだ。ちょうど格子を開けて出てきた男と袖が触れた。

「気をつけねぇかっ！」

男は怒鳴り、手拭いを頭に載せるとみぞれの中へ出ていった。どうせ悪い目が出てスッたに違いない。定九郎は、男が土に残した下駄の跡に唾を吐く。

と、不意に男が立ち止まった。振り向いて、しばらく定九郎を睨みつけていたが、踵《きびす》を返して軒下へと向かってくる。因縁《いんねん》でもつける気か。係り合いになるまいと、定九郎は急いで格子に手を掛けた。

「おまえ、定じゃあねぇか？」

背中に言われて振り返る。男は定九郎に遠慮ない視線を注いだのちに、「やっぱりそうだ」と口元を綻ばせた。剝き出された黄色い歯を見てやっと、吉次《きちじ》、という男の名を思い出す。確か、深川で一緒に妓夫台《ぎゆうだい》に座っていた男だ。もう五年も前のことで、吉次が自分より格上だったか同格だったか、それさえもおぼろである。

「おまえ、今ぁ、どこにいるんだえ？」

「へぇ。そこの谷底に座っておりやす」

用心のため下手《したて》に出た。男は定九郎の敬語を、なんら違和を抱く素振りもなく受け取った。そうか、深川でもこんな野郎の下についていたのかと定九郎は溜息を嚙《か》む。

「根津かえ。おめぇとは深川が焼けたっきり縁が切れちまったもんなぁ。あれからおまえ、どうしたえ？」

「ずいぶんあちこち流れました。兄さんは、今どちらに？」

「俺もいくつか鞍替《くらが》えしてよ、一旦は廓の仕事から足ぃ洗ったが、先年吉原に舞い戻ったさ」

「そりゃあご出世だ」

「吉原ったって御一新前とは大違いだぜ。右を見ても左を見ても、お江戸見物とばかりに田舎っから繰り出してくる浅葱裏《あさぎうら》一色だ。遊び方は知らねぇ、大声で騒ぐ、おかげで馴染の上客が離れっちまってさんざんよ。おまえのいる見世はなんてぇ名だえ」

「美仙楼ってぇ半籬《はんまがき》ですよ。惣門に近《ちけ》ぇところにありまして」

「……美仙楼」

吉次の顔つきが変わった。まさかこの賭場の胴元が美仙楼の楼主だと知っているのではあるまいな、と定九郎は身構える。吉次は空《くう》を睨んでなにやら考え込んでいたが、ほどなくして意外な名を口にした。

「おめぇの見世に、小野菊ってぇ妓はいねぇか？」

「へえ。おりやすが」

再び、吉次は押し黙った。みぞれが、彼の頭に載せた手拭いを容赦なく濡《ぬ》らしていく。

「あのぅ」。声を掛けると、我に返った様子で顔を上げ、こなれぬ笑みを作って定九郎の肩を二度ほど叩いた。

「や、濡れっちまったなぁ」

自分も濡れているのにそんなふうに言って、「また近く顔を合わすことになるかもしれねぇな。おまえもここに通っているのかえ？」と賭場を顎でしゃくる。

「へえ。まあ」

「そうかえ。ともかく、しばらくはその見世ぇ辞めんなよ」

不可解なひとことを残し、吉次は気ぜわしげに後ろを向けた。

定九郎は眉根を寄せて男の猫背を見送り、それから格子を跨《また》ぐ。上がり框には、仏頂面の山公が立っていた。

「おのし、あいつと知り合いけ？」

非難がましい目を向ける。軒先の会話が、中にも聞こえていたのだ。

「いえ。ただ顔ぉ見知ってるってぇくれぇの男ですよ」

「なら、ええが。ともかく性質《たち》が悪いけぇ。もともと来たのもよ……」

山公は言いかけ、客のいる奥の間を気にする素振りで言葉を飲み込んだ。

「まぁ、ちぃーと上がってけ。まだ金の支度もしちょらんけぇ。あいつに絡まれて時を食ったんじゃ」

玄関脇を指した。

この町家の造りは、賭場にしている奥の八畳間と厨《くりや》だけであろうと思っていたが、玄関を入った右手にひと部屋隠されていたのだった。寝転べば壁の四辺に手足がつきそうな小部屋で、あるのは手焙《てあぶ》りと丸めた夜着《よぎ》のみ。おそらく山公は、ここを根城としているのだろう。

「これでも飲んで待っちょれ」

山公は湯気の立った茶碗を畳に置いた。凍った手を温めつつ碗を覗き込んだ定九郎は、中身が白湯《さゆ》であることに肩を落とす。廓では、妓に客がつかないことを指す「お茶を挽く」という隠語があるため、妓たちも男衆もげんを担ぎ、茶を避けて白湯を飲む。俗に「おぶう」と言われ、昼飯のあとはたいていこれで締めくくる。そのせいか、時折やけに濃くて熱い茶が欲しくなる。こういう冷え込んだ夜はことさらだった。

「さっきの男、ありゃはじめっから厄介でよ」

山公は、定九郎に背を向けて手元を隠し、金を胴巻に移していく。

「ここへ来たのもやくざもんと一緒でよ。そっちは素人《しろうと》相手じゃ物足りなくなったんか、滅多に来よらんが、あれはしつこく通いよう。負けが込むと絡んできて手に負えんちゃ。おのしもあんなのと関わっちゃいけんぞ」

「係り合いになるもなにも、久方ぶりにばったり会ったんで挨拶しただけですよ」

定九郎は、山公の手元を覗き込もうと伸び上がる。ぜんたい、どういう勘定をしているのかとさらに膝を進めたとき、急に山公が振り返った。驚いて動きを止めた定九郎に、

「ほい」と胴巻を手渡す。会釈しつつ受け取り、さりげなく山公が作業していた場所に目を走らせたが、帳面もそろばんも見当たらなかった。

「あいつは前からあねぇに性質が悪かったんけ？」

「さぁ。そいつも覚えてねぇくれぇで。昔の知り合いですからねぇ」

「昔の、知り合いか……」

山公は不意に顔を曇らせ、倒れ込むようにその場に寝転がった。かかとが砂壁をこすり、耳障りな音を立てる。

「昔、よう知っちょった奴でもよ、間が空けば初めて会う奴と同じようなもんかもしれんのう。特にこう時世が変わるとよ、人も見る影なく変わるけぇ」

天井に向かってひとりごちた。定九郎は腰を上げる機を逸し、仕方なく冷めてしまった白湯をすすった。

「わしはよ、長州の目出《めで》ゆうとこの出なんじゃ。瀬戸内の海っ端でよ、近くに有帆川《ありほがわ》ゆうきれいな川が流れちょってのう」

脈絡もなくはじまった昔話だった。まるで自分にしか見えぬ絵巻物を読み上げているような調子で語る山公に戸惑い、逃げ出す口実を見つけようといたずらに首を回すうち、部屋の片隅に『学問のすゝめ』がへばりついているのを見つける。こいつもか、とゾッとした。世の中が、大きな刷毛《はけ》でひとつの色に塗り替えられていくようで。

山公は、漁師の家に生まれたのだと言った。土が瘦せており、ろくに作物が育たない土地柄だったため、多くの村人たちは漁師と農家を掛け持って口を糊《のり》していたのだという。米の飯など故郷《くに》じゃあ数える程しか食ったことがない、と彼はほとんど自慢めかして語った。集落の近くにはお武家の屋敷もあったが、身分が違うため付き合いらしいものはまるでなかった。ただひとり、よく遊び相手になってくれる士卒の若者がいたのだと山公は目を細める。

「わしより七つ八つ年長じゃったが、情に篤《あつ》い兄《にい》までよ、遊びひとつとっても仲間はずれっちうもんを作らん。身分にかかわらず輪に入れてくれてのう。わしもよう兄のあとをついて回ったわ」

佐世八十郎《させやそろう》というのが、若者の名であった。向学心の強い男で、瀬戸内の目出から赤間関街道《まがせきかいどう》を延々歩いて、日本海側の萩《はぎ》という地にある塾まで通っていたという。どんな学問をしていたか、山公は知らない。ただ、佐世が萩に行っている間も、彼の名は毎日のように悪童たちの口に上った。そうやって、佐世が戻るまでの日を埋めていたのだ。

山公が八歳のとき、佐世が落馬して足の骨を折る大怪我《おおけが》をした。胸も手酷《てひど》く打ったらしく、いっとき命まで危ぶまれ、その間山公は毎晩怖い夢にうなされた。

「兄が死ぬことが恐ろしかったんじゃろうのう」

いつまで経《た》っても終わらぬ昔話に、定九郎は焦《じ》れはじめている。そろそろ見世に戻らねば、龍造になにを言われるかわかったものではない。賭場からは間断なく男らの歓声があがっていたが、山公はいっこう頓着しなかった。

一命を取り留めた佐世はその後も目出と萩を往《ゆ》き来《き》していたが、しばらくするとほとんど目出には戻らなくなった。吉田松陰《よしだしょういん》という罪人が、幽室に開いた松下村塾《しょうかそんじゅく》の塾生になったためらしかった。以来山公は、一度も佐世に会っていない。ずいぶんあとになってから、佐世が尊皇攘夷《そんのうじょうい》運動に身を投じ、討幕にも大きく貢献したことを耳にした。

「その佐世が、前原一誠《まえばらいっせい》じゃった。おととい客に聞いてよ。御一新の前か後か、どこかで変名したんじゃな」

聞いたことのある名だ。前原一誠——記憶を辿るうち、つい先だって萩で士族の乱を起こした奴だと思い当たった。長州の藩校・明倫館《めいりんかん》に有志を集め、士族の窮状を天子様に直訴すると東京目指して行軍した者があったことは、根津でもさんざん話題になったのだ。確か、去年の十月だか十一月だか、その辺りのことだ。とはいえ、江藤新平《えとうしんぺい》が起こした佐賀の乱だの、熊本神風連《しんぷうれん》の乱だの秋月の乱だのと、不平士族の暴動は途切れなく続いており、どれがどれだか定九郎には区別がつかない。

「兄《にいま》はよ、船でこっちへ向かう途中、宇龍《うりゅう》ちう港で捕らえられて萩に送られたんじゃ。そこで首を落とされたってよ。己で腹ぁかっさばくこともできなかったってよ」

「そりゃあ……」

武士であれば不本意であろう、という言葉を定九郎はかろうじて飲み込んだ。

「兄が馬から落ちたときみてぇに恐ろしくはないんじゃ。悼む気はちぃーとはあるけぇが」

山公のかかとが、また砂壁をこする。

「もう十年以上も会っちょらんしのう。あの温厚な兄がそねぇなことしよるとはっちう驚きのほうが大きい。ただ焦りゆうんかのう、ああ、兄は一仕事終えて、信念通して逝ったんじゃなぁち思うてよ。わしはなんもしちょらんけぇ、この歳でよ」

天井を向いた男の面が情けなく歪むのを見て、定九郎は、手にしていた碗を畳の上に置いた。

「江戸へは、なにか思うところあって出てきたんですかえ？」

「忘れた」

山公は天井に向かって力なく笑う。

「えれぇ志は持っちょったと思う。あの頃の長州は火がついたようでよ、異国船と戦もすりゃあ、御公儀と刃《やいば》も交える、百姓まで兵になっちょったけぇ。わしはそれとは別の形で一旗揚げちゃろうち思うちょったかもしれん」

「他人事《ひとごと》みてぇだ」

「江戸で揉まれるうちにすべて忘れてもうたけぇ。流されちょるうち、河原の石みてぇに丸うなってしもうたわ」

　山公は、ぐいと身体を伸ばす。手足が壁に突き当たる。果てしなく窮屈そうな姿だった。

「なんとかしなけりゃあならんのう。さすがにこねぇな賭場の番人で、一生を終えとうないわ。今はもう身分の壁がない自由な世じゃ、なろうと思えばなににでも……」

「念願の長州閥に加わりますかえ」

　冗談口を叩くと、山公が上目遣いに睨んできた。しばしふたり顔を見合わせて、同時に噴き出す。

「焦りはするのよ、本気で焦る。己の行く末じゃ、他の誰が考えてくれるわけでもねぇしのう。せーけどこれがよ、女のひとつも抱くともう、万事どうでもよくなりようる。人生かかった悩みじゃっちうに、女ひとつでトン」

　と、山公は手刀《てがたな》を切って見せ、

「あとは野となれ山となれ、じゃ」

「ひと寝《ねむ》りすりゃあ、元の木阿弥《もくあみ》」

「また同じところを回ってござるの猿回し」

　小部屋から再び、ふたつの忍び笑いが漏れる。

「『自由』なんぞといきなり言われても、のう」

「へぇ。かえって厄介でさぁね。わっちの身にもなんの係り合いもありません」

玄関の格子が開く音がした。客が入ったらしい。山公は弾みをつけて起きあがり、廊下へ出て行った。普段と変わらぬ飄逸《ひょういつ》な受け答えが聞こえてくる。座敷にひとり残された定九郎は、部屋の隅に落ちている書物を打ち見た。そいつに、目一杯の冷笑を手向《たむ》けた。

いくらでも滑り落ちることはできる。だが、今よりわずかでもマシな場所に上ることはできない。横に流れるのがせいぜいだ。おそらくそれが、自分に与えられた道程《みちのり》だった。

定九郎は追分丁から谷底へと戻る途次、五年前に出された娼妓《しょうぎ》解放令のことを思っていた。

すべての遊女を無償で解放せよという新政府からのお達しに、遊廓《ゆうかく》という遊廓は天地がひっくり返ったような騒ぎになったのだ。廓はいずれも前金を払って女を引き取る。女は年季奉公して前借金を返し、落籍《ひか》れる場合もその残金を旦那が払う仕組みになっていた。それを只《ただ》で解放しろというのだ。見世は大損となるばかりか、妓たちがいなくなれば商い自体、立ちゆかなくなる。当然の如《ごと》く、楼主たちは異を唱えた。が、新政府はとんでもない理由をこねて、これを突っぱねたのだ。

曰《いわ》く、娼妓は牛馬と同じである。牛馬が金を返すことはできぬ。よって娼妓も金を返す必要はない。

この暴論の裏には、マリア・ルーズ号というペルー船の寄航が関わっていた。当時、横濱港に碇泊《ていはく》していた英国軍艦に救助された、ひとりの清国人《しんこくじん》が、自分は苦力《クリー》として捕らえられマリア・ルーズ号で運ばれてきた、船内でのひどい扱いに堪えきれずに逃げ出した、と直訴したのである。これに対し、英国代理公使が、「人身売買は違法であるからペルー船を差し止めるように」と外務省に命じた。官員たちはそれを受けてペルー船を調査、苦力を解放するよう申し渡す。

しかしペルー側も、費用をかけて清国に船を送っているのだ。簡単には引き下がらない。彼らは、自らの行いを正当化するために、日本も人身売買を行っているではないか、という反論をぶつけてきた。その例に挙がったのが娼妓というわけだ。新政府は、ペルー側に非を認めさせるため、国内の人身売買を廃さざるを得ず、娼妓を牛馬と見なした娼妓解放令を出したのだった。

妓たちは自由を得る見返りに、自分たちが牛馬と同等に見なされていたという事実を突きつけられた。それはどんな心持ちだろうと慮《おもんぱか》る余裕は、当時の定九郎にはなかった。いや、定九郎に限らず、廓に働く男衆誰もが自分のことで精一杯だったはずだ。見世がなくなれば、稼ぎも居場所もなくなるのだ。こりゃあ近く、首ぃ縊《くく》るよりねぇやな、だったら浜の松の木がええ、わっちゃお山の樫《かし》の木だ、と投げやりな戯《ざ》れ言《ごと》があちこちで囁《ささや》かれた。

ところが、だ。籠の中の鳥は、扉が開いても飛び立ってはいかなかったのである。廓から放り出されたところで、妓たちには帰る家もなければ、今更堅気の女房になれるとも思えない、お銭《あし》を稼ぐ別の道もない。結局、苦界《くがい》の他に生きていける場所がなかったという落《さげ》だった。

妓たちが自らの意志で廓に身を置くからには、新政府もそれ以上解放令を強《し》いるわけにもいかず、「妓楼」という言葉を廃して「貸座敷」と改めることで、この問題を手打ちとした。楼主が妓を抱えて客の相手をさせるのではなく、女が客との逢瀬《おうせ》に使う座敷を見世が貸し与えているのだと解釈を変え、不問に付したのだ。

定九郎にとってこの一件は、それまでわずかに残っていた先への望みや執着をこそげ落とす潮合いになった。どうせ行き場などないのだ、自由なぞ実際にはどこにも存在しないのだと見切りをつけると、妙に楽になったことを覚えている。

その夜、見世が引けてから足を向けたのは、相も変わらず谷中坂丁だった。

定九郎は、決まったねぐらを持たない。常磐津《ときわず》の女と、時折顔を出す後家がふたり。適当にそれらの家々を巡って雨露を凌《しの》いでいる。飲み屋の座敷だの湯屋《ゆうや》の二階だのでちょいと寝かせてもらうこともある。顔馴染《かおなじ》みにさえなってしまえば、どこも存外たやすく場所を貸してくれた。もちろん、色をつけて酒代《さかて》を払ったり、そこらで買っていったものを差し入れたりとそれなりに金はかかったが、自分の住処《すみか》を持つ厄介に比べれば遥《はる》かに心安い。

御家人たちの屋敷だの町家だのが空いて、東京には家が余っている。二束三文で借りられる部屋も多いというのに、定九郎は夜ごとほうぼうをさまよう。家を定めてしまえば自分もこのまま定まってしまいそうで怖いのかもしれず、だったら今更なにを求めているのかと苛立《いらだ》った。思考にはいつも矛盾だけが満ちており、そういう己に気付くたび、誰でもいいから無性に女を抱きたくなる。

路地のどんつきには、灯《あか》りがついていた。定九郎は足を速め、格子に手を掛けた。中から三味線の音が聞こえてきて、動きを止める。

——こんな刻まで稽古かえ。

弟子と鉢合わせして女とのことを取り繕うのも面倒で、定九郎は門口から離れ、もと来た道を戻りかけた。だが、手の平が覚えている女の肉の感触が、足を引き戻す。

格子を細く開ける。女が定九郎を認め、顔を華やがせた。玄関に背を向けて座っている弟子の肩越しに定九郎は、入っていいか、と目で問う。女はこくりと頷いてから、眉を八の字に作り替えた。遅くまで粘る弟子に困《こう》じ果てているのだろう。弟子のほうは師匠の迷惑顔も知らず、格子が開いたことにさえも気付かぬようで、三絃《さんげん》に顔を埋めて勢いよく絃《いと》をはじいている。音に合わせて、錣《しころ》付きの丸頭巾が振り子のように揺れていた。

「さあさ、今宵はここらで終《しま》いにしとくれよ。お客が来たからさ」

女が手を叩くと、弟子の男はようやく三味線を弾く手を止めた。

そうして、くるりとこちらに向いた。

定九郎は声を呑《の》む。

「おや、お兄《あに》いさん」

ポン太は、いつもの明るい声で言った。定九郎が現れたことに、驚いた様子は微塵《みじん》も見られなかった。

「ひとりでやってても埒《らち》が明かないんで、今日からこちらにつかせてもらうことになったんですよォ」

なんだ、知り合いかえ、と女が言うのを聞き流し、ポン太は定九郎に向けた顔を子供染みた笑みで満たした。

「出囃子《でばやし》ってェのをご存知ですかえ、お兄いさん。こっちの小屋じゃあまだかからないんですけどね、上方じゃあ芸人が出るときチントンチントン鳴らすらしいんですよ。音《おん》曲《ぎょく》噺《ばなし》もォどうやら下火なんでね、出囃子でもやってみようかと思いましてねェ」

「それにしちゃ、あんた、あんまり筋はよくないよ」

横から女が言った。ポン太はそれにも応えず、定九郎だけを見詰めていつまでも笑っている。

脇腹を撫《な》で上げられたような寒気が走った。

チントンチントントン　チントントントン。

口ずさみながらポン太は、拍子に合わせて頭を左右に振りはじめる。

四

そんなにしたら痣《あざ》ンなるじゃないか、と女が言った。

月の、青い光が部屋を巡っている。ふたつのせわしい息が折り重なって響いてはいたが、辺りは薄気味悪いほど凄寥《せいりよう》としていた。

傍らで衣擦《きぬず》れの音が立つ。深紫色の襦袢《じゆばん》が、月明かりに溶けたり浮かんだりしながら窓辺へと移っていく。腰を下ろすと女は、おもむろに障子に向かって足を開いた。自分の内股に目を這《は》わせ、腰をひねって脇の肉を持ち上げる。跡がつけられていないか、身体《からだ》の隅々まで入念に検《あらた》めているのだった。

　定九郎は女から顔を背け、左腕を持ち上げてやけにくっきり刻まれた歯形を眺めた。ご丁寧に、薄く血までにじんでいる。江戸の頃、女たちは好いた男にこうして自分の跡を残した。こいつはあたしのものだと歯形で謳《うた》うのである。この年増は、未だこんなやり方で男を縛る。

　目を瞑《つむ》った。と、闇の中に、ポン太のヘラヘラ笑った顔が浮かんだ。

「おい。あいつぁ誰かの世話で来たのかえ？」

「あいつって……ああ、あの噺家《はなしか》の。いや、それがいきなり来たのさ」

「いきなり？　この家にか」

「そういや変だねぇ。なんだってうちが常磐津《ときわず》教えてるってわかったんだか。まあ、近所の連中は知ってるし、糸道つけるために子を通わせる親もまだ多いから、どっかで聞き込んだんだろうけど」

　ポン太は、暗い路地にひょんと立っていたのだという。

　女はこの日、弟子ふたりに灯ともし頃まで稽古をつけたあと、三人して菓子と茶を挟んでひと息入れた。刻《とき》を忘れて世間話に興じていると寛永寺《かんえいじ》の鐘が聞こえ、もう八時を回ったのかと一同驚き、弟子たちは慌てて下駄をつっかけた。女は年若いふたりを案じて路地の先まで送りにいき、戻ってきたところで玄関口にポン太が佇《たたず》んでいるのを見つけたのだという。

定九郎は薄目を開ける。

「戻ってきたらって……。ここぁこんな狭《せめ》ぇ一本道のどんつきにあるんだぜ。表に出る途中ですれ違うはずだろう」

「そういや、そうだねぇ。すれ違うはずだねぇ。湧いて出たわけじゃあるまいし」

受け答えはしているものの頭は留守になっているらしく、女からは肉をいじる湿った音のほうが忙しく立っていた。

「たいがいにしろよ、痣くれぇ。他の誰が見るわけでもあるめぇし」

「さあねぇ、それはどうだろうね」

首だけこちらにねじって、女は唇を突き出して笑う。定九郎は舌打ちしたきり取り合わない。

「まぁね、常磐津の師範てぇのは、身持ちが堅くないと務まらないから気をつけてるんだよ。年頃の子が教わりに来るからさ。男が出入りしてるなんて噂が立てば、親たちゃすぐに手の平返すもの」

「今更身持ちが堅《かて》ぇもねぇだろう。夜更けにいきなり訪ねてきた見も知らねぇ寄席芸人を平気の平左で上げといて」

深紫色の襦袢がふわりとひるがえった。

「なんだ、妬《や》いてるのかえ？」

すぐに定九郎の身体は、ふてぶてしい重みに潰される。

「そういうとこが、あんたの初《うい》とこなんだ」

女の腕が、蔓《つる》となって巻きつく。その腕の下で自分をこき下ろす存念が渦巻いていようなどとはまったく疑わぬ自信に満ちた動きで、湿った手の平が定九郎の肌を舐《な》めていく。きつく目を閉じた。なぜさっきまで、後先考えられぬほどこの女を欲していたのかと、他人事《ひとごと》のように思う。


女の家でうっかり寝過ごし、廓《くるわ》に入るのが四半刻《しはんとき》ばかり遅れた。

定九郎は、内証《ないしょう》の前を通らねばならぬ内玄関を避け、勝手口から飛び込んで下駄も履かずに表戸を開けた。二階に人の動く気配はあったが、客が発《た》った跡はまだない。下足箱の下駄を数えて息をついたところで、遣手《やりて》の声が掛かった。龍造に見つかったらどやされるぞ、というういつもの軽口である。

「どうぞ、見なかったことにしてくだせぇ」

背中を濡《ぬ》らした汗が冷えてきたのに身震いしつつ定九郎が拝むと、「いいよ、代わりにこっちも頼みがある」と遣手は居丈高に返した。面倒を押しつけられそうで、つい及び腰になる。

「そんな顔をおしじゃないよ。あんた、女が頼むといやぁ、身体をすがるばっかりだと思ってんだろ」

見当違いな勘繰りをして、遣手はふんぞり返った。

頼みというのは造作もないことだった。

——客を引くとき、なるたけ芳里を勧めて欲しい。

造作もないことだが、客の首を縦に振らせるのはたやすいことではないだろう。花魁《おいらん》のほうが余るくらい客が少なく、妓《おんな》も選び放題の昨今にあって、わざわざあんなちんくしゃに金を払う酔狂な男もいない。

「毎晩毎晩、引けまで見世《みせ》ぇ張り続けてさぁ、結局客がつかねぇで御内証に『すいませんでした』って頭ぁ下げてんだろう。さすがにねぇ」

「御内証が、花魁をお叱りになるんですか?」

「小言のひとつも言わないよ。ただし、ねぎらいもしない。黙ったまんま、名前ぇひとつ呼んでやることもない」

それじゃあわっちと同じじゃねぇか、と定九郎は思う。つい、薄笑いが浮かんだ。

「笑いごとじゃあないんだよ」と目敏《めざと》く遣手が咎《とが》めた。

「あの妓《こ》もあと二、三年で年季《ねん》が明ける頃だが、このままじゃあ前借金が返しきれない。したら蹴転《けころ》にでも売り飛ばされるよりしょうがない。妓一人助けると思ってさ。あたしもなるたけ客にゃあ推すから」

　遣手婆は花魁たちにとっちゃあ悪鬼のようだ、妓を虐《いじ》めては憂さを晴らして愉《たの》しんでいるのだ——巷《ちまた》ではそういうことになっている。だがそれも、廓の外で囁《ささや》かれる虚説でしかない。無論、意地の悪い遣手はいようが、存外妓の側に立って物事推し量る者が多いというのは、廓内で働く者には珍しくもない話である。遣手とはいえ、もともと客を取っていた女だ。遊女たちの心情はつぶさに感じて取れる。年季が明けても旦那に落籍《ひか》れることもなく、見世に留まって妓の世話を焼くしかない身の上だからこそ、余計に出来の悪い花魁が気に掛かるのだろう。

「だいたいこないだの大店《おおだな》の倅《せがれ》、あれだって芳里に回したかったさ。せっかく指ぃさしたもんを龍造がよ、いらねぇ茶々入れやがって」

　だがそのおかげで「大店の倅」は、見事に藤間の馴染《なじみ》となった。三日とあげず通ってきては金に糸目をつけずに遊ぶ。藤間がはじめての女だったのか、ほとんど見境をなくしており、これ以上のめり込ませねぇよう藤間に言い含めろ、と龍造が遣手に命じるほどなのだが、これにも遣手は腹を立てているのだった。

「うんざりするよ。んなこたぁ、こっちはてんからわかってるってんだ。藤間にだって愛想が過ぎちゃいけないと、前から言ってあるんだよ。なんでもしゃしゃり出やがって。あんた、芳里のことも龍造にはお言いじゃないよ。あんたがこっそり客引いてくれりゃいいんだから」

遣手の達弁が龍造の愚痴へと移ったところで定九郎は、とりあえず芳里の件を引き受けて話を切り上げた。

その日の昼見世の間、定九郎は一応、二、三の客に芳里を推してみた。男らは格子の中を眺めたのち、苦い顔で首を横に振るか、極端に揚代《あげだい》を値切るかのどちらかだった。美仙楼で決まっている揚代の相場を崩して、客の言うなりに値を下げることは禁じられている。見世の格が下がるからだ。やむなく芳里を諦め、客に妓を選ばせるよりなかった。

昼見世が終わり、長く座りすぎて痺《しび》れた足を引きずりながら芳里は籬《まがき》を出ていった。小野菊や藤間のような座敷持ちと呼ばれる売れっ妓には二間続きの部屋が与えられており、本間には旦那たちから贈られた屏風《びょうぶ》だの煙草盆《タバコぼん》だの、高価な品が並んでいる。三枚目四枚目の妓でも一部屋は与えられ、いわゆる部屋持ちとなる。だが芳里のような下座になると、階段の上がりっぱなにある六畳に妓四人と相部屋だった。飯にしても、客がつけば台の物の相伴《しょうばん》に与《あずか》れるが、お茶を挽《ひ》けば引けのあと厨《くりや》に残った冷や飯をコソコソかき込んで腹を満たすよりない。引け飯といわれるその食事を、楼主《ろうしゅ》は、昼と違って十分に誂《あつら》えることをしなかった。働いてもねぇのに食っちゃあダメだ。それが理由である。けれど妓たちは別段、自分の意志で働かぬわけではない。働きたくても、客がつかないだけだ。それなのにこうして毎晩、咎を受ける。

芳里は、見世では古株である。にもかかわらず引け飯を食らい、着古した着物をまとい、相部屋で雑魚寝《ざこね》する。稼ぎの悪さは、妓の触れるすべての場所に暗い影を落としていた。


二月だってぇのになんて寒さだえ。

八重垣丁通りを行く嫖客《ひょうかく》が、懐手でそう言い交わすのをよく耳にする。太陽暦になってからこっち、旧暦とはひと月ほど季節にズレが出た。前の暦の二月が今の三月。つまり二月といえば五年前までは、陽気が弛《ゆる》んでくる頃合いだった。暦が切り替わったのだと頭ではわかっていても、誰しも身体に昔の癖が染みついている。未だこうして、お天道様《てんとさま》のほうが時節を勘違いしているのだといわんばかりのぼやきが出るのも、そのせいだ。それでも今年の寒さは格別であるようだった。通りを吹きすさぶ風が、夜見世の門口に座る定九郎から四肢の感覚を奪っていく。

このところ、また一段、東京は静けさを増した。廓の中で閑古鳥《かんこどり》が鳴いているのは前からだが、町にも人がいなくなった。普段は惣門を一歩出れば嫌でも目につく巡査の姿さえ、とんと見かけない。おかげで息がしやすうなったわ、とせいせいと言い放ったのは山公だ。

「巡査ゆうても、もとは士卒じゃろう。たいした仕事もできんくせに、えばるのだけが身に付いちょってよ、二言目にゃあ『そこに直れ』じゃ。あれぞ天下の塵芥《じんかい》よ」

士族も萎《しお》れている者ばかりではない。抜け目なく、新たな権威を手にした連中もいるのだ。官員になる、警察に仕官する、奉還金元手に商売をやって資産家に上り詰める、土地を買いつけて寄生地主になる——武士という枠にしがみつかねばいくらでも身の振り方はあるらしく、定九郎はうまいこと転身を図った士族を目にするたび、もう何年も会わない兄のことを思った。父に制されるまま義軍にも加わらず、嵐の及ばぬところで息を潜《ひそ》めて維新を越えた兄だった。定九郎が家を出るまでは惚《ほう》けたように日々を送っていたが、今頃は収まるべき所に収まって、口ひげのひとつも生やしているだろう。人一倍、誇りや体面を重んじる男だ。次の権威に飛びつかぬはずもない。

常磐津の女は、閑散とした東京を「どっかでまた、戦がはじまる証《あかし》さ」と言っている。巡査が見えなくなったのもさ、ひとからげにされて乱の起こったとこに送り込まれてるからさ。弟子からの受け売りらしき話に根拠のない自信をまぶして、定九郎に口移しするのだ。

「まったく、明けてもまだ戦、戦だ。いつまで続くんだろうかねぇ、こんな茶番。新政府も頼りにならないし、天子様ってぇのもどこのどなただか。早く徳川さんがお戻りになってくれりゃあええのに、ねぇ」

埒《らち》もない考えだが、江戸者の多くが同じようなことを口にする。近く再び徳川が治世をすると信じる者は、未だ少なくない。

風が吹き抜けて、定九郎はかじかんだ手を擦《こす》り合わせた。台に留まることが耐えがたく、送り込みをすれば少しは下足箱の隅で暖を取れるかもしれぬと、普段に似ず熱心に通りを眺めやる。

先刻から幾度か見世の前を往き来《ゆき》しているふたり連れがあった。それが、格子の前に立ち止まって、妓を眺めている。ひとりはまだ二十歳をいくつか出たあたり、もうひとりは三十半ばか。ふたりとも紺絣《こんがすり》の袷《あわせ》が書生らしかったが、歳に開きがあるところからすれば奉公先かなにかの輩《ともがら》だろう。身なりは清潔で、金もそこそこ持っているように見える。若い男は極端な吊り目のせいか近寄りがたい雰囲気があったが、年嵩《としかさ》のほうは朴訥《ぼくとつ》とした冴《さ》えない風貌で、遊び慣れているふうでもない。声を掛ければ、すんなり乗ってくるかもしれない。

定九郎は、それとなく本番口を窺《うかが》った。龍造は、ふたり連れに気付かぬのか、あらぬ方を向いている。

――こっちで釣り上げちまうか。

思ったところで、凍《い》てついた北風が凄《すさ》まじいうねりとなって通りを突き抜けていった。定九郎は堪《たま》らず台から伸び上がる。

「どうです。お兄さん。いい妓《こ》がいますぜ。登楼《あが》ってってくださいよ」

呼びかけると、年嵩のほうが虚を衝《つ》かれたように定九郎を見た。信じられぬ、という驚きが顔に浮かんでいる。

妙な反応だった。

若いほうは対照的に口の端に笑みを浮かべ、年嵩を促して門口へと寄ってきた。登楼る腹の決まっていることは、若造の弛んだ顔から十二分に見て取れる。定九郎は、早速揚代を掛合うため台から立ち上がった。だが一歩踏み出したところで、視界は縞《しま》の背中に遮られる。

ふたり連れと定九郎との間に、龍造が立ちはだかったのだ。

「すいやせん、兄さん。うちの若え衆《わけし》が心得違いを致しまして」

龍造はやにわに言って、ふたりに向かって深く頭を下げた。なにを言い出したのかわからず、定九郎はぼんやりと龍造の背中を眺める。

「どういうことです、番頭さん」

年嵩の男も首を傾《かし》げた。その仕草がどこか芝居じみていた。空とぼけているような声色も、気に掛かった。

「まことに相済みません。どうぞここは、お引き取りになって」

龍造は理由《わけ》も語らず、ひたすら頭《こうべ》を垂れている。

「困りましたねぇ。いきなりそんなことを言われても。声を掛けたのはそちらですよ」

笑い声に混ぜて年嵩は言い、

「ねぇ、番頭さん」

と、定九郎に同意を求める。事態が飲み込めず、定九郎は応えあぐねてうつむいた。

「おい、おい。そうやって頭ぁ下げられても埒ぁ明かねぇんだ。こっちぁもう、妓も見立てちまってるんだぜ」

突然、若いほうが甲走った声で捲《まく》し立てた。先程とは別人のような崩れをにじませて
男らは、龍造を見下ろしている。

「こっちの不始末は百も承知です。ただ、こればっかりはうちの流儀だ、勘弁しておくんなせぇ」

龍造が、低い姿勢のまま応えた。格子の中の妓たちは不安げに門口を覗き込んでおり、隣や向かいの男衆《おとこし》は見て見ぬふりを決め込んでいる。

「そりゃあないぜ。そいつっから登楼れって言ってきたもんを、どうして同じ見世の番頭に門前払い食わされなきゃならねぇんだ。ここまで来て、今更帰《けえ》れって言われてもよ」

若い男は辺りに聞かせるための大声を出し、吊り目を鋭く見開いた。今にも龍造に摑《つか》みかからんばかりの威勢である。

ここに至って定九郎はようやっと、己の不始末に気付く。今すぐにでも、この場から逃げ出したかった。

――よりによって渡世人に声を掛けちまうなんざ。

だが、奴らが任侠《にんきょう》らしいところはどこにも見受けられなかった。ふたり連れは、周到に正体を隠した形《なり》で廓に足を踏み入れたのだ。

「おいおい、どうなってんだえ。登楼《あげ》てくんなきゃ困るって言ってんだぜ。おう、こうなったら敷居跨《また》ぐまで座り込みでもなんでもするが、どうするえっ」

若い男はさらに声を高くする。

「番頭さん。そっちの不始末だってんなら、それなりの詫《わ》びをしていただきますよ。こっちは時を無駄にしたうえ、こうして道の真ん中で恥ぃかかされてんだ」

年嵩が重ねて言うや、かがんだきりだった龍造の腰がすっと伸びた。上背があるだけに、背筋を伸ばした龍造には、今まですごんでいた男たちをたじろがせるに十分な威厳があった。

「金、ですかえ」

龍造の鋭い目で射られ、ふたりは明らかに動じたようだった。しかし若い男は引かずに、あえて一歩踏み出して「それで片ぁ付けるのが一番《いっち》だろう、互《たげ》えによ」と龍造の鼻先に息を吹っ掛けた。何度も修羅場をくぐり抜けてきた玄人衆《くろうとしゅう》の図太さだった。が、龍造も引かない。男の目を見据えて、「どこの組だえ」と低く返した。

「根津にも廓を仕切ってる者がおりやすんでね、こうなったら、ちょいとそいつらぁ呼ばなきゃなりません。理由《わけ》ぇ話して奴らが来る間、楼《なか》でお待ちいただけますか」

途端に男らは、肩を引く。

どの遊廓《ゆうかく》にも、廓内を守るやくざ者がついている。楼主たちが金を出し合い、雇っているのだ。矛盾しているようだが、廓の品位を守るには渡世人を置くのがもっとも手っ取り早い。柄の悪い客に好き勝手されては、遊廓の風趣が保てなくなり、上客は逃げていく。そのため、小競り合いや厄介事を手際よく片付けてくれる者が欠かせなくなるのだが、巡査に頼んだところで大事《おおごと》になるばかりで決着はみない。渡世人には渡世人をあてがうのがなにより効く。

「さぁ、兄さん。親分のお名前ぇお聞かせくださいよ。そのほうが、あとの話も早《はえ》ぇでしょうから」

一転して、龍造は猫なで声を出した。男らは顔を見合わせる。さっきまでの似非笑《えせわら》いはすっかり消えていた。

「そう、いきむなよ、番頭さんよ」

年嵩のほうが頬を歪《ゆが》める。

「こっちぁはなから素見《ひやかし》のつもりだったんだ。無理を圧《お》して登楼る気もねぇ。それをそっちの節穴が声なんぞ掛けやがるからよ、ちっとばかしからかっただけだ」

明るく装った口振りとは裏腹に、男は憎悪に満ちた目を定九郎に向けている。気圧《けお》された定九郎が詫びを入れかけたのを龍造が目敏く見つけ、片手で制した。彼はもう、ふたりに対して下手《したて》に出ることはしなかった。ただひとこと、「そういうことなら、お引き取りくだせぇ」と静かな声で促しただけだ。男たちも心得たもので、それ以上絡むことはなく、さっさと見世に背を向けた。去り際、若い吊り目の男が侮蔑を込めた笑みを定九郎に投げつけた。


龍造は黙って引けまで仕事をし、見世を仕舞ってから定九郎を裏に呼んだ。溜息を腹に押し込めて渋々内玄関をくぐった定九郎は、いきなり太い腕に胸ぐらを摑まれた。殴られる――思わず目を瞑ったが、そのまま小突かれてわけもなくよろけた。なにかに摑まろうと伸ばした左腕が、壁から突き出した折れ釘《くぎ》に触れ、一線にえぐられていく。大袈裟《おおげさ》な音を立てて、定九郎は裏路地に転げた。

「なんだってあんな連中に声を掛けた」

目の前に龍造がしゃがむ。「なぜ」と問われても理由なんぞない。ただ、客になると思っただけだ。渡世人であることを見抜けなかっただけだ。裏も表も含みもない、単なる腑抜《ふぬ》けたしくじりだ。

「芳里花魁に客ぉ回すよう言われて焦ったんでさぁ」

定九郎はそれなのに、とっさに弱い声を出していた。

龍造が眉をひそめる。

「誰に言われた？」

「おばさんにですよ。おばさんに頼まれたんだ」

なぜ、そんなことまで明かしているんだと内心では悔いても焦ってもいる。が、一度堰《せき》を切った逃げ口上は容易に止まらなかった。

「芳里花魁が毎日、お茶挽いてるんでなんとかしてくれって頼まれたんでさぁ。それでつい、仕事を急いじまったんですよ」

言い訳をするうち定九郎は次第に、この件で一番の災厄をこうむったのは、本当に自分なのだという気がしてくる。遣手があんな頼み事さえしなければ。あの渡世人が巧みに化けていなければ。龍造が先に注意を促してくれていれば。こんなことにはならなかった——。

龍造はまばたきもせず定九郎の目の奥を凝視していたが、うっかり汚物に触れてしまったとでもいう顔で首をすくめ、立ち上がった。

そういえば、と定九郎は気付く。美仙楼に入ったばかりの頃、龍造に客の見分け方を指南されたことがあったのだ。

「一番気をつけねぇとならねぇのは渡世人よ。たいがい、花魁を抜きに来るからよ」

確か、龍造は言った。うまいこと見世に潜《もぐ》り込んで馴染となり、花魁を足抜きさせては他の廓に売っ払って上がりを懐に入れる。だからやくざ者はけっして登楼《あげ》ないというのが、どこの廓でも鉄則だった。

「そういう役を仰せつかってやってくるのは三下《さんした》だ。これぁ、履物ぉ見て見分けんだよ。必ず雪駄《せった》の外側とかかとがえらくすり減ってる。どういうわけか、奴らぁ揃って、足で半円描いて歩く癖がついてるからよ」

ボソボソと語った龍造の声が甦《よみがえ》る。

「無駄の多い動きさ。あんな癖ぇつけちまったら、出入りんときに苦労するばっかりだ。己を大きく見せるのが先で、実を見てねぇ。だから、いつんなっても三下なんだが」

まだ龍造と定九郎の間にも、多少の冗談が紛れ込む余地があった頃の話だ。定九郎はそのときですら、「いつまで続ける仕事でもねぇ」と龍造の言葉を聞き流していたのだ。

「次はねぇぞ」

龍造は背を向ける。

「てめぇが気ぃ入れねぇのは勝手だが、見世がそのとばっちり受ける筋合いはねぇんだ」

乱暴に内玄関が閉まった。

定九郎は折れ釘に引っかけた腕を確かめる。ひじから手首にかけて、太刀《たち》で斬りつけられたような深い傷が刻まれていた。傷は、未だ生々しく残っている女の歯形を真っ二つに割いていた。

長い廓勤めの中で見世の者に手を出されたのははじめてだ、と定九郎は思っていた。今までは、多少手を抜いたのが見つかったところで、笑みのひとつも作っておけば、たいした障《さわ》りもなく許されてきたのだ。

翌朝、送り出しを終えてから下足箱を拭いていると、嘉吉が寄ってきた。妓夫台《ぎゆうだい》に座っているのを龍造に見咎められてからというもの、けっして門口に近づこうとはしなかったのに、この日は小躍りしつつ定九郎の横に貼り付いた。

「ポン太のこと、わかりましたよ。奴の師匠ってぇのは高名な噺家らしいですがね、たくさんいる弟子ん中でもあいつぁお荷物なんですって。あんな歳なのに前座でさ、めったに高座に上がれねぇってんだから」

「誰なんだえ？　その師匠ってのは」

手を動かしながらおざなりに訊《き》くと、嘉吉は聞こえぬふりをした。つまり、師匠の名までは突き止められなかったということだ。

「しかもあいつ、師匠より歳食ってるんですってよ」

「へえ。わざわざ年下の奴に弟子入りしたのかえ」

適当に話を合わせる。嘉吉は、よくぞ訊いてくれた、というふうに鼻の穴を膨らました。

「それがね、若《わけ》ぇ頃から寄席芸人をしてたわけじゃあないんですよ。もとぁ髪結《かみゆい》の下剃《したぞ》りだったってさ。ところがまるで使いものにならなかったらしくてね。下剃りなんざ、ただの徒弟でしょ、髪結が髪ぃやる前に御髪《おぐし》を整えとくれぇの役しかねぇのに、あいつを使うと、手順は間違える、道具はなくす、かえって仕事が増えるってくれぇのもんで。おかげで髪結は血ぃ上らせてしょっちゅう大声を出す。怒鳴り声が頭の上で響き渡るってんだから、髪を結ってもらうほうだって堪ったもんじゃありませんよ」

まるで見てきたように唾を飛ばした。

「そんなに覚えの悪《わり》ぃ奴を、その噺家の師匠とやらはなぜまた拾ったんだえ。落し噺なんぞとてもじゃねぇが覚えられねぇだろう」

「それ、そこが不思議なもので、あいつ、噺を覚えるのだけはなんとかこなせるんですってさ。愛嬌《あいきよう》もあるもんで師匠も気に入っちまったらしいですが、芸と呼べるような代物じゃあない。弟子ん中でも奇っ怪なのを取り集めて、馬鹿三幅対《さんぷくつい》とかなんとか、見世物みたように使うのが関の山らしいですけどね」

嘉吉が嗤《わら》う。女のすすり泣きに似たその引き笑いは、決まって定九郎を不快にした。

それに今はもう、ポン太のことなぞ、どうでもいいのだ。さっきから嘉吉が、定九郎の襷《たすき》がけした袖から突き出た左腕を注意深く窺っていることにも気付いている。おそらく楼内を嗅ぎ回って、とっくに傷のわけくらい摑んでいるのだ。詮索から逃れようと背を向けても、奴は執拗《しつよう》に絡みついてきた。

「それから小野菊さん、落籍《ひか》れるんじゃあないかって話ですよ。サーさんはすっかりご執心だ」

ポン太のネタが尽きると、別の噂に飛び石のように乗り移る。

「あのくれぇ羽振りのええ方なら囲われても万々歳でさぁね。うまくやったな、小野菊さんは。まぁ、評判の花魁ですからね、当たり前っちゃあ、当たり前なのかもしれねぇけど」

「どんな奴に落籍れようが、こんなとこにいつまでいるよりゃあマシだろう」

話を切るためにそう返すと、嘉吉の目が光を蓄えた。

「やけに切な言い方じゃあねぇですか。そりゃあ、兄ぃの本音ですかえ」

嘉吉は、腕に傷をこさえた経緯を、当人の口から聞いてみたいと思っているらしい。定九郎は首を鳴らし、足下の手桶《ておけ》にかがみ込む。雑巾を濯《すす》ぐ手が凍った水に悲鳴をあげた。

嘉吉は上《あ》がり框《がまち》に立ったまま、定九郎を見下ろしていた。普段、兄ぃ兄ぃとまとわりついてくる男とは思えぬ、冷めた目をしている。しばらくそうして押し黙っていたが、急にカラリと口調を変えた。

「寂しいですよ、小野菊花魁がいなくなっちたら。藤間さんもええが、気《き》っ風《ぷ》は小野菊さんにゃ敵《かな》わねぇもの。結局、ええ花魁からいなくなっちまうんですよね。残るのは芳里さんみてぇなとんびばっかり」

最後のほうは声を潜めたが、「とんび」というところだけは語調を強めた。覚え立ての言葉を舌で転がし、愉しんでいるのだ。定九郎は雑巾を絞りながら、ここ数日、芳里に客がついていないことを思い出す。朝の送り出しに、龍造が客を取っていれば別だが、それもないだろう。妓は何日も顔を見せていない。

「とんびばっかじゃ、あっしら苦労が絶えないよ」

嘉吉のおどける声がした。定九郎は立ち上がり、力任せに下足箱を磨いてゆく。

〽よしやなんかい苦熱の地でも　粋な自由の風がふく
よしやあじやの癖じやと云《いえ》ど　卑屈さんすなこちの人
よしや朝寝が好きじやといえど　殺し尽せぬあけがらす
よしやシビルはまだ不自由でも　ポリチカルさえ自由なら

昼見世が終わる頃、ひとり妓夫台に座っていた定九郎は、どこからか流れてくる都々逸《どど》を聞いた。近くの見世で誰かが謡っているらしい。妙な唄ぁ謡いやがって。口の中で呟《つぶや》いてから、通りに目を戻した。

吊り上がった目に突き当たる。

背筋が勝手に震えた。

斜交《はすか》いの見世の壁にもたれて男は、定九郎にぴたりと目を据えている。先だって龍造に追い払われたやくざ者の、若いほうだった。嫌な汗が背中を滑っていった。男は動く気配を見せない。ただ、ジッとこちらを見ている。

定九郎は自分の動悸《どうき》を聞きながら、素早く楼内に意識を向けた。帳場には男衆がふたり。楼主も今日は内証にいるはずだ。いざとなったら――そこまで考えたところで、吊り目の男が定九郎の頭の中を見透かしたような嘲笑を浮かべた。そのまま一声も発さず、身をひるがえして立ち去った。

身体から力が抜ける。だが、次に胸の内に広がったのは、安堵《あんど》ではなく不安だった。

もう四時に近いのだろう、張見世から徐々に花魁が引いていく。定九郎ものろのろと台から立ち上がった。暖簾《のれん》をしまいながら、今のことを龍造に言ったものかどうか逡巡《しゅんじゅん》する。抱えた不安を半分でも託してしまいたい気がしたが、話の口火をどう切ったものか計りかねたのだ。ただ告げたところで、龍造は冷ややかな横顔を向けるだけだろう。

暖簾を土間に立てかけたときだ。突然、頭の上で木を叩《たた》き折ったような音が鳴り響き、天井が大きく揺れた。安政《あんせい》地震の記憶がぶり返し、とっさに腰を落としたが、地面に揺れはない。すぐに二階から妓たちの騒ぐ声が降ってきて、なにかが凄まじい速さで階段を下りてくるのが見えた。

遣手が、なぜか後ろを向き、階段を舐めんばかりの四つん這《ば》いになって下りてきたのだ。厨から出てきた嘉吉がそれを見て、ギョッと後じさった。遣手は広廊下に着地するや腰を伸ばして内証に行きかけたが、門口に突っ立っている定九郎に目を留めると、まっすぐに駆け寄ってきた。

「芳里がっ……」

裏返った声で言う。

「首ぃ縊《くく》っちまって」

「え……？」

さっきより遥《はる》かに冷たい汗が背中を流れていく。

定九郎は下駄を脱ぎ捨て、遣手の横を抜けた。階段を駆け上がる。嘉吉のはしゃいだ顔が、目の端をかすめた。

二階の廊下には昼見世を終えたばかりの妓たちが群がり、こわごわと部屋の中を覗き込んでいた。口々になにかを言い交わす声が蜂の羽音のように襲ってくる。定九郎は妓らをかき分け、中へと押し入った。

毛羽立った畳が真っ先に目に入る。小野菊や藤間の部屋はこまめに青畳に替えていたが、廻《まわ》し部屋はこんな煤《すす》けた畳のままだったのかと見当違いな思いに囚《とら》われた。

部屋の隅で、激しく咳《せ》き込む音が立った。

芳里だった。

縄の首輪を垂らしたまま、ずるりと剝《む》けた首筋を搔《か》きむしっている。鴨居《かもい》には途中で切れた縄の残骸がぶら下がっていた。

定九郎が言うと、芳里は苦しげにえずきながらも顔を上げた。目には涙が溜《た》まってい
「花魁……」

た。

「みんなが籬から帰って来る前にせっかく縄ぁ掛けたのに、ぶら下がったら千切れっちまって……。重いんだよ、わちきときたら。重すぎて首ぃ吊ることもままならないんだ」

芳里は婆《ばばあ》のようにしゃがれた声で、それでも必死に道化《どうけ》てみせる。廊下に集まった妓の幾人かが、プッと噴き出した。

定九郎はその場にただ、佇んでいた。妓を助け起こすことも、階下に知らせに行くこ

ともできずに目を逸《そ》らした。芳里の首に刻まれた赤い筋から、目を背けたのだ。

〽よしやなんかい苦熱の地でも　粋な自由の風がふく

都々逸がまだ、どこからか忍び込んできている。

〽よしやシビルはまだ不自由でも　ポリチカルさえ自由なら

この二月の半ば、薩摩の西郷隆盛《さいごうたかもり》が兵を挙げ、熊本城を襲撃した。乱を鎮圧するために警官や新政府軍が一斉に西へ向かったということを、定九郎はしばらくあとで知った。

五

蹴転《けころ》にでも住み替えさすより仕様がなかろう、というのが楼主《ろうしゅ》の考えらしかった。龍造も遣手《やりて》も異を唱えず、嘉吉ばかりが「前借金もまるきり返せてねぇのに手放すなんざ、大損ですよ。蹴転に売ったところでいくらにもならねぇのにさ」と陰でせせら笑った。

蹴転というのは、二束三文で客を取る場末の女郎屋だ。年季《ねん》が明けても前借金の返せぬ者やまともな見世《みせ》では使い物にならない妓《おんな》が、まさに蹴り込まれて転ばされることからそう呼ばれている。未遂に終わったとはいえ、楼内で首を縊《くく》るという馬鹿げたことをしでかした芳里が送られるに、もっともふさわしい場所ではあった。

ところがひとりだけ、これに「待った」をかけた者がある。

小野菊だ。

「なにも客と心中図ったわけでなし、外には先《せん》の一件は漏れてないんだ、このまま置けばええじゃあないですか。よそに出せばかえって騒ぎが表沙汰になるってもんですよ」

仮にも妓楼《ぎろう》がそんな小さなことで右往左往してどうするのだと、妓は笑ったらしい。遣手からそれを聞いた楼主は、あっさり小野菊の意見に転び、芳里には首の怪我《けが》が治り次第、今まで通り勤めてもらう、と男衆《おとこし》らに言い渡した。花魁《おいらん》が見世の内情に口を挟むことは許されないが、小野菊は美仙楼でお職《しょく》を張る妓であり、賢さも抜きん出ているとあって、芳里ごときのことで機嫌を損ねられてもつまらないと楼主は考えたのかもしれない。

面白くないのは嘉吉だ。「あれが許されちまうだなんて。こっちは細けぇしくじりまで龍造さんに見咎《みとが》められて逐一説教食らうのにさ。ちっとも平等じゃないですよ」と、あばたに血を上らせた。

「御内証《ごないしょう》はわかってねぇんですよ。きっと『平等』って意味をまだわかっちゃいないんだ。ねぇ、そうでしょう？　兄ぃ」

　芳里は、三途《さんず》の川《かわ》に足を掛けたにもかかわらず、以前と変わらず、それどころか野放図に明るくなって、鴨居《かもい》に縄をくったときの顚末《てんまつ》を面白可笑《おか》しく誇張しては妓たちに語って聞かせる。途切れることない芳里の多弁も不気味だったが、その話を自らの身に置き換えて不安に感じることもなく平然と笑っている妓たちの神経が、定九郎には解せなかった。あのとき首を掻《か》きむしっていた芳里の姿は今も定九郎の頭から離れず、日々いたずらに臓腑《ぞうふ》を刺す。彼岸《ひがん》は思いがけず近い場所にあり、あるはずのものが消えてなくなるのもまた一瞬だ。その、低く張られた境界の線を越えることとさえ、芳里はしくじった。御一新を経て、永遠に続いていくはずだった武士という身分を失った定九郎にとって、芳里が必死に笑う姿に接するのは、立番《たちばん》にまで身を落としながらもなお生にしがみついている己を眺める行為に似ていた。むやみと気が塞いで、いつにも増して仕事が留守になる。

　なにをおいても愛想だけは欠かさぬ男が門口でむっつり黙り込んでいる様は変に目立つらしく、見世の者はなにくれとなく定九郎を構う。「嫌ですねぇ、まるで兄ぃが首ぃ縊ったようなありさまですよ」と嘉吉は、好餌を見つけた悦《よろこ》びを隠しもせずに囃《はや》し立てた。遣手は、花魁の部屋からくすねてきた饅頭《まんじゆう》を手渡しながら、「あんた、女から悪い病でももらったんじゃないかえ。近く検黴所《けんばいしょ》の検査があるから、一緒に行って診てもらうかい？」と定九郎の顔を覗き込んだ。

三月に入ると、新聞から巷《ちまた》の噂話まで熊本で起きている戦一色になった。

「鹿児島県暴徒ほしいままに兵器を携え、熊本県下へ乱入、国憲をはばからず叛跡顕然《はんせきけんぜん》につき、征討仰《おお》せ出《いだ》され候《そうろう》条、この旨布告《ふこく》候事」

東京日日の紙面に載った三条実美《さんじようさねとみ》の声明を読み、新政府は本腰を入れて西郷軍討伐に乗り出したことを定九郎は知った。政《まつりごと》の中心にいた西郷が下野したのは、征韓論が敗れたからだと聞く。朝鮮制圧に軍を送るという西郷の論に、大久保利通《おおくぼとしみち》、岩倉具視《いわくらともみ》、木戸孝允《きどたかよし》といった連中が異を唱え、発足したばかりの新政府はふたつに割れた。単なる勢力争いと見る向きも多かったが、仕事にあぶれた士族に朝鮮統治の役を与えて救うという考えが西郷にはあったとも言われる。いずれも廓《くるわ》の客が漏らしたことで、確かなことはわからない。征韓論、という言葉さえ、民には伝わっていないのだ。

戦に駆り出されれば、士族は救われるのだろうか。御一新前どころか、戦国の世に戻ったような役をもらって、ようやく息が繋げるほど古びた存在になったのだろうか。数百年続いてきた武士という役目は、ほんの十年の間に、境界の線を恐ろしいほどたやすく越えてしまった。

定九郎はぼんやりと下足箱の掃除を終え、雑巾を濯《すす》ぐため広廊下に上がった。もうすぐに夜見世がはじまる。今宵は半月ぶりに芳里が見世を張る日だと思い、沈み掛けた気持ちを立て直すように頭を振る。

内証の前を通りかかったとき、すい、と襖《ふすま》が開いた。

御納戸色《おなんどいろ》の着流しが、中から滑り出てくる。着物が、笹の葉の擦れ合うような音を立てた。

定九郎は、と胸を衝《つ》かれて、その場に立ちつくす。

「これァ、お兄《あに》いさん。ちょうどよかった。今宵ァ何刻《なんどき》上がりですか？　待ってますから、一緒に谷中坂丁のォお師匠さんとこィ参りましょうよ」

頭には霞《かすみ》がかかっていたが、身体《からだ》は素早く、奴が見世の中にいることの奇妙に、痺《しび》れはじめている。ポン太は、定九郎の顔がこわばっていく様をたっぷり堪能してから、

「ここの御内証にァ、うちの師匠を御贔屓《ごひいき》にしていただいてんですよ。寄席においでんなって心付けもくださるんでね、今日は師匠から品ォ言付かってお届けしたんですよォ」

と、種を明かした。

「したって、なんだっておめぇが……。どっから入った？」

定九郎は昼見世からずっと門口にいる。一応は客であるポン太が、内玄関や勝手口か

ら出入りすることは考えられない。

「御内証がうちの師匠ォお気に召したきっかけってェのがね、朝野《ちょうや》新聞の記事だってんだから世の中わかりません。そら、先だって師匠の傳《でん》が載りましたでしょう。あれォお読みんなって一度寄席でもォ見てみるかってことらしくってね。あれ、お兄いさん、ご存知ない？　漢学者の信夫恕軒《しのぶじょけん》ってェお方が書かれてましたよォ」

　勝手な話を続けるポン太に、「どっから入った？」と定九郎が再び投げた問いは、「御《ご》遷座《せんざ》いたしますー」という甲高い新造《しんぞ》の声に遮られてしまう。

　上草履の音が階段を下りてくる。

　龍造が奥から現れ、帳場に入った。見世をつける儀式に入るのだ。縁起棚に火打石を切り、手を合わせると、彼は「チュウチュウ」と鼠鳴《ねずみな》きをはじめ、広廊下から二階へと渡っていく。見世中を巡って最後に籬《まがき》に戻ってくるのだ。鼠鳴きをする龍造は、憑《つ》かれたように手元の火打石を見詰め、気持ちをその一点にのみ収斂《しゅうれん》しているようだった。

　定九郎は、他の男衆と共に帳場前の廊下に並んで儀式を見守ることになる。ポン太は帰る素振りもみせず、定九郎の傍らに貼りついて、花魁たちが次々と籬の内に座る様を眺めていた。焚《た》きしめた香だの化粧《けわい》の匂いがごっちゃになって、辺りにとぐろを巻きはじめる。

「ああ、栗《くり》の花だねェ」

ポン太が言った。

それは嘉吉がよく、得意になってしゃべっていることでもあった。「兄ぃ、知ってますか？　化粧前の花魁はさ、みーんな同じ匂いがするんですよ。栗の花の匂いでさぁ。なんの匂いかわかるでしょう？　毎晩相手をするうちに、男のものが染みついちゃうんだねぇ」。

ポン太が今呟《つぶや》いたのが嘉吉と同じ意味かどうかは知らないが、定九郎の鼻は、妓たちに上塗りされたものの匂いしか嗅ぎ取ることができなかった。

芳里が、籬に入る。

普段あれほど芳里の話に興じていた妓たちであるのに、まるで禁忌から逃れるように一斉に顔を背けた。見世に出たら一切触れてくれるな、あんたの運のなさや災いが伝染《うつ》る、といわんばかりの他人行儀な横顔を臆面もなく見せるのだ。芳里はそれに気付かぬのか、気付かぬふりをしているのか、媚《こ》びを含んだ笑みを作り、四方八方に頭を下げて籬の奥へと進んでいった。傾《かし》ぐたびに二段、三段と形を変える首には、まだうっすらと赤い筋が残っている。

「またお世話ンなりますよぉ。休ませていただいたんだ、少しでも多く客を取らなきゃね。いくらでも廻《まわ》しますから、よろしくお願い致しますよぉ」

芳里は、あれ以来擦《かす》れたままである声を弾ませる。妓たちは一様に聞こえぬふりを決め込んだ。二階から下りてきた遣手が定九郎の横に立ち、「見てられないねぇ」と溜息をつく。それから傍らにいるポン太に目を留め、「誰だえ？」とつっけんどんに訊《き》いた。

「いえ、なにね。中から見物できるええ機だと思いましてェ居残りですよォ。ねェ、たまにはいいでしょう」

「違うよ。誰なんだえ、あんたは、って訊いてんだ」

「それはそうと、今宵は小野菊花魁ァ見世ェ張りますか？」

「あんた、あたしを馬鹿にしてんのかえ」

遣手がこめかみに青筋を立てたところへ、柳色の地に源氏車《げんじぐるま》の刺繍《ししゅう》を施した裲襠《うちかけ》姿の小野菊が、禿《かむろ》を従えて現れた。ゆったりとした横兵庫《よこひょうご》に結った髪に、べっこうの長簪《ながかんざし》を扇状に挿している。ポン太の顔が、傍《はた》で見ていて恥ずかしくなるほど晴れた。

「小野菊花魁ァ、お召し物もいつもお見事ですねィ」

奴が感嘆の声をあげると、それまでの怒気も忘れた様子で遣手は鼻をうごめかした。

「もともと趣味がいい妓《こ》だもの。ただねぇ、もうちっと派手な柄を選んでくれてもええんだが、あの妓はいっつも控えめで」

金襴《きんらん》や紅《くれない》といった一際目立つこしらえを好む花魁たちの中にあって、小野菊は極めて地味な柄を好む。それでも、佐伯の誂《あつら》える華やかな衣装を難なく着こなしてしまうのと同様、他の妓が着れば埋もれてしまうような藍や鶯《うぐいす》、藤色といった色味も、小野菊が着るとかえって粋に見えるのだった。

「派手にして目立つばかりが能じゃあないですよォ。吉原京町一丁目の三浦屋だってェ、通い路じゃあなく花鳥が最後にゃ勝ったんですからねィ」

「へえ、あんた、よく知ってるね。そんな話を」

遣手は素直に感心し、吉原に古くから伝わる逸話をポン太から引き取って語り出した。

通い路と花鳥は、評判の総籬・三浦屋で一、二を競い合う花魁である。ふたりとも正月紋日《もんび》に道中を行うことが決まっていたが、客からの祝儀がたっぷり届いた通い路に比して、どうしたものか、花鳥のもとには無心した金すら集まらない。通い路は、波折八重《なおりやえ》、紅色の羽二重《はぶたえ》の小袖、縮緬《ちりめん》の裲襠という贅《ぜい》を尽くしたこしらえで、袖にはあまたの煙草《タバコ》入れをくくりつけ、道中を見に来た客に分け与えるという趣向を凝らした支度をした。

「でもねィ、花鳥さんにァお銭《あし》がないですから、ろくな誂えができない。しょうがなく下着は白無垢《しろむく》、上着は黒繻子《くろしゅす》の火打ちょォ入れた紙衣《かみこ》を着て道中することにしたんですねィ」

ポン太が話を継ぎ、頭を振って笑った。

ところが大晦日《おおみそか》の晩、花鳥のもとに二百両という大金が客から届けられたのだ。着物を仕立てるに十分過ぎる額だが、いかんせん時がない。やむなく花鳥は紙衣で道中し、羽二重と縮緬で仲の町を歩いた通い路に軍配が上がったのである。

「でも花鳥はさ、余っちまった二百両を自分で抱え込まないで、その晩のうちに見世の者に分けたのさ。男衆から遣手、新造、妓夫《ぎゆう》や立番にまでくまなく金ぇやったんだ。これが美談として吉原中の評判をとった。客も、どんな粋な妓だろうと通ってくる。見世の者だって、そりゃあ必死に花鳥を後押しする。それで人気に差が開いた。結局、紙衣で歩いた花鳥が勝ったのさ」

遣手は言い、珍しくゆるやかな溜息をついてから、籬の中の小野菊に目を遣《や》った。

「あの妓も、そういうとこがあるんだよ。花鳥みたようなところがさ。スッと身を引いて、他を立てる。でも巡り巡って、一番光っちまうとこが」

小野菊の存在は常に、華やかというよりおごそかであった。籬の内に足を踏み入れると、他の妓たちは口をつぐみ、道を空けて中央の座を明け渡す。辺りはたちまち尊崇だの憧憬だの嫉妬だのが入り混じり、香や白粉《おしろい》の混ざった匂いよりも遥《はる》かに混沌《こんとん》とした様相を呈す。けれど籬に渦巻く存念も、小野菊には容易に近づけぬようだった。おそらくこの妓だけは、化粧を剝《む》いても栗の花にはむしばまれていないのだ、と定九郎は思う。

「小野菊花魁」

唐突に、しゃがれ声が小野菊にすり寄った。

「花魁にはお礼の仕様もござんせんよ。わちきのような足手まといをお救いくださって」

　切り火を受ける前は黙して待つのが習いであるのに、芳里は場違いな大声で小野菊への会釈を繰り返す。まるで張子の虎だった。小野菊はなにも聞こえぬふうに、凛《りん》と座している。

「ありがたいことですよ。わちきを沼ん中から引き上げてくれたんですから」

　芳里はあの一件以前と大きく変わりはしなかったが、その言動はなにもかもが少しずつ節操を欠いていた。もともと突拍子もないことを口にして座を白けさせることはあったものの、周りの受けが悪ければすぐに口をつぐむくらいの気遣いはできたのだ。

　遣手がまた、「どうしたもんだかねぇ」と呟き、抜いた簪を髷《まげ》の中に突っ込んで恐ろしい速さで頭皮を掻いた。定九郎は、この日に限って賭場《とば》への使いを言い付けられず、こうして儀式を見守らねばならなくなったことを恨んだ。

「花魁」

　絹糸を弾いたような声が鳴る。定九郎はこのとき、はじめて小野菊の声を聞いた。

「そら。お声も素敵だ」とポン太が手を打つ。

「場違いだよ。やめなぁれ」

　言われた芳里は束《つか》の間《ま》きょとんとしていたが、再び明るく取りなした。

「すみませんねぇ、こんなとこで。一度お礼を言いたくて。よっぽどお部屋に伺おうと思ったんですが、それも恐れおおくてねぇ。花魁とわちきとじゃあ月とすっぽん、おいそれとは近づけないんですよ。でもね、おかげでまことに命拾いを致しました。わちきみたいに容貌《きりよう》が悪くて売れない妓に情けをかけてくださって」

　小野菊の大きな黒目が動き、芳里を捕らえた。定九郎も思わず息を呑《の》んだほど、その流し目は艶《なま》めかしかった。

「あんたが売れないのは別段、容貌のせいじゃあない」

　細くはあったが、腹に響く声だ。芳里の笑みがのろのろと止《や》む。口角が下がると、顔全体が地面に向かって流れ、いっそう老けて見えた。

「なんて、おっしゃったんです？」

「身銭切って買った妓が四六時中そうやって己を貶《おとし》めてんのを見て、どこの男が悦ぶと思うえ。金ぇドブに捨てたって悔やむだけさ」

　芳里は気の抜けた顔で、「大名道具」と名に負う妓を見詰めている。長い沈黙があった。芳里の喉から獣じみたうめきが漏れ出す。

「……あんたなんぞに、わちきの気持ちがわかるかえ」

「トン」と手刀《てがたな》を切ったときの山公の様が、定九郎の頭に浮かんだ。あとは野となれ山となれ、じゃ。結局、何度となく同じところを巡っていくのだ。芳里ほどの大事《おおごと》を起こした者でさえ、自分でも持て余す厄介な性分を手放すことができずにいる。なにをしたところで生まれ変わることなんぞ夢のまた夢だと定九郎は思い、生まれ変わることを唯一の望みとして生を繋いでいる己の始末の悪さを嗤《わら》った。

「ああ、わからないよ」

静かに小野菊が返す。

「そんな気持ちなぞわからないから、わちきはお職が張れてんだ」

「なにを……」

裲襠を後ろに払って、芳里が膝を立てた。道中をするでもないのに白粉を塗りたくったふくらはぎが細かに震え、すべての輪郭を危うくする。妓たちが芝居がかった悲鳴をあげ、遣手が「やめないか。外に筒抜けだよ」と籬に駆け寄った。

「『なにを！　黙って聞いてりゃぬかしたな、ほざきゃあがったな』」

言うが早いか、辰公、傍らにあった刺身皿を取ってダァーッとぶつけた。久次はひょいと首を縮め、皿は肩をかすって後ろの柱にガチャーン。刺身ィ頭から浴びて、鼻の頭ェ昆布ぶら下がり、ひっくり返る大騒ぎ。

『やりやがったな』

『やったがどうした』

『もう我慢できねぇ。この野郎、殺すなら殺せっ』」

定九郎は、隣で突然なにやらわめきだした男を、唖然《あぜん》として見守るしか術《すべ》がない。浮き足立っていた一座の目も、すべてポン太に注がれた。芳里までもが振り向いて、坊主頭の口元を凝視している。自分が放つべき台詞《せりふ》が、見も知らぬ男の口からつらつら流れ出てきたことにおののいている様子だった。満座が白ける中、ポン太はバツが悪そうに、「へへェ、お噺《はなし》ですよォ。『三軒長屋』でござんすよォ」と頭を掻いてみせた。

鼠鳴きが、籬の内へと分け入っていく。車座になった花魁たちは腰を落として息を詰めた。龍造がどの辺から騒動を見ていたのかわからぬが、彼は芳里にも小野菊にもなんら言葉を掛けず、普段と違わぬ様子で妓たちの後ろに回った。小野菊が黙ってうなじを差し出すと、他の妓もそれに倣う。甲高い火打石の音が鳴り、座には厳粛な気配が満ちる。龍造の切り火を受ける妓たちは置物のように固まって、その身体に血だの思考が通っていることとさえ信じがたいほど清らかに透き通っていく。

芳里はその宵、見世を張らなかった。ひとまず下げてもう少し様子を見たほうがよかろうと、龍造、遣手共に判じたためだ。

騒動の跡さえ見えぬ格子の中では、小野菊が嫖客《ひょうかく》の目を集めている。髪を八方に飾る長簪が、雪洞《ぼんぼり》の灯《あか》りを受けて後光のようにまたたいていた。この妓が抱いている光に包まれて、自分にまとわりつく薄暗い影を焼き切りたいと男であれば誰しも願うはずだった。洋燈《ランプ》に群がる蛾《が》のごとく集まってくる客たちを横目に見つつ、定九郎は、影を焼くどころか明日には嘉吉という影にまとわりつかれ、今宵の騒ぎの一部始終を語らされることになるだろう我が身を思い、溜息をつく。奴は見世をつける間、二階の部屋の行灯《あんどん》に油を差して回っている。そのため一階に下りることが叶《かな》わないのだ。

本番口に座った龍造が、通りに向かって会釈をした。

見ると、出先から戻ったらしい楼主が、せかせかと廓の前を横切るところであった。慌てて頭を下げながら、いつの間に見世を出たのかと定九郎は訝《いぶか》る。楼主は他行《たぎょう》する際、必ず龍造に声を掛けていくのだが、今日は夜見世がはじまってからその姿を見ていない。そういえば、籬で騒ぎがあったときも顔を出さなかった。あのときはポン太が訪ねたすぐあとだったから、まだ内証にいたはずだが――。

楼主は見世の脇から裏口に回りかけ、やにわに足を止めた。後ろに従っていた男衆が、危うくその背中にぶつかりそうになる。しばらく門口を睨んでいたが、周りに客のないことを確かめてからおもむろに口を開いた。

「いいねぇ。狛犬《こまいぬ》だ」

五十をとうに過ぎているはずなのに白髪の一本も見えない髪が、月明かりを映して玉虫色にひるがえる。なんのつもりか、本番口と脇口を交互に見て、なかなか楼《なか》へ入ろうとしない。嫌な時が流れた。居心地が悪くなって定九郎が尻の位置を変えた途端、楼主は小さく首を振った。

「だけど阿吽《あうん》とはいってないねぇ。天秤《てんびん》に乗っけたら、そっちのほうが軽くって傾いじまうねぇ」

　そっちのほう、と言うとき、楼主は定九郎を顎でしゃくった。

「あたしはさ、権現様の狛犬が好きなんですよ」

　そこで笑みを仕舞い、

「おいっ、龍造じゃあないほう」

　定九郎目掛けて太い声を投げた。この男が定九郎になにかを語りかけることは滅多にない。稀《まれ》に呼ぶときは必ずこの、「龍造じゃあないほう」という言い方を用いた。

「一遍、権現様の狛犬を見に行ってごらんな。ええよう、一対の様が」

　言い終わるか終わらぬかのうちにもう、歩き出している。男衆がまた虚を衝かれた形となり、慌てたせいで脱げた片方の草履を履き直してから小走りにあとを追った。

　定九郎は音を立てぬよう、隣をそっと窺《うかが》う。

　龍造は相変わらず無表情で、客のまばらな通りを睨んでいる。勝ち誇った笑みはおろか、ささやかな皮肉さえ、その面《つら》には浮かんでいなかった。

　引け少し前、龍造より一足先に見世を上がった定九郎は、人気《ひとけ》の絶えた八重垣丁通りに立ち止まり、桜並木を見上げた。寒さが弛《ゆる》むのと競い合って、つぼみが膨らんできている。やれ花見だ、酒盛りだと廓の中もとかく浮かれがちになるのだが、定九郎はこの時季の生暖かく、どこか定まらぬ気配がとりわけ苦手だった。春は、昼寝から覚めたときの虚《むな》しさとよく似ている。夢見心地の柔らかな感触に身を任せていると、霞を突き破ってみすぼらしい現実が現れる。あたかも川面《かわも》に魚が跳ねるような勢いで、そいつは夢の中で摑《つか》みかけたかすかな願望を砕いていくのだ。小さく息をつき、今宵はどこを宿にするかとひとりごちたとき、ひんやりしたものに腕を取られて思わず悲鳴があがった。

「そんなァ驚かないでくださいよォ。何度呼びかけてもお兄《あに》いさん、応えてくれねェでさァ」

春霞と暗がりのせいか、間近にいるにもかかわらず、ポン太の顔が水底《みなそこ》の石のように揺らいで見える。

「先刻、約束したでしょう。谷中のお師匠さんとこェ一緒に帰るって。だからずーっと待ってたんですよォ」

「おまえと約束なんぞしてねぇよ。だいたい今、何刻だと思ってる。稽古なんざとうに終わってるさ」

定九郎はポン太の腕をふりほどき、歩き出した。動悸《どうき》が、まだ全身に響いている。砂利を踏む下駄の音は、それでもついてくる。首筋がこわばり、背筋が凍えた。定九郎が足を速めれば下駄もまた追いすがる。

「ついてくんなよ」

「でもねェ、約束いたしましたから」

常磐津《ときわず》の女は日と刻限を決めて弟子をとっている。いずれの稽古もたいがい七時までには終えており、夜を通して門戸を開けておくことはない。所詮は女の一人住まいなのだ。無論ポン太が訪ねるにも、あらかじめ定められた刻があるはずだった。絡みついてくる足音に、しかし定九郎はそれ以上構うことをしなかった。八重垣丁通りは一本道で身の隠しようもなかったが、惣門を出てしまえば四十過ぎの男を撒《ま》くことなどたやすい。

後ろを気にしながら先を急ぐ。

惣門が見えてくる。

あと少しで抜けられる、そう思ったところで急にひとつの影が飛び出してきて、定九郎は前のめりに足を止めた。月明かりに蒼白《あおじろ》く浮かんだ男の顔を見て、恐怖より苛立《いらだ》ちが先に立ち、思わず舌を鳴らす。

「舌打ちたぁご挨拶じゃあねぇか」

吊《つ》り目が、たわんだ。ひと月ほど前に美仙楼に登楼《あが》ろうとし、その後も一度、斜交《はすか》いから見世を張っていたやくざ者だった。芳里の騒ぎもあって男のことは頭から消えていたが、向こうは未だ根に持っているらしい。

「文句があるなら見世に来ておくんなさい。逆恨みは御免ですぜ」

こう言い切れたのも、ポン太に煽《あお》られて気が立っていたせいだろう。男は口を歪《ゆが》めて嗤った。

「聞いたかえ、咲呵《たんか》ひとつも様にならねぇ」

なぜか、門柱に向けて言う。定九郎は訝しんで目を凝らした。柱の後ろから現れた男を見て、先《せん》からのやくざ者のしつこさを合点する。登楼れないことへの腹いせなどではなかったのだ。おそらく、あのふたり連れがはじめて張見世を覗いたときから、なんらかの意図が嚙《か》まされていたのだ。

吉次が、ゆっくり近づいてくる。吊り目の男の横で立ち止まると、黄色い歯を剝《む》き出して「ひとりかえ？」と鷹揚《おうよう》に訊いた。後ろにいるポン太には目も向けない。歳も風体も違いすぎて、連れ立っているとは見えないのだろう。

「今日はおまえさんに折り入って頼みがあって来たんだ。ちょいとそこまで付き合わねえか？」

「いや。これから行くところがありますんで」

即座に突っぱねた。なにを企《たくら》んでいるか知らぬが、取り込まれては終《しま》いだと勘が働いた。

「硬《かて》ぇこと言うなよ。一献《いっこん》やりながら昔話でもしようや」

「話なら、ここで聞きやしょう」

融通がきかねぇなぁと吊り目が言い、吉次が「余計なこと言うな、新三」とたしなめる。シンザというのが、男の名であるらしかった。山公が言っていた、吉次と一緒に賭場に出入りしていたやくざ者というのはこいつなのだろうと、定九郎は男を見遣る。その視線を新三は引き取り、睨み返してきた。吉次が間に立って、「おいおい、喧嘩《けんか》しに来たんじゃねぇんだぜ」と笑った。

「おまえさんもそう囲いを作るな。昔馴染みじゃあねぇか。頼みったって難しい話じゃねぇんだよ」

吉次は辺りを見回し、誰もいねぇな、と呟いてから定九郎に肩を寄せる。

「小野菊ってぇ花魁のことよ。あらぁ吉原でも聞こえが高くってよ、客もよく話ぃ持ち出すくれぇさ。根津の中見世に置いとくにゃあもったいねぇってもっぱらの噂よ。男衆の間でも評判なんだぜ。もっともみんな、うちの妓の前じゃあ、小野菊なんて名は聞いたこともねぇって顔で通してるがよ」

定九郎は黙したまま、吉次の言わんとしていることを先回りして読み取ろうとする。奴が相当に危うい策を企図していることだけは、察せられた。

「そこでだ。頼みってぇのはよ、一遍、座敷に登楼《あげ》てくれめぇか、ってことだ。おめぇの顔でよ。昼見世の門口はおまえひとりで仕切ってんだろう？」

ずいぶん丁寧に下検分したものだと、定九郎は渡世人の芸の細かさに呆《あき》れる。

「登楼《あが》ってどうするんです？」

「どうするって、それだけいい妓なら一度顔ぉ拝みてぇじゃねぇか。商売敵だ、堂々とは登楼れめぇが、俺だってこれでも男だぜ」

吉次は新三と顔を見合わせ笑ってみせた。

「小野菊花魁に直《じか》に話ぃつけるつもりですか？」

「なんのことだえ」

「足抜きでもさせて、吉原で出そうってぇ腹じゃあねんですかえ？」

新三の喉がヒュッと鳴る。

「万年立番が、生意気な読みぃするじゃあねぇか」

今度は吉次も新三をたしなめることなく、代わりに定九郎へ哀れんだ目を向けた。

「聞いたぜ、定。おまえ、まだ妓夫に上がれねぇっていうじゃあねぇか。ひでぇ話だ。楼主の目が節穴なのに違《ちげ》ぇねぇぜ。それとも妓夫の龍造とかいう奴が幅利かせているのかえ？」

龍造の名まで調べ上げていることに、定九郎は怖気《おぞけ》をふるう。吉次はどんなやり方で美仙楼を探っているのか。いったいどこまで詳しく摑んでいるのか。

「いずれにしたって定、おめぇほどの働きをする奴がいつまでも立番なんぞやらされてるってぇことがおかしいんだ。そんな見世に操《みさお》を立てる謂《いわ》れがあるか？　え？」

吉次が腹を立ててみせる様は滑稽ですらあった。だが、定九郎には笑い飛ばすことができない。さっき楼主に言われたことが頭をよぎる。目を瞑《つむ》り、眉間を揉《も》む。玉虫色に照りかえる髪の毛がはっきりとまぶたに浮かんだ。よからぬ考えが噴き出しそうになったが、頭を振ってそいつを払う。

「ともかく兄さん。わっちじゃあ登楼る、登楼ねぇってぇ判じはできねぇんですよ。一度、見世にお運びになっちゃいただけませんか」

吉次の顔色が変わった。目玉が揺れて、全身が黒々としたものに覆われる。定九郎は身を硬くする。だが吉次はすぐに、盛り上がった肩から力を抜いた。

「まあええさ。そうたやすく決められねぇのはわかる。小野菊はそれだけの玉だ。おめぇも危ねぇ橋ぃ渡るのは怖《こえ》ぇだろうしなぁ」

皮肉で切り返してきた。

「しかしよ、定。おめぇに与えられた職は、そうムキになってしがみつくほどのもんか？　特別なことはひとつもねぇ、このご時世に欠かせねぇものでもなければ、おまえじゃなきゃあ務まらねぇ役でもねぇ。替えなどいくらでもきく稼業じゃあねぇか」

その通りだ。誰にでもできる仕事に就いて、安い金でこき使われているのだ。わかりきったことを改めて浮き彫りにされ、定九郎は吉次を憎むよりむしろ、一緒になって自分たちの不遇を笑い飛ばしたくなった。いっとき共に働いていながら、顔すらろくに覚えていなかったこの男だけが、腹を割って語れる相手だという錯覚まで起こしかけた。

「なぁ定。だからこそ、俺たちぁ少しぁいい目を見ようとしたって罰《ばち》はあたらねぇ。そう思わねぇか？」

口を引き結んだ定九郎の肩を、吉次は賭場で会ったときと同じように軽く叩《たた》き、

「近く出直すからよ。それまでにおめぇの考えをまとめといつくんな」

言い置いて踵《きびす》を返した。新三もそれに続く。しばらく行ったところで吉次だけが振り返り、「次はゆっくり行こうぜ」と杯を干す仕草をしてみせた。

ふたりの姿が闇に溶けるのを見届けて、定九郎は惣門をくぐる。持ちかけられた話は、早々に頭の中から追い出した。足抜きさせた妓を他の廓で出すことは御法度だ。どこの遊廓《ゆうかく》でもそうやって、規律が乱れることを阻んでいる。もし定九郎の読みが図星であれば、吉次の計ははなから手に負えることではなく、また、手を貸したところでなんの得にもならないことだ。それよりも、今日の寝床を決めることが先だった。思い当たる場所をいくつか浮かべ、湯屋《ゆうや》にでもしけ込むかと道を左に折れたところで、またひやりと腕を摑まれた。

「そっちじゃないですよォ。谷中のお師匠さんのお宅は」

振り向くと、ポン太が立っている。ぬるんだ南風が吹いた。

「おまえ……まだ、いたのか」

「はい。お約束ですからねィ」

「ずっと後ろにいたのか？」

「へェ。おりやしたよォ」

　吉次も新三もまるで後ろを気にしなかったから、やくざ者を恐れてとうにポン太は逃げ去ったとばかり思っていた。いや、そう思い込む前に、吉次の真意を探るのに手一杯で、定九郎はポン太が後ろについていたことすら忘れていたのだ。

「おまえ、どこまで話を……？」

　ポン太は頭で拍子を取って「春の宵山ァ～、霞の果てにィ見えしものォ～はァ～」と機嫌良く唄いはじめる。

「ねェ、お兄《あに》いさん。アタシィ存外謡いの才があるんですよ。谷中のお師匠さんのとこェ通ううちィ、そんなことォ気付きましてねェ」

　ヤジロベエのように両腕を広げ、ポン太は揺れながら歩いてゆく。

　この日を境に、ポン太はこれまで以上に繁《しげ》く、定九郎の周りをうろつくようになった。追分丁の墓場や八重垣丁通りはもちろん、時折寝泊まりしている湯屋や酒場にまで姿があったときは身の毛がよだった。ついてくるだけならまだしも、定九郎が行く場所に先んじていることが不気味であり、ここまで来ると偶然では済まされぬ気もした。定九郎は谷中坂丁に行くのも避け、賭場への道筋もその都度変えた。それでもポン太は思いがけないところからひょんと現れ、「お兄《あに》いさんよーう」と寄ってくる。唯一、龍造が門口に座ったときだけは用心深く遠巻きにして、声を掛けることをしなかった。

月に一度の検黴日は、朝から龍造が見世に詰めている。おかげで定九郎は久しぶりにポン太の気配から逃れられた。

検黴所は、ここ数年の間に、根津をはじめ、吉原、品川、新宿など遊廓近くに作られた診察所である。検番医者が月一、二回妓の道具を診て、悪い病をもらっていないか、調べるのだ。客の衛生を保つために警視庁が義務づけた検査であり、ここで異常が見つかった者は、治すまで客が取れなくなる。それゆえ遣手が前もって妓の中を調べ、多少の白帯下《こしけ》だのできものだのはごまかせる程度にかき出してしまうのだ。

検黴所までは美仙楼から二丁も離れていなかったが、楼主は座敷持ちの妓に限って俥《くるま》を呼んでやっていた。根津遊廓は、見世を開けている間、俥が立ち入れないことになっている。客は惣門で乗り物を降り、歩いて八重垣丁通りに入るのだが、その規則を圧《お》してまで検黴日に俥を仕立てるのは、すっかり道中の廃《すた》れた廓内で花魁のお披露目を兼ねてのことであり、見世の見栄《みえ》でもある。

反して下座の妓たちは、遣手と龍造に前後を固められ、歩きで検査に向かう。行き先が遊廓の中であれ、見世から一歩でも出るとなれば、仮にも逃げ出せぬよう花魁には必ず見張りがつく。信心深い妓が権現に詣でることも、見世の前の八重垣丁通りに出て桜を仰ぎ見ることさえ、遣手や男衆の付き添いなしでは許されなかった。

　半月以上客を取っていない芳里もまた、検黴所の列に加わることになっている。小野菊との悶着《もんちゃく》ののちもなお見世に留めることを、遣手はかえって殺生《せっしょう》だと案じたが、楼主は「一度残すと決めたのでね」と取り合わなかった。当の小野菊は先の一件に一切触れることなく恬《てん》としていたし、芳里も取り乱したのはあの一度きりで、相変わらず調子はずれの愛想を周りに使っている。ただし、めっきり口数は減った。「きっと、ご自分を貶められなくなっちまって話の取っ掛りが見つからないんですよ」と嘉吉は推論を広げこそしたが、いかにもこの男が好みそうな話題であるにもかかわらず、芳里の件にはさほどの執着を見せない。

　奴の関心はこのところ、大学校一方なのだ。

「書生ってのはみんな、この辺りに下宿でもするんでしょうかね。そうなったらせっかくの町並みってんですか、そいつが台無しですよ」

　定九郎と顔を合わせるたび、憎々しげに悪言を吐く。大学校ができたところで廓の仕事そのものが変わることはない。定九郎はなんら関心もないが、大学校に通う書生たちは嘉吉と年の頃が近いのだ。同年配だからこそ目障《めざわ》りなのだろうと思い、いざ書生が廓に紛れ込んできたらこいつはどういう顔をするのかと、意地の悪い興味も湧いた。

この日、美仙楼が頼んだ俥は三台である。

元号が改まったばかりの頃は人力車の数も少なく、それを牽《ひ》く車夫《くるまひき》もまた珍しがられ、もてはやされた。ところが免状をとって俥を用意すれば誰でも商えるとあって職にあぶれた者がなだれ込み、たちまち格が転落した。客を乗せた俥を路地に押し込んで金を強請《ゆす》る朦朧車夫《もうろうしゃふ》だの、使い古した赤毛布《あかゲット》を平気で膝掛けに使う個人業者が跋扈《ばっこ》したことも一因だった。

美仙楼が頼んでいるのは、根津から上野一帯を仕切る人力車組合に属した俥宿である。蒔絵《まきえ》や装飾を施したお抱え俥ほどの贅沢さはないものの、常に俥は清潔に保たれ、送られてくる車夫も一応は信が置ける。毎回朝一番に、車夫頭が見世に顔を出し、「こちらは何枚です?」と声を掛ける。「三枚でお願いします」と龍造が頼むと、昼前にはその台数、きっちり見世前につく仕組みになっていた。

ところがこの昼、刻限に現れた俥は二台きりだった。龍造に命じられて表で出迎えた定九郎が、一台足りないことを先頭の車夫に伝えると、男は赤銅色《しゃくどういろ》の顔に皺《しわ》を刻み、「おっつけ来ると思いやす。新入りに牽かせてますんでね、一緒に出たんですが、途中で遅れっちまったようで」と腰をかがめた。丁重な言葉とは裏腹に、顔には、遅れた男への嘲りがにじみ出ている。車夫ごときの間にも確執だの牽制《けんせい》だのがはびこっているのかと、定九郎は頬を歪《ゆが》めた。男は、それを見つけて気まずそうに首をすくめたが、相手はたかが妓楼の立番ではないかと気付いたのか、あっさり居直り、「すぐ来ますんで」とぞんざいに返して、煙管《キセル》を取り出した。

もう一台は、ほどなくして現れた。

新入りだという車夫はみじめに息が上がっており、その身体は、かじ棒で前回りでもするのではないかと危ぶまれるほどつんのめっていた。先に着いていたふたりの車夫が目をそばめる。

定九郎は遣手を呼んで、俥の揃《そろ》ったことを告げた。龍造が花魁を送り出すため門口に現れ、定九郎はその後ろに控える。

なんの気なしに、最後尾の車夫を見た。男は汗みどろの顔へ必死に手拭いを走らせていたが、暖簾《のれん》を分けて花魁が出てくると、慌ててそれを丸めて懐に突っ込んだ。

男が顔を上げる。

目が合った。

定九郎は、己の目が捉えたものをすぐに信じることはできなかった。男もまた、定九郎を凝視し、惚《ほう》けたように立ちすくんでいる。

六

美仙楼の前につけられた俥《くるま》には、小野菊、藤間、三枚目の夕霧《ゆうぎり》がそれぞれ乗り込むことになっている。

龍造に命ぜられて定九郎は、夕霧を最後尾につけた俥へと導いた。「こんにちはお日柄がよくてなによりですなぁ」「検番医ってぇのは役得ですよ、わっちらからしたら」。いつもであれば妓《おんな》の憂鬱《ゆううつ》を和らげるために二、三の軽口を添えるのだが、今日はとてもそんな余裕はない。定九郎はおくびだか嗚咽《おえつ》だかわからぬものがこみ上げてくるのを必死に抑え、うつむいたまま俥へ辿り着く。

「さ、花魁《おいらん》」

蹴込《けこみ》の横に立って言うと、見事に声が擦《かす》れていた。夕霧は定九郎の肩に手を掛けて乗り込み、「なんだえ、その声。おまえ、風邪でもひいたじゃあないかえ?」と嘘《うそ》くさい案じ顔を作ってから、「くれぐれもわちきに伝染《うつ》さないでおくれよ。いくらでも替えがきくおまえと違って、わちきゃ見世《みせ》になくちゃならない看板なんだから」と笑った。首を絞められた鶏のような笑い声の隙間から、定九郎は傍らの車夫《くるまひき》を窺《うかが》う。男は下を向いたきり、会釈もしなければ定九郎の顔を見ようともしなかった。

「お牽《ひ》きしますぞぉ」

先頭に立った年嵩《としかさ》の男が声をあげ、かじ棒をぐいと持ち上げる。それからわざわざ身体《からだ》をねじって、「今度は遅れんなよっ」と新入りに言い放った。真ん中の車夫が鼻で笑った。

俥が去り、続いて龍造と遣手《やりて》に牽かれて下座の妓たちが出ていってしまうと、定九郎は立っていることもままならず、門口にくずおれた。地面に斑点《はんてん》が描かれていくのを見て、自分の顎から脂汗が滴っていることを知る。通りを行く人々が怪訝《けげん》な顔を向けた。定九郎は詰めていた息を吐き、なんとか身体を持ち上げて妓夫台《ぎゆうだい》に座る。肩や背が重石《おもし》を載せられたようにだるい。

「兄ぃ、なにしてんです？　下足箱の掃除をする刻ですよ。ボーッとしてるうちに花魁方ぁ帰ってきちまいますぜ」

嘉吉の引き笑いが、上《あ》がり框《がまち》から落ちてきた。定九郎は無言で腰を上げ、嘉吉には振り返らずに手桶《ておけ》を持って裏に回る。だが、疎《うと》ましい草履の音は影のように引っ付いてくるのだった。

「昨日、神田まで使いに行ったついでに大学校を見てきたんですよ」

べたついた声が、背中に貼りつく。

「書生みたようなのがいくらかいましたけどね、みな野暮天でひでぇもんだった」

定九郎は耳を塞ぎたかった。のべつ幕無しに己の屈託を垂れ流す嘉吉に、胸の奥がさきくれだつ。わっちゃおまえのくだらない吐瀉物《としゃぶつ》を受け止める桶じゃねぇんだと、喉元まで出掛かった台詞《せりふ》をかろうじて飲み込んだ。嘉吉はしかし、いっこう構わず唾を飛ばし続けるのだ。

「ねぇ兄ぃ。嫌ですよねぇ、あんな奴らが廓《くるわ》にはびこるようになったら」

定九郎は井戸の前に立つ。嘉吉が身をすり寄せてくる。生ぬるい息が頬をさすった。

「根津遊廓《ゆうかく》の格が下がるってもんですよ。田舎っから出てきてさ、東京もよく知らねぇ、どうせ女なぞ抱いたこともねぇ初心《うぶ》ですぜ。そんな奴らが我が物顔で登楼《あが》ってくるなんざ、花魁も堪《たま》ったもんじゃありませんよ」

定九郎はこらえ切れず、井戸の縁に手桶を叩《たた》きつけた。大きな音が響き、嘉吉が驚いた様子で口をつぐむ。

「花魁が、じゃあなく、おめぇが困んだろう」

言い放つと、あばたが激しく波打ち、ざわめいた。だが奴は、以前のように声を裏返して抗弁することはしなかった。定九郎から用心深く距離をとり、めくれた唇の皮を噛《か》んでいる。少し置いてから、薄笑いを浮かべて言った。

「ここんとこ、兄ぃは強気だな。龍造さんに絞められて開き直ったんじゃあねぇんですか？」

　定九郎は釣瓶《つるべ》を落とした。たぷん、と間抜けな音が立つ。

「そうやって澄ましてっけどさ、他人事《ひとごと》じゃあねぇんですよ。知ってます？　兄ぃがいっつも運ばされてる賭場《とば》の金のこと」

　嘉吉の顔には、露骨な蔑《さげす》みが浮かんでいる。

「あれ、学問所の資金にするためなんですってよ。なんの学問所かわかります？　花魁の、ですってよ」

　どうせまた、いい加減な噂を聞き込んだのだ。廓の習いは遣手が教え込むものだし、閨《ねや》の中のことは新造《しんぞ》のうちに姉女郎が仕込む。花魁が廓ですることは、わざわざ学問所に寄り集まって教わるようなことではない。

「兄ぃ、疑ってるでしょう。でもこりゃあ確かな報ですぜ。花魁たちはなにを教わると思います？」

　嘉吉の口調がいっそう棘《とげ》を増す。

「読み書きそろばん、ですってさ。それに裁縫も仕込むらしい」

　妓にそんなことを教え込んでどうする、高尾太夫《たかおだゆう》を育てる気でもあるめぇと、定九郎は内心毒づいた。

「つまりさ、大学校なんですよっ」

嘉吉は、金切り声を地面に向かって投げつける。

「あすこの書生を相手にするとなれば、花魁だって少しはおつむりがよくなけりゃあって道理らしいんですよ」

定九郎は、嘉吉を見た。

先見の明がある楼主《ろうしゅ》たちの考えそうなことではあった。それにしても、もぐりの賭場で作った薄暗い金が学問所創設に充《あ》てられるなぞ、冗談のような明朗さではないか。

ほんの十年前まではさ、怪しいものを見るとね、なんだえありゃ幽霊じゃないか、なんてことォ言ったもんですよ。ところが昨今じゃあ、ちょいと変なもん見たって言やァ、あァそいつは神経だ、ってことを言いやがる。

ポン太の口上が、耳の中を巡る。きっとこれから、次第に木陰がなくなっていくのだ。誰もが、木一本生えていない野っ原に放り出される。真《ま》っ新《さら》な強い日射しに耐えて立っていられるのは一握りの者だけで、いずれ自分は、炎天下にもかかわらず逃げ込む場もない世の中に、正体も留めぬほど焼かれていくのだ。

「ここんとこ巡査だの兵卒だのは、西の戦に行っちまってるでしょう。根津《ここ》が不景気なのもそのせいですよ。しかも奴ら、いつ戻ってくるか知れたもんじゃあない。あっちで殺《や》られて、何人戻るかも知れねぇですからねぇ。となりゃあ、お行儀のいい書生さんを頼みにするよりしょうがないんですよ」

　嘉吉は音を立てて爪を噛《か》んだ。

「どうせだったら、あっしらも学問所に通わせてくれりゃあええのにさ。もっと知恵がつきゃあ、あっしだって帳場っくれえは任されるようになるってのに。なんだかんだ言っても、花魁のほうがいい目を見られるんですから堪りませんよ。御内証《ごないしょう》も御内証だ。書生ごときにへつらうようじゃあ、美仙楼もお終《しま》いですよっ」

「だからなんだ」

　定九郎は、低く返す。

「いずれにしたって、わっちらみてぇな虫ケラは学問ぉ積んだところでどうなるものでもねぇんだ」

　嘉吉の顔がこわばり、あばたがいっそう赤みを増す。震える口から吐き出される言葉だけが、冷静さを演じようと努めていた。

「ふーん、まあ、いいや。せっかく信心の足りねぇ者同士、うまくやってこうと思ったのに。兄ぃとだったら一緒に組んで働けると思ったのにさ。知りませんよ、ひとりっきりになっちまっても」

　嘉吉が捨て台詞を残して楼《なか》に戻ったあとも、定九郎は釣瓶を引き上げもせず、井戸端に佇《たたず》んでいた。人差指だけがやみくもに動いて、井戸にこびりついた苔《こけ》をほじっている。

花魁たちは、二時前に検黴所《けんばいしょ》から戻ってきた。先についた俥三台に付き添っていた遣手が、胸を反らして見世に入ったところを見ると、誰も瘡毒《とや》とは見立てられなかったのだろう。

俥屋への払いは前もって済ませてあるため、車夫たちは花魁を降ろすと「また、よろしくお願いしやす」と、門口に愛想を言って順に走り出した。一番後ろについた車夫だけが、先刻と同じく顔を伏せたまま見世の前を通り過ぎた。

定九郎は俥を見送り、妓夫台に座る。しばらくいたずらに指を揉《も》んでいたが、内証から響く遣手の高らかな声に背を押され、気付いたときには台を蹴っていた。

八重垣丁通りを惣門に向かって走る。生暖かい風が、足下や耳にまとわりついて邪魔をする。門をくぐり、さらに一丁近く行ったところで、三番手の車夫の背中が見えてきた。頼りない足取りで、またひとりだけ遅れている。進むたび車輪がぶれて、車体が傾《かし》ぐ。これに乗った夕霧はさぞや怖い思いをしたろうと、定九郎は半ば小気味よく、そして心悲《うらがな》しく思った。

「すいやせん、そこの。そこの方」

先を行っていた二台も、声を聞いて足を緩めた。先頭の車夫が振り向いて「お代ならいただきやしたよ」と威勢良く返す。

「いえ。ちょいと。ちょいとこちらの方に用があるんで」

定九郎が三番手を指すと、「おまえ、またしくじったのかえっ」ともうひとりの男が罵声を浴びせた。

「いえ。そうじゃあねぇんで。少し確かめてぇことがございまして。すぐにお戻ししますんで」

ふたりの車夫は顔を見合わせたが、得意先の申し出である、しつこく訊《き》くのははばかられたのか、「へぇ」と不満げに首を突き出して立ち去った。残された車夫は地面を睨んだまま俥を道の端に寄せ、かじ棒を下ろすと観念したふうに定九郎に向き直った。

「遊廓《ゆうかく》の番頭なぞ、おぬしはなにをしておるのじゃ」

自分が車夫にまで身を落としながら、まず定九郎を責める。こういうところは昔となんら変わらない。

「兄上こそ……」

「わしのことはいい。なぜ声など掛けた」

「なぜ、というても……」

「出て行ったきり、一度も家に戻りもせぬとゆうに。父上も常々、おぬしのことを持ち出しては、情けないと嘆いておったわ」

「父上は……」

おのずと喉がひりついた。

「父上はご健勝にございまするか？」

「とうに亡くなった。おまえが出て行ってから一年もしなかった」

兄の政右衛門《せいえもん》は放り投げるように言った。まるで定九郎が父を殺したのだ、と言わんばかりの目をしていた。

父の死を聞いても定九郎に動揺はなく、それを不思議にも思い、当然とも思う。ずっと前に蓋をした過去なのだ。それに父は結局、兄にとっての父でしかなかった。ただ、幼い頃からの定九郎の在り方——誰にも、なにも託されることはないという立ち位置が、父の死によって二度と覆らなくなった、その現実だけがこのときはっきり手渡されたのだ。捨て去ったはずの重石が再び定九郎の足にしがみついて、沼の奥深くに引きずり込まれていくようだった。

「御家大事《おいえだいじ》のときに、ひとりだけ逃げ出しおって。行方も知れず、書状ひとつ寄越《よこ》さぬ。かほどに忠孝を欠いた男だとは思いも寄らなんだ」

定九郎が家を出たのは、御一新のあとだ。御家大事の時期などとうに過ぎていた。だいいち兄にしても、旧幕府軍にも彰義隊にも加わらず、世が変わるのを傍観していたではないか。

およそ十年ぶりに相まみえた兄は、まだ三十をいくつか出たばかりであろうに、履き潰した日和下駄《ひよりげた》のように色褪《いろあ》せ、擦り切れていた。髪は薄く、背が丸まり、幾分縮んだようでもある。頬の肉が削げたせいで深くえぐれた口元の皺《しわ》を忙しく動かして、兄は、いかに自分が不遇であったか、その一点を読経でもするように吐き出しはじめる。

御瓦解により家禄がなくなり、爪に火をともす暮らしに耐えねばならなかった。新政府は利根川開墾だの北海道開拓だのと士族が加われる事業を用意して責任を果たした気になっているが、開拓なぞ本来武士のやることではなく、とても役を預かる気にはなれない。くだらん徴兵制を布《し》いて農民や町人をにわか兵卒に仕立て上げるくらいなら、士族をそのまま新政府の兵にすればよいではないか。さすれば我らも職を失うことなく、士族の乱も起きはしなかった、と。

「徳川の世が続いておれば、わしは今頃家を継ぎ、御家人として立派に務めを果たしておったのだ。あのような動乱さえ起きていなければ、わしは今頃……」

臍《ほぞ》を嚙《か》むばかりの堂々巡りである。定九郎がいくら水を向けても、車夫になるまでの経緯を語ろうとはしない。むしろ辿った道程を明かさぬために、矢継ぎ早に世相を嘆いているように見えた。てっきり兄は新たな権威に飛びつき、巡査にでもなったろうと思っていたが――。

「武士だった者もみな、血迷うておる。公債元手の商いに手を出してはことごとくしくじって。『武士の商法』などと巷《ちまた》で馬鹿にされて、面目もないわ。巡査にしても、あんなものは足軽、中間《ちゅうげん》のやる役目よ。剣もまともに使えぬ者がただ威張り散らして乱暴を働く。武士たる者の心得がないのだ」

定九郎は、兄の股引《ももひき》の膝がほころびているのを見つけていた。転びでもしたのか、それともはき続けて膝が抜けたのか。かつては人一倍、身なりにこだわる男であった。袴《はかま》のみならず、家でくつろぐときの着物にも火熨斗《ひのし》を欠かさず、毎朝髪結を呼んでは月代《さかやき》を剃《そ》らせていた。尻っぱしょりに半纏《はんてん》姿で表に出ることなど、あの頃の兄には冗談にも考えられないことだったはずだ。

「まだ、あの屋敷に住まわれておるのですか？」

政右衛門は苦笑して、首を横に振る。

「とうの昔に新政府に買い取られた。官員たちの住まいにするとさ」

「では、今どちらに？」

兄は応えず、かじ棒を持ち上げた。そのまま重く歩み出したが、少し行ったところで足を止め、定九郎に振り向いた。

「信右衛門《しんえもん》……おぬしもわしも」

だが兄はそれ以上言葉を継ぐことなく、ひっそり背を向け、遠ざかっていった。車輪の悲鳴が、いつまでも聞こえた。

生暖かい風がまた吹いた。見上げると、あかね雲が空を覆い尽くしている。久方ぶりに聞いた己の名が、耳に残っていた。死んだ友に出会ったかのような、奇妙な懐かしさが頭の芯を締め上げた。

美仙楼に戻ると、門口では龍造が腕組みして立っている。

「勝手に台を空けるなと言ったはずだが」

定九郎は足を急がせることもなく龍造の前を横切って、脇口に腰を下ろした。

「ちょいと野暮用があったんで、そこまで出ただけですよ」

龍造の視線がこめかみを射る。定九郎は疎ましげに顔を歪《ゆが》め、それをやり過ごした。見世のはじまる気配が立って、楼から「番頭さん」と呼ぶ声がする。龍造はやっと目を離し、下駄を鳴らして奥へと入っていった。

その晩、見世が引けてから追分丁の賭場に向かったのは、昼間、嘉吉から聞いた話が頭に残っていたせいかもしれない。定九郎はこのところ、金を運ぶ以外にも賭場に顔を出していた。ポン太を避けるため、すっかり足の遠のいた常磐津《ときわず》の女の家に代え、宿として使っているのだ。崖上の墓場には現れても、結界でも張られているのか、ポン太は賭場に一度も姿を見せない。

賭場はたいてい、夜中三時には終いになる。引けまで勤めたあと一、二刻の仮眠をとるには格好の宿だった。山公ははじめ、定九郎の申し出に渋い顔をし、「金やらなにやらあるからいけん」と寝泊まりすることは許さなかったが、しつこく頼むと「賭場に使っている八畳の片隅なら」と不承不承頷《うなず》いた。他に職も見つからないから一時しのぎで賭場《ここ》に雇われているだけだ、と日頃愚痴を言っている割には、規律に忠実なのだ。

「今日はわしゃあ、早く寝るけぇの。邪魔せんでくれよ」

山公は使い古した敷布を定九郎に渡しつつ、いかにも迷惑そうに告げたが、普段、時世だの 政《まつりごと》だのの話に興じて空が白んでくる頃まで定九郎を離さないのは、山公のほうなのだ。

「寝不足なんじゃ。隣の家からよ、昨日は一晩中泣き声がしちょってよぉ。それにしても、あっちの音があねぇに聞こえるゆうことは、こっちの音も漏れちょるかしれんのう。丁半の声は抑えさせちょるんじゃが」

「泣き声？　赤子でもいるんですか？」

「違う。婆《ばばあ》のよ。次男坊が徴兵でとられたってよ」

山公は、鼻から息を抜いた。

「兵になぞ行ったらどねぇになるんじゃち大騒ぎじゃ。御一新前から四文屋《しもんや》やってた家じゃけぇ、急に兵卒言わりゃ恐ろしかろうがのう」

徴兵は、新政府が戸籍から抽選で選んだ若者に対して施行される。一部の者を除き、個々の事情や意思はほとんど斟酌《しんしゃく》されない。徴兵の達しがあれば商人だろうがなんだろうが有無を言わさず身体検査を受けさせられ、陸海軍に送られる。鉄砲にも刀剣にも心得のない者が付け焼き刃の特訓を受けさせられ、運が悪ければ戦場《いくさば》に駆り出される。

「戸籍ゆう厄介なもんができたせいで、逃げ隠れできんけぇのう。仕方なかろうが」

さっき嘉吉の話を聞いたときに浮かんだ、日陰ひとつない野っ原の荒涼とした景色が、定九郎の目の内に広がった。

「徴兵逃れのあんちょこまで出ちょるゆうが、どこまで逃げられるか。まぁ、わしなんぞは、故郷じゃただの行方知れずよ。もしかすると死んだことになっちょるかもしれん。居所がわからなきゃあ、官員さんも追っては来んじゃろうがのう」

「そうですよ。きっと」

自分でも驚くほどの大声が出た。

「ひとっところに留まってるから、捕まっちまうんですよ」

定九郎は敷布の上に寝転がる。ふと、山公を懐柔して賭場の金を都合してもらってはどうか、という考えがよぎった。崖上の石垣に貯《た》め込んでいる金とは目当てが違う。あれは、楼主を欺くためだけにくすねていた金だ。従いたくもない相手に従って、一日の大半を潰して働く自分を鎮めるために、どうしても欠かせない行いだった。だが、今は明確に金がいる。逃げるための金だ。

「わっちら存外、自由がきくかもしれませんぜ。こうして逃げてるうちは」

そろそろ根津とは、縁を切る頃合いだった。留まればまた、自分がどこからも必要とはされていない、という事実を突きつけられる羽目になる。

「そうかのう……少なくとも囚《とら》われの身にはなっちょらんが」

山公は呟《つぶや》いてみてから、うまく納得できぬのか、首をひねった。

「ひとつところにいるのは、御一新前までは当たり前じゃったゆうのにのう。おのし、たまに思わんけ？　攘夷《じょうい》運動も戦も起こらず、あのまま御公儀が続いちょったら己はどねぇしちょろうて」

ゾッとした。朝早くから剣術の稽古に駆り出され、父に竹刀で撲《ぶ》たれ、忠臣としての心得を叩き込まれ、四六時中出来のいい兄と比べられ。

――あの父が、死んだのか。

鋼《はがね》でできているのかと疑うほど、強靭《きょうじん》な父であった。剣術、柔術、槍術《そうじゅつ》と武道は一通りこなし、講武所の師範代を務めるほどの腕前を誇っていた。上役の覚えもめでたく、相応の出世をした。家の中でも折り目正しく、書見するときも膳に向かうときも、背筋に杭《くい》を打ち込んだように端然としていた。

死ぬことがあるのだ、あのような父でも――。

記憶の中のくすんだ父の姿を掘り起こそうとする。戦が起こったときの「今更、なにをしても遅い」という声が真っ先に見つかった。取り出して手の平で温めたところで愛《いと》おしさの欠片《かけら》もない、むしろ虚《むな》しさだけに覆われた思い出だった。

あのときに父はもう、死んでいたのだ。

徳川という主《あるじ》が消え去り、御家人という己の支柱がなくなったと同時に逝ったのだ。

「わしは間違いなく、今も目出におるじゃろうのう。毎日、夜明け前に漁に出て、昼にゃ畑を耕しちょる」

どっちがよかったんじゃろうのう、と山公はあくびに紛れ込ませて言った。

「わっちゃ、いずれにしても同じようなていたらくですよ」

なるたけ明るい声で定九郎が返すと、山公は長嘆息してから軽く笑んだ。

「そう思っちょくんが一番ええ。時世がどうのと考え出すとキリがない」

山公が「眠い、耐えられん」とうめきながら小部屋に引き上げたあとも、定九郎はまんじりともしなかった。身体は泥のように疲れているのに、頭だけは冴《さ》えている。そのせいか、目の前を奇妙な幻影がいくつもよぎった。影を振り切るため寝返りを打とうとするが、それすらうまくいかない。あの日に失われた信右衛門の、成長した姿が闇のずっと奥に浮かぶ。裃《かみしも》を着け、月代も青々とした二本差しの男は、愁いを浮かべて定九郎を見詰めていた。

一睡もできぬまま朝を迎え、まだ眠りこけている山公を起こさぬよう賭場を抜け出した。定九郎はまた谷へと下っていく。見世がはじまり、いつものように妓夫台に座る。一連の所為には微塵《みじん》の意志も介在しなかった。どうです、ええ妓《こ》がいますぜ、寄ってってくださいよ。感情を欠いた台詞が、腐った内面を飄然《ひょうぜん》と越えて流れ出る。

ポン太はこの日も、夜見世がはじまる頃に現れた。今宵は一六日《いちろくび》で、小野菊が見世を張ることはないのに、向かいの廓の塀にもたれて美仙楼を窺っている。珍しく近寄ってこないのは、本番口に龍造が座っているからだろう。御納戸色《おなんどいろ》の着流しが気まぐれに風に揺らぐ。なにか呟いているのか、唄でも口ずさんでいるのか、絶えず動く唇から歯や舌がチラチラ覗いた。

――もしかすると、吉次の手先ではないか。

定九郎は、そう思いはじめている。普段は吉原で台に座っている吉次に代わって、ポン太は定九郎を見張り、付け入る隙を窺っているのではないか。あの夜、定九郎の後ろにいた奴を吉次も新三も気に留めなかったのは、身内というからくりが隠されていたからではないか。ポン太が噺家《はなしか》の弟子というのも眉唾物《まゆつばもの》であり、「お姫様《ひいさま》」だなんだと言ってちょくちょく小野菊を見に来るのも含みがあってのことかもしれない。賭場にだけ現れないことも、胴元が美仙楼の楼主であることを吉次が嗅ぎつけ、用心するようポン太に命じていると考えれば辻褄《つじつま》が合う。害のなさそうな男を遣わし、見世の者を抱き込んでから一気に懐柔にかかる――いかにも昨今の任俠《にんきょう》が考えそうなことだ。

定九郎は崖上の三角石に突っ込んである金を頭の中で勘定する。あの石垣だけが、砦《とりで》のように思えた。

　六時を過ぎると、張見世の前にはわずかながら人垣ができる。と、客の群れから男がひとり抜け出して、美仙楼の格子に寄った。龍造も定九郎も腰を浮かしたのは、六尺以上あるその男が、周りの客を押しのけるような乱暴なやり方で格子を摑《つか》んだからだった。

「あの妓《おんな》かえっ！　こないだ首ぃ吊《つ》ったたってぇのは」

　男は突然馬鹿でかい声を出し、格子の内を指さした。その指先は、十日ほど前からようよう見世を張るようになった芳里に据えられている。辺りがざわめき、芳里は縮こまってうつむく。他の妓たちは目玉に昂揚《こうよう》を浮かべて芳里と男を交互に見遣《みや》った。残酷なことが身近な他者に起こることを、妓という生き物はなにより好む。

「よくまあ、のうのうと見世ぇ張ってられるもんだぜ」

　男が叫んだ。他の客に聞かせることが目的であるのは明らかだった。はじめて見る顔だが、懐から覗いた匕首《あいくち》が、やくざ者だと証《あか》している。定九郎は止めに入ったものかと迷い、判じを本番口にすがった。

　龍造はしかし、格子の前の男を見てはいない。通りの先を睨んでいる。その目線を辿った定九郎は、六間ほど離れた見世先に、吉次と新三を見つけた。ふたりは、龍造が見ていることには気付かぬ様子で、なにごとかを囁《ささや》き合いながら騒動を見物している。

「死に損なった妓を、よく出したもんだ、なぁ」

格子の前の男がまた、吠《ほ》えた。

小野菊の一件に手を貸すことを定九郎が渋ったために、三下《さんした》を遣わし、嫌がらせで揺さぶりをかけようという吉次の腹であるのに違いなかった。

——しかし、なぜ芳里の一件を吉次が知っている？　あのこたぁ、表沙汰にはしてねぇはずだが。

定九郎は、吉次と新三からまっすぐ横に視線をずらす。正面の塀にもたれ、ポン太は笑みをこぼして張見世を見詰めていた。

——なるほど。

苦い呟きが漏れた。

吉次はやはり、美仙楼の子細をポン太に探らせているのだ。勝手に見世に出入りでき、廓の者とも心安い。定九郎は、いつの間にか自分が、周到に組まれた檻《おり》の中に閉じ込められていたことを知る。

「おい、なんとか言えよ。死に損ないよぉ」

芳里は蒼《あお》くなって唇を噛む。龍造は無言で立ち上がると、わめくやくざ者を制しもせず、まっすぐ新三のもとに向かっていった。奥から「番頭っ！　なにやってんだえ！」

と遣手の声が飛ぶ。やむなく定九郎は、台を離れてやくざ者に寄った。

「兄さん、勘弁してくださいよ。そんな因縁《いんねん》つけられちゃあ堪りませんぜ」

向こうで吉次が見ている。客たちの目もある。ひとりで男に向かわねばならぬ恐怖もあって、自然声が震え、及び腰になった。

「なんだえ、嘘だってのかえ。だったら妓の首を見てみねぇ。赤い筋ができてらぁね」

男たちの目が一斉に芳里の首筋を舐《な》め、芳里は細かく震えて身を縮めた。

「俺ぁ聞いたんだぜ。ちっとも客が取れねぇのを苦に首ぃ縊《くく》ったってよぉ。この見世じゃあ稼ぎの悪ぃ妓にゃあよっぽどひでぇ仕打ちをするんだな。え？　男との心中ならまだしも、ひとりっきりで首ぃ吊ろうなんざ、あんまりにも惨めじゃあねぇか。なぁ、妓。一緒に死んでくれる男も、おめぇさんにはいねぇのか」

男が甲高い笑い声を立てると、芳里の喉からくぐもった嗚咽が漏れた。客の男らはさりげなく格子から目を逸《そ》らし、妓たちは食い入るように芳里の顔を見詰めている。

「頼みます、兄さん。勘弁してください」

定九郎は男を格子から引きはがそうと袖を引いたが、力任せに押されてよろけた。野次馬たちがまた、ざわめく。

籬《まがき》の襖《ふすま》が音もなく開いたのは、そのときだった。

薄暗かった張見世が急に明るくなる。月を一つ、格子の中に落としたような、煌々《こうこう》として澄んだ光が満ちた。現れた小野菊に、群がった客も、またやくざ者も、気を呑まれて言葉を仕舞う。いつもは跡尻《あとじり》近くに座る小野菊だが、布かれた緋毛氈《ひもうせん》の上を格子の側まで進んで、悠然と腰を下ろした。朱羅宇《しゅらう》の長煙管《ながギセル》に火を入れて一服してから、やくざ者に向かってふわっと笑んだ。

「お兄さん、困るじゃあないですか。そんなに大きなお声を出して。みなさん、ゆっくり敵娼《あいかた》をお選びんとこ、ご迷惑ですよ」

さっきまでやくざ者に乗せられて物見高く芳里を覗き込んでいた客たちが、小野菊に同調するように一斉に頷き、あからさまな迷惑顔を男に向けた。

「それにね、見世の前でそんな根も葉もない噂を広められちゃあかないませんよ。美仙楼にゃあ、首を縊った妓なぞござんせんよ」

「しらばっくれるな。確かに聞いたんだぜ、こっちはよ」

「へえ。そりゃあ、どこからお聞きだえ？」

「この見世に詳しい者よ。間違いはねぇさ」

「だからさ、どこで、どなたにお聞きだえ？」

「…………」

「おや、黙っちまった。もしかするとお兄さん、夢でも見たじゃあないのかえ？」

周りから失笑が漏れ、男はいきり立つ。

「内々に聞いたんだ。ここで名ぁなぞ言えるか！」

「まぁまぁ、ごたいそうなこと。名も言えないような後ろ暗いお方の噂ぁ真に受けて、わざわざここまで野次を飛ばしに来たのかえ。酔狂なことだねぇ」

小野菊の喉で鈴が転がった。やくざ者は朱に染まった顔に青筋を立てる。

「うるせぇ、たかが女郎風情が。ちっとばかし売れてっからっていい気になりやがって。所詮は、なんの権利もねぇ見世に飼われた淫売だろうが」

「おや。権利だなんて、浮ついた新語を使うじゃあないか。その口が泡ぁ吹いてるよ」

今度は存分に悪意を込めた笑い声で男をからめ捕る。さっきまで、芳里の一件が公然とあばかれることを期待していた妓たちも、いつしか小野菊に加勢するように男に意地の悪い笑みを投げつけていた。

「それにね、権利ってことで言やぁ、わちきらのほうがお兄さんより上なんですよ。なにせあんたがどんなに金を積んで登楼《あが》ったってさ、こっちがどうにも気が乗らないとなったらね、引付座敷《ひきつけざしき》の敷居も跨《また》がず振ることができるんだ。ここにいる花魁だって、みな同じさ」

妓たちの顔が誇らしげに晴れ渡る。刹那、格子に囲われた狭っ苦しい張見世の中が、外の世界よりも遥《はる》かに広く、自由に解き放たれたように定九郎には見えた。

「うるせぇ、このアマっちょ」

「お兄さん。廓ってのはね、そんな言葉ぁ吐く野暮が来るとこじゃあないんですよ。ここにいるお客さんにも失礼じゃあないか。周りぉよくよく見渡してごらんな。御覧のようにね、惣門からこっちに足ぃ踏み入れられんのは、男ぉ磨いた方だけなんですよ」

小野菊は片手で襟を滑らかにしごき、首をまっすぐ起こした。もう、あんたとの話は終《う》いだ、どこへでも行っておくれと妓の仕草が告げている。

「失せろっ」

「失せやがれ」

格子を取り巻いた客たちから、男への罵声が飛んだ。小野菊はやくざ者をやり込めながら、花魁だけでなく嫖客《ひょうかく》たちも見事に引き立て、味方につけたのだった。

やくざ者は総身を震わせ、格子を突き破らんばかりに両腕を振り上げた。その袂《たもと》を、摑《つか》んで引いた者がある。

「おい、帰《けえ》るぞ」

新三は、男を引きずるようにして群れから離れていった。定九郎は吉次のいたほうへと目を走らせたが、すでに奴の姿はない。懐手にした龍造が見世に戻ってくるのが見えるばかりだ。小野菊も格子から離れて跡尻に座し、野次馬も三々五々散っていった。定九郎は夢中で気付かなかったが、嘉吉までが門口に顔を出しているところを見ると、騒動は小さくなかったのだろう。

「今日ァ一六日でしょ、本当ならお姫様《ひいさま》ォ拝めねぇとこですが、おかげでこうしてお姿拝見できましたよォ。そんな気ィしたんですよねェ。だって昨夜、アタシの夢に出てきてくれたんですよォ、お姫様がさァ」

だしぬけに耳元で囁《ささや》かれ、息が止まった。定九郎は振り向いて、そこで笑っているポン太の胸ぐらをとっさに摑む。

「あれっ。いきなりなんです、お兄《あに》いさん。噺家は客の胸ぐらをとるもんですよォ、胸ぐらァ摑まれるもんじゃあござんせんよォ」

手足をじたばたさせているが、顔はぬるりと笑ったままだ。

「おまえ、なんの企《たくら》みがある」

「なんのことですよォ。それよか、お兄いさん。谷中のォお師匠さんァお寂しがってていましたよォ。このところちっとも寄っちゃくれねェって」

三絃《さんげん》を弾くふりをしてポン太はおどけた。

「吉次に頼まれたんだろう。はなから組んで動いてたんだろう。見世のことを探って奴に漏らしているのはてめぇか？　なんでわっちを巻き込む。それも吉次の指図かえっ」

かろうじて辺りをはばかりながら低く詰め寄った。ポン太は目をしょぼつかせ、「怖いよォ、お兄いさん。優しいお方だと思ってたのにィ」と頰を膨らませる。

「なにしてんだえ、見世の前で」

門口に戻った龍造に引きはがされるまで、定九郎は夢中でポン太の首を締め上げていた。それまで切れ目なくしゃべっていたポン太であるのに、龍造を認めるや急に苦しげに息を上げ、大仰な咳《せき》をしはじめる。だが龍造は、立番《たちばん》の不調法《ぶちょうほう》を、ポン太に詫《わ》びることはしなかった。

「素見《ひやかし》は御免ですぜ。門口ぃ塞がねぇでくだせぇよ」

邪険に奴を追い払う。ポン太は恨みがましく咳をしながら、見世から離れた。何度か振り返り、その都度定九郎に、ふざけた顔を作ってみせた。

「しょうがねぇ野郎だな。茶化しに来るばっかりで一度も登楼らねぇんだから」

土間に降りていた嘉吉が言い、揉み手せんばかりに龍造に寄る。

「龍造さんおひとりじゃあ、門口を固めるのも大変ですよねぇ。誰かもうひとりでも役に立つのがいれば、だいぶ楽ができるのに」

言って、傍らにいる定九郎をチラと見遣った。

「あっしにできることがあれば、なんだっておっしゃってくださいよ。龍造さんのために働ければ本望なんですから」

龍造は嘉吉を一瞥《いちべつ》して言う。

「無駄口きいてねぇで、持ち場に戻れ」

嘉吉は首を縮めて静かになった。

定九郎は、格子の中で芳里がそっと息をついたのを認めて、脇口に腰を下ろした。すぐさま、足下に溜《た》まったべたりとした湿気にからめ捕られる。

ここは、まぎれもない谷底だった。四方が塞がって、息が、苦しい。定九郎は天を仰ぐ。死にかけた金魚のように、上に向かって口を広げた。

七

石垣の金が、なくなっていた。

賭場《とば》へ使いに行った帰りに三角石を外して穴の中を検《あらた》めたのは、たった三日前のことだ。数えると二円近くも貯《た》まっており、定九郎はその銅銭を、見世《みせ》から持ってきた巾着にひとまとめにして突っ込んで再び三角石で蓋をしたのだった。巾着は、花魁《おいらん》の化粧部屋に誰かが忘れていったもので、綾織《あやおり》に牡丹《ぼたん》の刺繍《ししゅう》があしらわれている。その巾着ごと、きれいさっぱり消えていた。二円あれば谷底から抜けてもしばらくは食いつなげるという定九郎の目論見《もくろみ》も、一緒に霧散した。

穴から右手を引き出す。中をさんざんまさぐって、石の凹凸にいたぶられた手の甲には、獣に掻《か》きむしられたような無数の傷が刻まれている。定九郎は左手に握りしめていた三角石を、思うさま地面に叩《たた》きつけた。空疎な音を立て、そいつは一間ほど転がった。こんな軽くて頼りない石ころで、金を守った気になっていたのかと己の浅知恵を呪う。石垣に背中をこすって、その場にしゃがみ込んだ。空を仰ぐ。が、目に映ったのは、覆い被《かぶ》さるように両腕を広げている黒々とした欅《けやき》だった。乾いた嗤《わら》いが、口の端からこぼれ落ちた。

重い足を引きずって賭場の格子を叩いたのは、東がうっすら白みはじめた頃だ。追分丁に宿を取るため見世が引けてから藪下を上ってきたのだったが、その目的さえ定九郎は忘れかけていた。賭場の灯《あか》りは消えている。山公が寝入っているようなら、谷底に引き返せばいい。見世に出る刻まで間もないのだ。そうは思ったが、逃げる手立てを失った動揺をひとりで抱え込むのも辛《つら》く、定九郎は控えめに、しかし執念深く戸口を叩いた。

ややあって中に灯りがともった。格子に向かって、ゆらゆらと近づいてくる。戸を開けてポン太が現れる。その像が、脳裏にくっきり浮かんだ。

「なんじゃあ、こねーな刻によぉっ」

細く開いた戸の向こうで目をこする山公を見て、定九郎は肩に込めていた力を抜く。そのまま詫《わ》びも断りもせず下駄を脱ぎ、奥の八畳まで勝手に通って畳の上に転がった。

金までなくして底を打った身からは、体面も気遣いも失せている。山公は、普段に似ぬ定九郎の厚かましさに眉をひそめたが、自らも盆茣蓙《ぼんござ》の脇にあぐらをかいた。

「やっと仕事が終わってええ気持ちで寝てたゆうに。ここは宿屋と違うんじゃけぇのう」

定九郎は天井を睨んでいる。本当に逃げる手立てはなくなったのか。いや、金がなくともどうとでもなる。また砦《とりで》を見つけて潜り込み、嵐が過ぎるのをやり過ごせばいい——。

「おのしはいったい、いつまでそうしちょるつもりじゃ」

驚いて首を起こした。山公の台詞《せりふ》が、単に八畳間に寝転がっている今の定九郎をなじったものだとわかっても、動揺はなかなか去らなかった。

「ここの……賭場の仕事ぁ、面白《おもしれ》ぇですか？」

取り繕った声も擦《かす》れている。このところまともな声ひとつ出せない。まるで芳里みたいじゃあねぇか、と自嘲が湧いた。山公は、寝癖のついた髪を大きく弾ませて首を傾《かし》げ、「なんじゃ、藪《やぶ》から棒に」と顔をしかめた。

「何度も言っちょろう。わしゃここに落ち着く気はねぇんじゃ。あくまで仮の仕事じゃけぇ」

「それにしちゃあ、ずいぶん熱心だ」

「そーでもねぇわ。熱心なら、もっとやるべきことはあるんじゃ、こねぇな役でもよ」

「いずれそれも背負って、ここで働いていくつもりじゃあねぇんですか？」

山公は口元を歪《ゆが》め、それから足指に目を落とす。かがみ込んで器用にささくれをむしりつつ、

「さぁな」

と、呟《つぶや》いた。定九郎の中に焼けつくような焦燥が湧いた。山公は、とうに己の居るべき場所を見定めているのではないか。きっと、ここでやっていくと、もう腹をくくっているのだ。囚《とら》われないように逃げ続ける以外の方法を、摑《つか》んだのだ。

「自由民権を唱える一派がこのところ、ここらでもよう集会をしちょるのう。せぇけど一方じゃ、西郷が西で戦を起こしちょる。どうも落ち着かん」

山公は、さりげなく話題を変えた。賭場の仕事は、世相とは小指一本の繫がりもないというのに、この男は常に世の動向に目を凝らしている。「時世がどうのと考え出すとキリがない」と己の不甲斐《ふがい》なさを笑い飛ばしながらも、片一方の足は、世の中という名の、藻に覆われた沼から引き上げようとしないのだ。

「西の戦に行く者と民権運動に走る者、どこが分かれ道なんじゃろうか。どっちも御一新前は、尊皇攘夷《そんのうじょうい》、倒幕を目指しちょった輩《やから》じゃろうによ」

西から湧き出た志士たちの思想を理解さえできぬまま幕府の瓦解を経た定九郎には、

わざわざ世を刷新したにもかかわらず、なおも厄介を起こし続ける連中の考えていることなど、わかりようもない。

手燭《てしょく》の火が揺れる。山公は背を丸めて、紙の覆いを覗き込んだ。

「わしも、そろそろよ」

灯りに向かって呟いた。

「そろそろ、なんです？」

山公は目を伏せたきり黙り込む。頑《かたく》なな横顔だった。定九郎はなぜだか、侘《わ》びしい懐かしさに囚われる。瞑目《めいもく》し、再び目を開けると、天井の木目が炎にくっきり浮かび上がっていた。木目はいつでも、ひどく意志的だ。

「……ここにゃあ、どのくれぇ金を貯め込んでるんです？」

定九郎は訊《き》いた。寝言に似た、曖昧な調子になった。山公は応えない。八畳間には澱《おり》が降り積もる鈍い音だけが響いていた。定九郎は息を殺して、傍らの男を窺《うかが》う。山公の顔は曇っていたが、「こいつは、なにを言い出したのか？」という驚きは見えず、「どうせそんなことだろうと思った」という諦観と落胆が濃くにじんでいた。

「いくらもない。ここでの稼ぎは次の日にゃあ廓《くるわ》に渡してしまうけぇ。おのしもしょっちゅう使いに来ちょるんじゃ、仕組みはわかっちょろう」

「でも、まともな帳簿もねぇんでしょう、いくらでもごまかせそうだ」

「阿呆《あほう》。わしゃ、そねぇにしみったれたことはせんわ」

定九郎は話を諦める。しつこく訊いたところで、山公はたやすく口を割らぬだろう。もっと持ちかけ方を練って落とすべきだった。金を引き出すような厄介な懐柔は、慎重に順を追わねば功を奏さない。寝起きの男に話すことではなかったのだ。

山公は、定九郎が金のことを持ち出した理由を問おうともせず、「もう寝るけぇの、せっかくいい夢見てたっちうに」とぼやいて腰を上げ、玄関脇の小部屋に潜《もぐ》り込んだ。その晩、中からはコトリとも音が立たなかった。


ずいぶん前に嘉吉が口にした小野菊の身請《みう》け話は、桜《はな》が散る頃には楼内の誰もが知るところとなった。

遣手《やりて》もたびたび内証《ないしょう》に上がり、落籍の条件を楼主《ろうしゅ》と談じ合っている。売れっ妓《こ》ゆえに前借金の残りもたいした額ではないが、相手は佐伯だ、うちもお職《しょく》を譲るんだから多少色をつけてもらってもいいだろうと、鼻息荒い遣手の声が廊下まで漏れ聞こえ、噂好きの男衆《おとこし》や花魁たちを無駄に刺激した。

しかしそれが続いたのもほんの十日ばかりのことで、ある日を境に遣手は佐伯のさの字も口にしなくなり、内証に入っても潜《ひそ》めた声と溜息を交互に発するばかりになった。遣手の渋面にも見飽きてきた頃、男衆の間でひとつの噂が囁《ささや》かれる。

小野菊が、佐伯の申し出を袖にした。

理由は知れず、それがみなの想像をいたずらに煽《あお》った。佐伯ほどの人物に落籍《ひか》れるという幸運はそうそうないのに花魁はなにを考えてるんだ、というのが大方の意見であったが、中には「小野菊花魁はさ、妓《おんな》の意地や張りを持っていなさるんだ。金で動く方じゃあねぇんだ」と意気を揚げる者もいた。今更、意地だの張りだの、江戸の花魁たちが守ってきたものに小野菊が囚われているとは思われないが、あの気性からすれば、男に寄りかかって生きるなんぞ真っ平御免だと話を突っぱねても不思議ではない。そう思った途端、定九郎の中にちらりと小野菊への嫌悪が湧いた。

だが真相は、見世の者が考えるより、遥《はる》かに単純なことだった。

「間夫《まぶ》がいるんだってよ」

勝手口の外で、遣手がそう告げたのだ。

「間夫？　それらしい奴ぁ、わっちゃ登楼《あげ》た覚えはねぇですが」

遣手がわざわざ定九郎だけを呼び出して、内幕を漏らす理由を計りかね、曖昧に答えを返す。

「あたしだって見たこたぁねぇよ。だから間夫ってわけじゃあねぇのか。ここに通ってきちゃあいねぇんだから」

腹を立てているときの癖で、遣手の口調は汚く荒れた。

妓たちが間夫を持つことは珍しくはない。馴染《なじみ》から恋仲になれば、妓のほうから逢瀬《おうせ》をせがむようになる。花魁は見世から一歩も出られぬゆえ、出合茶屋で逢《あ》い引《び》きするわけにもいかず、男が登楼するよりないのだが、そうそう男の金も続かない。その場合、妓は前借金がかさむのを承知で揚代《あげだい》を肩代わりするのである。躾《しつけ》にはうるさい見世の者が間夫だけは見て見ぬふりをするのは、見世の上がりに障《さわ》りがないためだ。ただ、他に客をまともに取らず、ひとりの男に入れ込んでいる妓には、遣手が厳しく注意をし、ことによっては強引にでも別れさせる。前借金が膨らむだけ膨らんで、挙げ句心中という図式が目に見えているからだ。

小野菊はこれまで、一度として身揚《みあが》りしたことはない。女っぷりのよさで名代の男らを客につけてきた妓だが、情を注ぐのも妻でいるのも美仙楼の中だけと割り切っている節もある。

「旦那さんにゃあのめり込まず、巧みに一夜妻を演じることとさ。向こうさんだってそれを望んでいなさる。ご負担になるようなことをしちゃあいけない」と小野菊が振袖新造《ふりそでしんぞ》に説いていたことを、定九郎は嘉吉から聞いていた。外見《そとみ》だけじゃあなく、お心構えもご立派な方ですよ、と嘉吉はうっとり語ったのだ。

「間夫よりもっと性質《たち》が悪かろうね。なんでも美仙楼に来る前から、年季《ねん》が明けたら一緒になろうってぇ言い交わした仲だってんだから。でもさ、そんな昔の約束を年頃の男が守ると思うかえ？　あの妓《こ》がここへ来たのは十七だ。もう四年も前のことだよ」

「へぇ。たった四年でお職を張るたぁ偉《えれ》ぇもんだ」

そういうことじゃあないんだよっ、と遺手は青筋を立てた。

「サーさんに落籍れりゃあ、あの妓だって万々歳なんだ。一遍も訪ねてきたこともねぇ、どこの馬の骨だかわかんねぇ男に義理を通すよりよ」

「……もしかすると、花魁はお武家の出なんじゃあねぇんですかえ。間夫ってぇより、許婚《いいなずけ》ってことじゃあ」

定九郎は、「お武家」という言葉を、声が上ずらぬよう、かといって必要以上によそよそしくならないように慎重に置いた。違うよ、あたしゃあの妓が女衒《ぜげん》に連れられてきたとき立ち会ったもの、と遺手は呆気《あっけ》なくかぶりを振った。

小野菊が生まれ育ったのは浅草裏門代地の裏店《うらだな》だという。父親は棒手振《ぼてふり》でさしたる稼ぎもないうえに子だくさんという、江戸の頃はごまんとあった貧乏所帯だった。七、八年前にその父親が死に、一家はいっとき親戚筋に厄介になっていたようだがにっちもさっちもいかなくなって、一番上の小野菊が身売りすることになった。母親は、小野菊を売った金を元手に浅草に戻り、小商いをはじめたという。

「あたしぁ一度、あの妓のおっかさんがやってる店にも行ったことがあるんだ。金ぇいくらか言付かってね。ひでぇもんだよ、廓に売ったあとまで娘から金ぇむしるんだから。

まぁね、芳里みてぇに亭主に売っ払われるよりゃあ、ちったぁマシかもしれねぇが」

花魁たちの身の上を自らに重ねるようにして語る遣手の傍らで、定九郎はまたひとつ、聞きたくもない妓の背景を耳に入れてしまった煩《わずら》わしさに苛立《いらだ》った。芳里が執拗《しつよう》に己を卑下してきた理由が、じっとり沁《し》みる。

「小野菊ってのはね、はじめっからどこか普通の妓と違ってね。容貌《きりよう》もうちにゃ過ぎるようだったが、それよりも売られてきたとき見世の連中の肝を抜いたのが、衣装さ。なんたって、墨染の衣ぉ着てたんだから」

「へえ。尼僧《にそう》みたようだ。わざわざ仕立てたんですかえ？」

「普段着るようなべべじゃないから仕立てたんだろうが、したってあの家にゃ反物を買う金だってありゃしないはずだ。ぜんたいどうしたんだか……。御内証なんぞ、当てつけやがって、ってはじめぁ花魁を気に入っちゃいなかったねぇ」

これから見世に出すという女が出家の衣に身を包んで現れたのだ、縁起でもないと楼主が怒るのは当然のことだろう。

「小野菊さんぁ、ご自分でその衣ぉ選んだんでしょうかね？」

「さぁね。さる人が用意してくれたもんだ、ってポソッと言っただけだよ。浮世を捨てたとでも、衣で語りたかったんだろうかねぇ。理由《わけ》ぇ訊いたけど、応えなくってさ。ただ、あの日はあの衣を着るのが一番合ってたんだ、って、それだけ。もしかしたら、その間夫が用意したもんかもしれないね」

　そこで遣手はもともとの用件を思い出したらしく、ハッと首を伸ばし、「ちょっと待ってよ、こんな話をしに来たんじゃあないんだよ」と、無駄に時を食ったのは定九郎のせいだとばかりに睨みつけた。

「その小野菊が、あんたをご指名だ」

「指名？　……なにがです？」

「使い、だってよ」

　定九郎は預かった荷を胸に押し抱き、南に向かっている。袱紗《ふくさ》には一通の書簡が包まれていた。それは、目が覚めるほど白い懐紙《かいし》で巻かれており、否応《いやおう》なく定九郎に緊張を強《し》いた。

　小野菊がなぜ、言葉を交わしたこともない定九郎の名を持ち出して、間夫に書簡を届ける役を与えたのか、遣手にもわからないという。ともかく楼主の許しは得ているから届けるだけ届けてくれ、と強引に押しつけられ、定九郎はそのまま惣門を抜けたのだ。

　行き先は神田川近く、東竹丁《ひがしたけちょう》にある若竹亭《わかたけてい》という寄席である。「入口に座ってる男に渡せばいいから」というのが小野菊の指示で、子細を訊く隙は与えられなかったのだ、と遣手は唇を突き出していた。相手は寄席芸人ですかえ、という定九郎の問いかけにも、

「んなこたぁ知らないよっ！」と癇癪《かんしゃく》を起こしただけだった。

四半刻《しはんとき》も経《た》たずに東竹丁には着いたものの、なかなかそれらしき小屋は見当たらない。辺りをくまなく歩き回るうち、玄関口から長い列が延びた建物を見つけた。どうやら目当ての寄席らしいが、白壁に瓦葺《かわらぶ》き、唐破風《からはふ》の二階建ては寺社か料亭かと見まごう立派さで、かつて両国辺りに並んでいた葭簀《よしず》張りの寄席小屋とはだいぶ趣が違う。半信半疑で建物の周りを巡ったのち、並んでいた客に訊くとやはりここが若竹で、定九郎は詮方なく行列の尻についた。客たちは、容赦なく照りつける日射しを頭の上に広げた扇子《せんす》で受けて、切れ目なくさんざめいている。

楽しみだぜ、去年は滅多にかからなかったからさ。どこだか旅に出て東京にはいなかったと聞いたよ。沼田ってところに行ったのさ、本所《ほんじょ》の商人が生まれた土地だってさ。へぇ、なんでまた商人の故郷なんざ訪ねたろう。新しい噺《はなし》でも見つけたかわかんねぇな。なんてぇ名の商人だえ？　確か塩原太助《しおばらたすけ》とか、なんとか。弟子筋から聞いたから確かだぜ。

今日かかる芸人の噂だろうが、定九郎は関心のない話を間近で交わされる鬱陶《うっとう》しさに辟易《へきえき》し、すぐに列から抜けた。並ばずに脇から入って門口の男に書簡だけ渡そうと試みたのだが、木戸の周りに群がる客たちの、蟻《あり》一匹通さぬという硬い背中に阻まれて結局また列に戻る。縞《しま》の着物の前をくつろげ、手の平を団扇《うちわ》にして風を送り込んで待った。

じりじりとしか進まぬ列に焦《じ》れる。入口に辿り着くまでさらに四半刻を経た。明るい場所から窓ひとつない三和土《たたき》に立ったせいで真っ暗に沈んだ視界の中に、赤や青の点々がでたらめにまたたいている。定九郎は闇に目が慣れるまで、小屋から溢《あふ》れる聴衆の熱気を耳で受けた。

「押さないで、そら、そんなに押したら潰れっちまってアタシァ千枚漬けみたようにぺしゃんこだ。ねェ千枚漬け。おや、ご存知ないんですか？　上方の漬け物ですよォ」

聞き倦《う》んでいるあの声が、鼓膜を揺らした。肌が粟立《あわだ》つ。奴はここにも先回りしていたのか。ぼやけた視界が、次第に定まってくる。入口の台にいる人物の輪郭が浮かび上がる。

　ポン太とは、似ても似つかぬ男が座っていた。

髪を後ろに撫《な》でつけた細身の若造だ。無愛想な面《つら》で、「四銭です」と放り投げるように言われて定九郎は拍子抜けしたが、すぐに、小野菊が告げた、荷を託す相手というのはこんな青二才でいいのかと不安が湧いた。

「……あの、書簡を言付かって来た者ですが」

　一応言ってみると、男はひょいと目を上げ、

「ああ、美仙楼さんの」

と、事も無げに返した。話が通っていることに安堵《あんど》はしたが、廓から一歩も出られぬ

小野菊がいつ、どのようにして寄席に話をつけたのかと奇妙に思い、するとー不意に、定九郎の中で長らく眠っていた他者への好奇が鎌首をもたげた。懐の書簡を取り出して、

「できれば、お相手の方に直《じか》にお渡ししてぇんですが」と余計な一歩を踏み出す。男は動じるふうもなく、しかし頑なに「わたしからお渡ししますから」と手を差し出した。渋々袱紗を開きつつ、「お相手ぁ噺家さんでらっしゃいますか？」とそれとなく訊くも、男は答える代わりに無言で定九郎の後ろを顎でしゃくった。振り向くや、あとに続いた長蛇の列から「そこで止まるな。早くしろっ！」と険しい声が飛んできた。定九郎はやむなく一礼して、出入口に向かう。それを若造が呼び止めた。

「せっかくここまでいらしたんです、聴いていっちゃあどうです。これもなにかのご縁だ。木戸銭は只《ただ》にさせていただきますよ」

「いや、わっちゃ落し噺はどうも……」

「いつも盛況で客止めになるほどの噺家ですぜ。聴いていかなきゃ損ですよ。今日は『牡丹燈籠《ぼたんどうろう》』の八話目、お露の幽霊が新三郎を訪ねてまいります」

定九郎は適当に言い逃れて小屋を出ようとしたのだが、あとからあとから客が押し寄せ、出口を塞いでしまう。逆行しようとすれば、たちまち怒号に噛《か》みつかれ、押されるうち気付けば小屋の中に足を踏み入れていた。二階席まである大広間が客の頭で隙間なく埋まっている。誰かと肩がぶつかった拍子に、すし詰めの中でひとつ空いた座にすっ

ぽりはまり、定九郎は身動きができなくなる。

「つまりは、だ。旗本・飯島様のご息女、お露さんが女中のお米と住んでるとこに、萩原新三郎ってぇ侍が知り合いに連れられて、やって来るのよ。そこでお露と新三郎ぁ一目で相惚《あいぼ》れだ。互いに想い合うんだが、しばらく会えねぇでいるうちに、お露が焦《こが》れ病《やまい》でおっ死《ち》ぬのよ。お米も看病疲れであとを追う。ところが新三郎恋しのお露が化けて出んだぜ、お米も連れてよぉ」

隣に座った半纏《はんてん》が得意げに、連れの女にこれまでの筋を語っていた。江戸の頃にさんざん聞いたような古めかしい怪談で、こんな噺で今更怖がる奴もいなかろうと思われた。それよりも、この蒸し風呂のような暑さはなんとかならぬものか。

「不憫《ふびん》ねぇ」

半纏の話に耳を傾けていた女が、袂《たもと》で目頭を押さえた。

「惚れていただけだったろうにねぇ。悪気はなかったろうにねぇ」

「いっくら悪気がなくっとも、命ぃ取られちゃかなわねぇぜ」

半纏が豪快に笑う。

「千枚漬けになっちゃうよォ……」

さっきの声がまだ、小屋のどこからか漂ってきている。

いつしか、居眠りをしていたようだ。

目を開けると、小屋の中には静けさが張りつめていた。

舞台の上、燭台《しょくだい》の横にぽつんと男が座っている。黒絽《くろろ》の薄ものから覗いた緋色《ひいろ》の襟。猫背でぐいと首を突き出すものだから、縮れっ毛を無理矢理撫でつけた頭と、道具立てがよいとはいえない顔ばかりが大きく映った。片側だけに灯《とも》された蠟燭《ろうそく》によって、全身がいびつな陰影を浮かべている。珍奇な格好のうえ、あたかも内緒話をするような小さな声で語る様は到底噺家のものとは思われず、定九郎は自分がどこに迷い込んだのかと、束《つか》の間《ま》わからなくなった。客たちは、低い声につられて身を乗り出している。先刻まで充満していた熱気が取り去られ、冷気が肌をさする。

噺は、お露がすでにこの世のものではないと知った新三郎が、和尚《おしょう》に死霊除《しりょうよけ》のお守と御札をもらう段に至っていた。ぽつ、ぽつ、と水に小石を投げ込むように噺家が言葉を継ぐと、空中に幾重もの不気味な波紋が描かれる。

「其内《そのうち》上野の夜の八ツの鐘がボーンと忍ケ岡の池に響き、向ケ岡の清水の流れる音がそよそよと聞こえ、山に当る秋風の音ばかりで、陰々寂寞《せきばく》、世間がしんとすると、毎《いつ》もに異《かわ》らず根津の清水の下《もと》から駒下駄の音高く、カランコロンカランコロンとするから、新三郎は心の裡《うち》で、ソラ来たと小さくかたまり、額から顋へ懸《かけ》て膏汗《あぶらあせ》を流し、一生懸命一心不乱に雨寶陀羅尼経《うほうだらにきょう》を読誦《どくじゅ》して居ると、駒下駄の音が池垣の元でぱったり止《や》みましたから……」

発されてはすぐに闇に溶けてしまう声を追って、定九郎の身体《からだ》も徐々に前へと傾いでいく。はじめて聞く噺であるのに、どこか身に覚えがあるのが奇妙でもあった。雨寶陀羅尼経なる経文にも、なぜか聞き覚えがある。

「新三郎は止《よ》せばいいに念仏を唱えながら蚊帳《かや》を出て、窃《そっ》と戸の節穴から覗いて見ると……」

バタバタバタッ。

いきなり屋根を叩く凄《すさ》まじい音が鳴って、思わず肩を震わせた。周りからも悲鳴があがる。蒼《あお》くなって上を睨んだ定九郎の耳に、激しい雨音が流れ込んできた。

——ちくしょう、脅かしやがって。

笑おうとしたが頬が固まって動かない。急に降り出した雨を案じる声はあがらず、客たちは長い息を吐くとそのまま噺に戻った。定九郎も手の平をじっとり濡《ぬ》らした汗を袂で拭き、硬く身を縮めて高座に向く。

「毎時《いつも》の通り牡丹の花の燈籠を下げて米が先へ立ち、後には髪を文金の高髷《たかまげ》に結い上げ、秋草色染の振袖に燃えるような緋縮緬《ひぢりめん》の長襦袢《ながじゅばん》、其綺麗《そのきれい》な事云《い》うばかりもなく、綺麗ほど猶《なお》怖く、これが幽霊かと思えば、萩原は此世《このよ》からなる焼熱地獄に墜《お》ちたる苦《くるし》み」

新三郎の屋敷の戸という戸には御札が貼ってあり、ふたりの女は入ることができない。

「『米や、どうぞ萩原様に逢わせておくれ。どうぞ、逢わせておくれよおォ』」

噺家の仮声《こわいろ》がまぎれもなく若い女のものに変じて、定九郎は目を見開く。舞台の上に、高髷の女がうっすら浮かび上がったようでさえあった。その横には、燈籠を手にした老女。ふたりは心許《こころもと》なく揺れながら、噺家の周りをさまようのだ。

「『お嬢様、あなたが是程《これほど》までに慕うのに、萩原様にゃアあんまりな御方では御座いませんか』」

そのとき、定九郎の頰をすうっと撫でていくものがあった。

不意をつかれて喉が叫びそうになったのを、すんでのところで押しとどめる。腰をかがめて狭い通路を渡っていく、ひとりの男がおぼろに見えた。定九郎の横をすり抜けるとき、その袖かなにかが触れたのだろう。

「さて次は飯島の家にお噺移りますが、一寸《ちよつと》一息入れまして申し上げます」

噺家が頭を下げると同時に舞台の蠟燭が吹き消され、小屋は一旦闇に落ちた。客席の洋燈《ランプ》が灯るまで、定九郎は叩きつける雨音を聞きながら息を殺していた。少しでも動けば、なにかに見つかり、噺の世界に取り込まれそうで恐ろしかったのだ。

入口の戸が開いて、淡い外光がさし込む。噺の続きは明日であるらしく、客たちは二の腕をさすりながら立ち上がる。定九郎も人波に押されて、明かりの中へとまろび出た。通り雨だったのか、晴天が戻っている。径《みち》も濡れてはいなかった。腑《ふ》に落ちぬ思いで根津へ帰りかけるも、思い直して小屋に引き返す。出入口にはまだ、さっきの若造が座っていた。

「あの、今かかった噺家のお弟子さんに、ポン太ってぇ男はおりませんか？」

若造は、道で突然見知らぬ者に呼び止められたときのような戸惑いと疎《うと》ましさを顔に浮かべ、「さあ」と素っ気なく返した。さっき書簡をやりとりした相手であることをもう忘れているのか、品定めするように定九郎の上から下まで眺めることまでした。

「お弟子さんの多い方なんで、そこまではわかりません。栄朝《えいちょう》さんみたような高座に上がってる方ならともかく、ポン太ってぇお名ぁ覚えがありませんねぇ」

千枚漬けになっちゃうよォ。おどけながら客を送り込んでいた声は、確かに奴のものだったが――。

そういえば、このところポン太は姿を見せない。定九郎の行く先々に薄気味悪く漂っていた男が、影を潜めている。いつ頃からだ？　と記憶を辿り、門口で奴に詰め寄ったときからだと思い当たる。やくざ者が、芳里を囃《はや》しに来た日だ。急に気配を消したのも、吉次の指示なのだろうか。

「もしかすると幽太《ゆうた》でもやってる方かもしれませんが、そうなるとますますお名はわかりません。よっぽど下っ端ですからね」

「幽太ってぇのはなんです？」

「芝居噺の怪談のとき、幽霊役で舞台に出るお弟子さんのことですよ。このところお師匠さんは素噺《すばなし》一本でございますから、めっきり出ませんけどね、昔はよく幽太が客を驚かしたもんですよ」

使いに行った二日後に、小野菊とは化粧部屋の前廊下で行き会った。目が合ったものの妓は軽く会釈をしただけで、定九郎に声を掛けることもなかった。名も知らぬ男衆とすれ違った、その程度の感情しか顔には浮かんでおらず、果たして自分に使いを頼んだのは本当にこの妓なのだろうか、と定九郎は怪しんだ。

間夫の正体も知れぬまま、小野菊の身請け話は立ち消えつつある。遣手はもはやそのことには一切触れず、見世の者たちに至ってはそんな話が出ていたことすら忘れているようだった。この春開校した大学校の、物見高い書生たちが八重垣丁通りにもちらほら見受けられるようになり、大方の関心がそちらに移ったためかもしれない。

頰を赤く染め、故郷訛《くになま》りもそのままに、格子の内の花魁に無邪気な歓声をあげる書生たちは、廓内で否応なく目立つ。花魁たちは面白がって、格子の隙間から煙管《キセル》を差し出しては雁首《がんくび》を彼らの襟に引っかけてからかい、嘉吉は今まで以上に大学校非難に力を入れた。

書生の出現に眉一つ動かさなかったのは、龍造くらいなものだ。金になる相手ではないと踏んでいるのか、歯牙にも掛けない。「今は芽でも、いずれぁ金の成る木だ。どんどん声ぇ掛けろ」という楼主の指示さえ、彼は珍しく受け流している。

「書生を取り込むのは、もうしばらく様子を見てからだ。今は商人の客を増やすんだ」

定九郎にもそう命じた。

この男は、常にすべての世事から切り離されて在る。外からの力で揺らぐことなく、きっと、定九郎が台に座るとき決まって味わう、水に潜っていくような息苦しさとも無縁なのだ。それに比べて自分は、まるで水底《みなそこ》に溜《た》まっている砂利粒だ、と思う。地上で起こっていることは見えないのに、風が吹いて水が動けばわけもなく揺さぶられる。地面に根を張る術《すべ》もなく、意志と関わりなく流され続ける。一生そうして、過ごしていく。

昼飯時、厨《くりや》に入ると嘉吉の甲高い声が聞こえてきた。奴は顔中から汗を滴らせて、書生たちをこきおろしているのだ。

「学問したって、いいことなんてありませんよ。例えばさ、福沢諭吉の言ってることだって、辻褄《つじつま》が合わねぇじゃないですか。『新政府は、人民の約束によって作られて、人民の名代であり、さらには人民が家元であり主人』って書いてありますけどさ、民が官員を顎で使えるわけじゃあないんですよ。自由に意見を言えることさえねぇんだ。だってそうでしょう？」

鼻の穴を押し広げて、あれほど信奉していた『学問のすゝめ』の不備を並べてまで、収まらぬ腹のうちを垂れ流すのだ。

「政府や巡査を少しでも批判すれば、すぐに官吏侮辱罪で手が後ろに回るんですぜ。讒《ざん》謗律《ぼうりつ》と新聞紙条例って知ってます？　新政府が二年前に発布した法ですよ。結局あっしら、なんにも言っちゃいけないんだ。前みてぇに、平身低頭、偉いさんに従うよりないんですよ。福沢諭吉はね、そうなることもとうにお見通しで、書物ん中で布石ぃ打ってるんですから。『政府は人民が作ったものだから、国民も政府の法に従わなきゃいけない。なぜなら、政府の作った法も、国民が作ったのと同じだから』ってさ。どっちの味方なんでしょうね、まったく。こっちぁ官員なんざ選んだ覚えもないのにさ」

嘉吉は井戸端での一件以来、定九郎を避けて目を合わせようともせず、おかげで他の男衆が舌鋒《ぜっぽう》の餌食となった。誰もがうんざりした顔で飯をかき込んでいたが、奴はお構いなしに話を続ける。

「つまりさ、下手に学問なんぞやっちまうと、逃げ道作るのばっかりうまくなるんでしょうよ。大学校の書生たちは、そういうことわかってるのかねぇ。もしかしたらあっしらのほうが、知恵者かもしれませんぜ。世の中がまことに欲しているのは、頭でっかちの書生よりあっしらのほうなんだ。知恵です、知恵」

定九郎はいたたまれなくなり、飯も食わずに勝手口から表に出る。特に当てもないまま八重垣丁通りを東に入ってしばらく行くと、人影がまばらになった。少しだけ息苦しさから放たれた。蛇行して流れる藍染川に沿い、さらに北に歩を進めた。野っ原と小さな寺が向かい合わせた筋の一画に、バンズイという金魚屋があり、定九郎は、その養殖池の生垣の前で足を止めた。

なみなみと張った水は陽を受けて、谷底には場違いな燦《きら》めきを放っている。水の中には、赤だの朱だの黒だのが悠々と行き交っていた。これだけの数、限られた場所に押し込まれて、よくぶつかりもせずに泳げるものだと金魚の尾鰭《おびれ》を目で追いながら、ひとり嘆じた。

生垣の先に、同じく水面を眺めている者があった。肩幅の広い、りゅうとした佇《たたず》まいの男だ。いつの間にそこに佇んでいたのか、頬にかかった髪で表情まではわからなかったが、一心に金魚を見詰めていることは頭の揺れから見て取れる。

定九郎の視線に気付いたのか、男がつと顔を上げた。

不審を宿した眉根が開かれ、

「あ。なんじゃ、おのしか」

長州弁が転げ出た。

驚いたのは定九郎のほうである。追分丁の賭場の中で、しかも夜しか顔を合わせたことがなかった山公は、陽のもとで見るとまったく別人のように壮健だった。行灯《あんどん》に蒼白く映っていた顔は日に焼けて血色も良く、腕も首筋も筋張って太い。池の反射を受けて、目玉には幾多の光の粒が泳いでいる。普段、新政府がどうのとぼやいているときには思いもつかぬ「前途」という言葉が、目の前の男には至極似合っていた。

「見世ぇ抜け出して、こねーちゃとところで油売っちょるんけ？」

口調は、いつもの飄逸《ひょういつ》さを宿している。

「追分丁の外でお会いしたのははじめてですね」

「わしゃ昼のうちは暇じゃけぇな、たまに、この池に金魚を見にくるんじゃ。こんだけおってようひらひら泳げるのうち、いっつも感心しちょる」

みな同じことを思うのか、と定九郎は苦笑する。

「こいつらには、己のいる場所が人間様の手で作られた生簀《いけす》じゃっちゅうのがわかっちょらんのかのう。飽きもせずに楽しげに泳いじょるけぇ」

「楽しいかどうかはわかりませんぜ。金魚にも金魚の屈託があるかしれねぇ」

軽口のつもりだったのに、山公は押し黙ってまた池に目を落とした。

「こいつらぁ、生簀ん中でしか生きていかれんのじゃろうか。川だの沼だのに放したらどねーちゃなろうのう？」

「さぁ。金魚ってぇのは、もともと鮒《ふな》だか鯉《こい》だかをいじって生まれた珍種だってぇ言いますからね。川くれぇ平気なんじゃあないですか」

「考えもつかんのう。金魚が川ぁ泳いじょるなんち。池ん中か、桶《おけ》ん中か、ギヤマンの器ん中か」

　定九郎も池を見た。自然の中に放たれなくとも、金魚は狭い場所で巧みに泳ぐ術を身につけている。それだけでも自分よりずっとマシだと、密《ひそ》かに思う。

「〽西郷どん勝たんか、トッピキピノピー。西から徳川戻りくる」

　池を見ながら、山公がいきなり妙な節を口ずさんだ。

「……なんです、そりゃあ」

「流行《はや》っちょるらしい。賭場の近くの子供らがよーう唄っちょる」

　頑丈そうな歯を定九郎に向けた。

「江戸者はなんだかんだで判官贔屓《はんがんびいき》じゃな」

「長州様には肩身が狭い、ですか？」

　いつもの冗談にも、山公は笑わない。

「わしゃ、己が長州人ゆう気もせんのよ。どこにも根ぇ張ったことがないけぇ。だから生簀から出るのが怖いのかもしれん」

　足下に落ちていた小石を拾い、山公は池に放った。かすかな水音を立てて石が落ちると、金魚はどうやって察するのか、石から器用に身をかわした。なにごともなかったように優雅に泳ぎを続ける魚たちの上では、小さくはない波紋が幾重にも広がっていく。

八

定九郎は、賭場《とば》の門口で棒立ちになった。

「それぁ、いつのことです？」

しゃがれた声で訊《き》くと、四十がらみの男は房楊枝《ふさようじ》を使いつつ「三日ばかし前って聞いてるぜ。俺も急なことで引っ張られたからよ、詳しいことは知らねえが」と面倒くさそうに答えた。

山公が、いなくなった。

書き置きひとつ残しただけで、賭場を仕切る楼主《ろうしゅ》たちに挨拶もなかったという。

紙片には、簡素なひとことだけが書かれていた。

〈世話になりました〉

「そういや、いつも来てる美仙楼の使いってのは、あんたかえ？」

顎を引く。と、男は玄関脇の小部屋に入り、小さく折り畳んだ紙をかざしながら戻った。

「あんたにって、前の奴が残してた。悪《わり》ぃが先に中は検《あらた》めさせてもらったが」

定九郎が睨みつけると、「仕方ねぇだろう、御内証《ごないしょう》の命だ。けど読んだところで、なんのことだか俺らにゃあわからなかったからよ」と男は不機嫌に言い添えた。

定九郎は紙を引ったくり、一旦表に出る。律儀に畳んである紙片はすんなりとは開かず、破かぬよう文字に辿り着くまでひどくもどかしかった。ようやっと現れた山公の筆跡は意外にも几帳面《きちょうめん》なもので、広すぎる余白を残し、紙の中央で居住まいを正していた。

〈生簀《いけす》を出る、西の戦〉

繰り返し文字に目を走らせてから、定九郎は賭場にとって返す。激しい音を立てて開いた格子に、中の男が「俺はなんにも知らねぇよ。会ったこともない奴だ」と機先を制し、山公の足取りを訊こうとする定九郎をかわした。

西の戦。

まさかあれほど徴兵を厭《いと》うていた山公が、自ら進んで西南の役に加わるはずもない。おそらく賭場の暮らしに飽きて、故郷《くに》に帰ったのだ。そう思うそばから「西郷どん勝たんか、トッピキピノピー」とふざけた節を口ずさんでいた山公の、精悍《せいかん》な横顔が浮かんでくる。

生簀か……本当に行ったのか。

長州の目出に戻って羽を伸ばしている姿より、戦場で泥まみれになっている山公のほうが、なぜか定九郎の中で生々しく像を結ぶのだった。戦ほどの大きなものの手を借りねば己を囲った被《おお》いを突き破れなかったのだろうかと胸苦しく思い、しかしそういう山公を定九郎は蔑《さげす》む気にもなれなかった。むしろ腹の底から湧いてくる羨望を、どうすることもできないのだ。「これで賭場の金をせしめるのが難しくなった」とうそぶいて、山公の不在に対する落胆を封じ込めようとしたところで、焦燥は定九郎を足下からむしばむ。

新たに賭場を任された男からいつものように金を受け取り、定九郎は崖上の石垣の前に立った。空《から》になった穴を幾ばくかの金で埋めようと胴巻《どうまき》の紐《ひも》をほどきかけたが、馬鹿らしくなって再び懐にねじ込んだ。五銭、六銭とこれからくすねていったところで、まとまった額になるのは気が遠くなるほど先のことだ。ならば胴巻ごとかっさらい、山公のように姿をくらませばいいのだが、そのふんぎりさえ定九郎にはつかない。黒々とした不満を抱えながら結局は従順な犬の如《ごと》く廓《くるわ》に通い、飼い主に命じられるまま大人しく台に座ることしかできないのだ。これまでどの奉公先でも、同じことを繰り返してきた。

山公出奔の一件は、翌日には美仙楼にも知れていた。嘉吉がどこからか嗅ぎつけて、見世《みせ》の者に告げたのである。

「あいつぁ、賭場にいくらかあった金には手ぇつけなかったらしいですよ。あんなしがねぇ虫ケラにも、一応は良心があったってぇことですよ」

昼飯時、厨《くりや》に集まった男衆《おとこし》らを前に、嘉吉はのけぞって笑う。仲《なか》どんは男衆の中でも下っ端であるのに、龍造のいない場所で奴はまるで座長のように振る舞う。大学校の話には飽いたのか、以前と同じく下世話な噂話を披露して、同じ仕事の繰り返しで退屈しきっている同輩に格好の餌をやっているつもりなのだろう。話の切れ目には、「みなさんもなにか面白い噂があれば、真っ先にあっしに教えてくださいよっ」と声を掛けることも忘れなかった。

「とくにサーさんの件は少しでもお耳に入ったらお願いしますよ。あっしはね、この一件にゃ感じ入ってんですよ。あれほどのお方が身請《みう》けしようってぇのに袖にする小野菊さんの心意気が格好ええじゃあないですか。また惚《ほ》れ直しちまいましたよ。ねぇ。これで美仙楼も安泰だ。小野菊さんを一目見ようと足を運ばれるお客ぁたんとあるんですからねぃ」

もはや他の者が忘れかけている身請け話も、嘉吉にとっては大事な噂の種なのだ。

佐伯は恥をかかされたにもかかわらず、機嫌も損ねず態度も変えず、相変わらず一六日《いちろくび》には折り目正しく小野菊のもとに通ってくる。遣手《やりて》は観音様を崇《あが》めるように佐伯に接し、龍造はじめ見世の者もこれまで以上に丁重な対応をした。小野菊花魁《おいらん》もなにを考えてるんだか、という廓内のあちこちから聞こえた呟《つぶや》きも潰《つい》え、身請け話を断ってもなお佐伯を惹《ひ》きつけているという事実が、小野菊の評判をいっそう高める結果となった。

寄席小屋にいるらしい間夫《まぶ》は未だ美仙楼に姿を現さず、定九郎が付け文を頼まれたのもあの一度きりだ。それとなく遣手に訊いたが、やはり間夫の正体は知れないらしい。

梅雨に入り、どこへ逃げても雨音に迫られ、定九郎の気持ちはやみくもに急《せ》いた。昼見世の妓夫台《ぎゆうだい》で先のことを考えるのだが、山公のように行くべき場所も思い浮かばず、ただ混乱することを繰り返している。通りは雨にけぶっており、遊廓《ゆうかく》は、業《ごう》という業が死に絶えたように静かだ。若竹で寄席を聴いたときの、水を打ったような屋内が思い出された。

〈新幡随院《しんばんずいいん》を通おり抜けようとすると、御堂の後に新墓《あらばか》がありまして、それに大きな角塔婆が有て、其前《そのまえ》に牡丹花《ぼたんばな》の綺麗《きれい》な燈籠《とうろう》が雨ざらしに成てありまして、此《この》燈籠は毎晩お米が点《つ》けて来た燈籠に違いないから、新三郎は彌々訝《いよいよおか》しくなり……〉

惣門の脇に、ポンと番傘が咲いた。

傘で顔を隠し、八重垣丁通りをまっすぐ歩いて来る。からげた裾に雨粒が白い礫《つぶて》のように跳ね上がっている。土を叩《たた》く湿った雨音と番傘を鳴らすざらついた音とが、ぎこちなくせめぎ合いながら近づいてくる。美仙楼の手前、三間ほどのところで傘が五寸ほど持ち上がった。

吊《つ》り上がった目が覗く。

定九郎と目が合うと男は足を止めた。

〈こんや、じゅうにじ〉

新三の口がゆっくり動く。声は発しない。

〈おいわけちょうの、とばにこい〉

口の形だけで伝え終えると、新三は左側の口角を持ち上げた。踵《きびす》を返して遠ざかっていく。惣門を出るとき、ちらりと振り返ったが、降りしきる雨に邪魔されて表情までは見えない。定九郎は台から立ち上がり、新三の消えたほうを睨んだ。足下の石を拾い上げ、「くそっ」とうめいて通りに叩きつけた。


定九郎は逃げるつもりだった。

吉次の送り込んだ手下になぞ従う謂《いわ》れもないのだ。が、見世が引けるとその足は、ためらいもせずに権現脇の坂へと向かったのだった。理由ははっきりしない。生簀から出る手立てになるとでも、考えたのかもしれない。「おのしゃあ、壁ぇ蹴破るときもこぢんまりしちょるのう」という山公の笑い声が耳の奥に聞こえたが、それでも定九郎の足は止まらなかった。賭場から漏れる灯《あか》りの中に黒い人影を見てはじめて、後悔の念が湧いて出る。立ち止まって足下に目を落とした。ぬかるんだ径《みち》を来たせいで泥にまみれた足は、吉次になんぞすがろうとする己を、そのまま映したみすぼらしさだった。

賭場の前に待っていたのは吉次ひとりだけで、新三だの他の連中は見えない。吉次は定九郎を認めると「よく来てくれた」と相好を崩したが、以前惣門で待ち伏せしていたときのようになだめつすかしつ話を運ぶ手間は掛けなかった。寺の脇に場所を移すなり、威圧的に用件だけを告げてきたのだ。

「昼見世に登楼《あげ》てくれ。目当ては小野菊だ。おめぇが前に見立てた通りの理由さ」

開き直って、悪びれもしない。妓《おんな》を、しかも小野菊ほどの花魁を足抜きさせるのがどれほど危うい賭《か》けか、吉次はわかっていないのだ。だいいち佐伯の話を断って、しがない間夫に義理立てしている小野菊が、吉次になんぞなびくわけもない。定九郎は黙した。番傘を打つ雨の音がうるさい。

「あの妓は廓から抜け出すのを拠《よ》り所《どころ》にゃあしてねぇって聞いたぜ。金ぇ稼ぐのが目当てなんだろう。よりによっちゃ前借金が終わっても、稼ぎぃ貯《た》め込むために見世に居続けるかしれねぇぜ」

「まさか……」

吉次は依然、美仙楼の事情に通じている。誰かが手引きしているのだ。ポン太の笑った顔が脳裏をよぎった。

「間夫がいるってぇじゃねぇか。それで身請けの話も断ったんだろ。どこのどいつだか知らねぇが、その男を食わせるくれぇの気でいるんじゃあねぇか？　聡《さと》い妓らしいが、金が絡めばおそらく動く」

　吉次の鼻がうごめく。定九郎は用心深く口をつぐんだ。

「だいたいが根津の中見世にいる玉じゃあねぇんだ。名前ぇ変えて吉原で売り出しゃあよ、たちまち大名さ」

「わっちが仕切れるのは昼見世だけだ。小野菊花魁ぁ昼は見世ぇ張らないんですよ」

「だからよ、前もっておめぇが遣手を丸め込めば済む話じゃあねぇか。小野菊を見初《みそ》めた老舗の番頭格がいるとでも言いな。俺ぁその形《なり》で行くからよ」

「おばさんはなかなかごまかせませんぜ。それにこないだ、兄さんに顔ぉ見られてるんじゃねぇんですか？」

　芳里を囃《はや》しに来たとき、龍造は吉次と新三のもとへ諭しに行ったのだ。

「龍造か。あんときゃあ見られてねぇ。奴が近くに来る前に、新三だけ残して俺はふけたんだ。だいたい昼見世にゃ龍造はいねぇはずだろう。こっちぁ一番間違いのねぇ策を編んでから、こうして頼んでるんだぜ。おめぇが案じることはなにもねぇ。な。小野菊に会えささえすりゃあ、あとはなんとかするからよ」

「小野菊が首ぃ縦に振っても、とても足抜きなんざ……」

「難しいことじゃあねぇさ。網の目ぇくぐる道はいくらでもある」

　吉次の笑みを見て、これがはじめてじゃあねぇな、と定九郎は鬱《うっ》する。

「吉原で足抜きとなりゃあ至難の業よ。お歯黒溝《はぐろどぶ》に囲まれてるうえ、大門ひとつっきゃ出入口がねぇ。番所で見咎《みとが》められて、ちょん、だ。だが根津ぁ堀に囲われてるわけでもねぇ、いくらでも抜けようはある。扮装《なり》だけ改めさせりゃあ、なんの苦労もねぇさ」

吉次はさらに一歩、定九郎に寄って「上がりはおめぇさんと半々だ」と囁《ささや》いた。事実であれば、かなりの額が懐に入ることになる。試算しかけて定九郎は大きく頭を振った。その拍子に、「うまくいくとは思えねぇ」という本音が転げ出た。

「下手ぁ打ったところでおめぇに火の粉はかからねぇさ。なにかあってもケツは俺が持つ。足抜きンときも、おめぇは裏口に手引きさえしてくれりゃあええ。その刻限に面倒な見世の奴の気をよ、ちょいと逸《そ》らしてもらやぁいいんだ。うめぇ仕事だろう？」

昼見世の最中に抜けさせたいのだ、と吉次は続けた。夜の女連れは怪しまれるし、なにより龍造が見世に詰めている。妓を男に化けさせて遊廓から出そうと目論《もくろ》む輩《やから》もあるが、こいつはしくじることが多い。男の着物を着せると、華奢《きやしや》な身体《からだ》つきがかえって目につくからだ。商人の女房みたような支度をさせて男衆のひとりでも従えていたほうが、目くらましが利く。出入りの商売人が廓を往《ゆ》き来《き》している昼間のうちなら、怪しまれることもない。

「昨今じゃ鉄漿《かね》ぇつける女も減ったからごまかしが利くのよ。ええ世の中になったもんだ。身分も亭主持ちかも見た目じゃあまったくわからねぇんだからさ」

吉次は片笑《かたえ》んだ。

「五日後だ。昼見世に俺が行く。無論、一度じゃあ落とせねぇが、そっからなんとか馴《な》染《じみ》になるからよ。まずはおめぇが遣手にうまく話ぃつけといてくれ」

「無理ですよ」

「なに。おめぇのことだ。間違いはねぇさ」

定九郎の肩を叩いて、吉次は去った。一気に畳みかけられて、美仙楼の内実を漏らしている者の名さえ突き止められなかった。身体は濡《ぬ》れて、すっかり冷えている。漆黒の空は飽きもせずに泣いているばかりだ。


木々の緑が、ひどく藍がかって見える。雨が続くせいか、湿った埃臭《ほこりくさ》さに身が侵される。

吉次が訪れる日まで、あと四日。それなのに考えをまとめる間もなく、定九郎は朝から検黴日《けんばいび》の雑務に追われていた。

いつものように、昼少し前に表へ出て俥《くるま》の到着に備える。毎回、俥宿から送り込まれる車夫《くるまひき》の顔ぶれは違うのだが、また兄に会ってしまうかもしれぬと思えば気が重かった。兄に今の自分を見られる苦痛も、兄の姿を目にする辛《つら》さも、二度と味わいたくはない。定九郎は通りに佇《たたず》み、他の車夫が来るようにとひたすら祈った。

しかしこれほどささやかな希求でさえ、裏切られるのだった。望みというのはたぶん定九郎にとって、叶《かな》うことが前提にあるものではないのだろう。

昼過ぎに三台並んだ俥の中には政右衛門の姿があった。兄は前回と同じく三番手につき、やはり一度も目を上げず、花魁を乗せると車輪をぐらつかせて、見世の前からいなくなった。定九郎は地面を見て、それをやり過ごした。

花魁も龍造も遣手も出払った廓は、だだっ広くひんやりして、耳鳴りがするほど静かだ。広廊下を拭きながら、定九郎はふと御一新前に住んでいた屋敷を思い起こす。あの家の昼日中は、ちょうどこんな塩梅《あんばい》だった。母は定九郎が四つのときに安政地震で亡くなっており、父は後添《のちぞ》えをもらおうとしなかったから、父が出仕し、兄が道場や学問所に出てしまうと家にはまったく人気《ひとけ》がなくなる。女中は用がない限り厨にこもっている陰気な女で、定九郎はそれをいいことに、手習所を早く終えて家にひとりでいられるときなど、廊下に寝そべり、涼をとって過ごしたものだ。父や兄に見咎められればなんと言って叱られるだろうと気持ちのどこかでおびえつつ惰眠《だみん》を貪るのは、とてつもない快楽だった。

ただ一度、廊下で深く寝入ってしまったのを兄に見つかったことがある。兄は、定九郎の襟首を摑《つか》んで立ち上がらせ、力任せに頬を張った。寝ぼけていた定九郎には伝ってくる痛みも鈍いものだったが、縁側から庭へと転げていくときのゆっくり巡る光景は今も目に焼きついている。「武士の子が、なんたるざまだっ」と兄は一喝し、それから一刻も定九郎に竹刀稽古をさせたのだった。

見世の表がにわかに騒がしくなり、遣手の、「帰りましたよー」と上機嫌な声が聞こえた。定九郎は雑巾片手に急いで表へ迎えに出る。俥が二台、門口についたところだった。小野菊が降りるのに手を貸して楼《なか》へ送り込むと、車夫のひとりが「すいやせんねぇ。愚図《ぐず》がひとりおりやして。おっつけ戻ると思いやす」と頭を下げた。

ほどなくして、車輪が外れるのではないかと危ぶまれるほど揺れながら、三台目が現れる。俥が止まるやいなや、定九郎の肩も借りず蹴込《けこみ》を乱暴に踏み鳴らして降りてきた夕霧は、「このっ、下手糞《へたくそ》がっ。どこ見て牽《ひ》いてんだえっ」と政右衛門をどやしつけた。他の車夫は薄ら笑いを浮かべてから神妙な顔を作り、「すいやせん。うちのもんが」と腰をかがめ、「しっかりしろぉ」と三番手に怒鳴った。

「しようがねぇ野郎でね。いつんなってもまともに俥が牽けねぇで。コツなんざ簡単に摑めるってのにさ、役に立たねぇことこの上なしだ。こちらにまでご迷惑かけちまって」

「いえ」

定九郎が小声で返すと、車夫はいっそう声を張った。

「あっしだって牽きはじめてまだ日が浅いんですよ。あいつとたいして変わらねぇ。だのにこんだけ足ぃ引っ張るんだもの、呆《あき》れっちまいますよ」定九郎は男から目を逸らし、ひっそりうつむく。

政右衛門に聞かせるための執拗《しつよう》な嫌みだった。

「かじ棒操るにゃあそこそこ習練がいるんですがね、それだってお客様にご迷惑掛けるほど俥が揺れるこたぁないんですよ。まったくねぇ、どこをどう辿って生きてくりゃあ、あすこまで不器用になれんだか。一緒に俥ぁ牽くこっちの身にもなれってんですよ」

淀《よど》みなくしゃべる車夫の唾が飛んで、定九郎の縞《しま》にとまった。

「しつけぇな。もう、ええじゃあねぇですか。怪《け》我《が》があったわけでもねぇんだ」

思わず荒く言い返していた。口を挟むつもりは毛頭なかったのに、勝手に声が出てしまったのだ。男たちは、自分の見世の妓が迷惑をこうむったというのに、役立たずの車夫をかばった立番《たちばん》をうさんくさげに眺めてから、不服面《ふふくづら》でかじ棒を取る。兄は顎が喉仏につかんばかりにうなだれていた。

俥が動き出す。二台が先に行き、最後に兄が定九郎の前を通り過ぎる。そのとき、伏していた目が鋭く跳ね上がって定九郎を射た。

「余計なことをするな」

喉の奥で兄は言った。

「妓楼勤めのおまえなんぞに、同情される謂れはない」

兄の俥が左右に大きくぶれながら遠ざかっていく。おそらく自分とそっくりの後ろ姿から、定九郎は目を逸らすことができなかった。なにかを恐れるように、小さく丸まった背だ。昔、定九郎を殴ったときの面影は、もうどこにも見当たらない。襤褸布《ぼろきれ》のような沽券《こけん》を引きずって生きながらえているだけなのだ。そんなに武士という身分にしがみつくのなら、すべてをなげうって西郷と共に戦えばいい。山公ですら、行ったのだ。逃げているだけではないか。いったいなにを守って、息を殺しているのだ。

――武士の子が、なんたるざまだ。

定九郎の足が、意思に逆らって門口を離れていく。ゆっくりと、しかしすぐに速さを備え、瞬く間に兄に追いつく。

「兄上っ」

並走して呼び、かじ棒を押さえ込んだ。いきなり俥を止められて、政右衛門は嚙《か》みつかんばかりに弟を睨む。しかしその目は、かつてのように凜《りん》と澄んではいなかった。眉《び》宇《う》に困惑が混じっている。どうか素性を明かさないでくれ、と兄の胸に去来している懇願が聞こえるようだった。

定九郎は政右衛門の胸ぐらを摑む。

握りしめた拳を繰り出し、その頰を殴った。

重くて堅いものが手の骨を伝って、全身を痺《しび》れさせる。車体が後ろに傾《かし》ぎ、上がっていくかじ棒で兄はしたたか頭を打ち、地面に転がった。額と口元に血をにじませ、彼は不思議そうに弟を見上げている。思いがけないことに驚いて忘我しているのではない。こういうことが起こりうるのか、と咀嚼《そしゃく》をはじめた顔だ。御一新のあと、何度となく信じがたい目に遭ってきたせいでいつしか身についてしまった諦観が、どんな悲惨な事柄をもまずは飲み込もうと試みてしまうのだ。定九郎もまた、そうやってこの十年をやり過ごしてきた。

さらに拳を繰り出そうとした定九郎は、他の車夫たちに羽交い締めにされた。手足をやみくもに動かしながら、自分たちが背負わされたものはなんだったのかと、頭の中で響き渡る絶叫を聞いていた。

車夫たちは、定九郎の乱暴を政右衛門の失態に対する制裁だと受け取ったようで、平身低頭不手際を詫《わ》び、美仙楼に文句をねじ込むこともしなかった。まだ龍造が検黴所から戻っていない時分の出来事で、廓の者も惣門近くで起こった騒ぎに気付かなかったのだろう、この一件は誰にも見咎められることなく過ぎ去った。

吉次がやって来る日まで、あと三日。

少しの晴れ間も見せず、雨は降り続いている。

定九郎はなおも態度を決めかねていた。

昼見世を終え、思案に潰されながら手桶《ておけ》片手に勝手口から裏に出ようとしたところで、運悪く嘉吉と鉢合わせした。使いでも言いつかったのか、表から飛び込んできた濡れ鼠《ねずみ》は、定九郎とぶつかりそうになって目を丸め、それから疎《うと》ましげに顔を背けた。が、すぐに思い直した様子で作り笑いを浮かべて「いやぁ、ひでぇ雨ですぜ」と珍しく話しかけてきたのだ。

「これで十日も止《や》んでませんやね。ただでさえジメッとした土地なのに堪《たま》んねぇな。ねぇ兄ぃ、藍染川ぁ見ましたか？　今にも溢《あふ》れっちまいそうですよ」

「そうかえ」

素っ気なく応えると、「兄ぃはいっつも落ち着いてるな」と、嘉吉の脂《やに》っこい声が絡みついてきた。

「それとも、いっそのこと崖上くれぇまで水が来て、根津ごと水底に沈めばいいとでも思っているんですか？」

上目遣いに覗き込んでくる。定九郎が無言で井戸に向かおうとすると、「おっと」とおどけた声で袖を引き、飛沫《しぶき》のかかる軒先まで連れ出した。

「ねぇ兄ぃ。こないだの車夫ぁ誰です？　大立ち回りをやらかしてたでしょう？」

定九郎は、肌が粟立《あわだ》つのを止められなかった。恐怖ではない。嫌悪のためだ。

「龍造さんにも一応、お伝えしておきましたよ。あとで組合に因縁《いんねん》つけられて、見世が知らなかったじゃあ済まされねぇでしょうからね」

嘉吉は皮のめくれた唇を大袈裟《おおげさ》に動かして、すすり泣くように笑った。

龍造とは毎日顔を合わせているが、ひとことの苦言も投げられていない。あの男は、知っていながらなにも言わぬのだ。つまり、そういう見切りをされたということだ。

「あの車夫、兄ぃとどんな係りがあるんですか？　いやね、面立ちが似てなくもねぇなぁと思いましてね」

嘉吉の泥臭い息が鼻先にかかる。定九郎は応えず、番傘も持たずに軒先を出た。井戸の前に手桶を捨てて、ぬかるみに何度も下駄の歯をとられながら通りを突っ切る。東へ向かうと、藍染川の猛《たけ》り流れる轟音《ごうおん》が聞こえた。普段はのどかな小川が、濁流となって岸から浮き上がっている。定九郎は吸い込まれるように、橋の上に立った。水嵩《みずかさ》は橋間際まで達しており、時折、橋板を滑る流れに足を持って行かれそうになりながら、川に見入る。なにもかも追いやって、止まることない流れに気持ちを向けていく。

赤い玉が、突然、水面から跳ね上がった。玉は橋の上に飛び乗り、めちゃくちゃに身を躍らせている。

それが金魚とは、すぐにはわからなかった。

かきむしりたくなるような無数の鱗《うろこ》が黄みがかった光を放ち、膨れた腹が激しく橋板を打つ。エラと口が救いを求めて大きく動き、白地に浮き出した黒点の目玉が天を睨んでいた。橋の上を流れる水は定九郎の足を濡らしはすれど、陸《おか》に上がった金魚を、在るべき場所に押し戻すことまではしなかった。徐々に魚の動きが鈍くなる。跳ねることはもう叶わず、尾鰭《おびれ》も水に揺さぶられるままになっている。

最後まで見ずに、定九郎は橋から逃げた。「金魚は生簀から出たらどうなるんかのう」と首を傾げた山公の横顔が浮かんで、身体の芯から寒気がこみ上げてくる。

逃げるようにバンズイの方角に折れた。

そこで足がすくみ、動けなくなった。

径《みち》のいたるところに、金魚が散らばっていた。

赤いのや黒いのが息も絶え絶えに雨に打たれている。飛び跳ねているのはほんの一握りで、ほとんどがエラと口だけを緩慢に動かし、横たわっていた。

滝のような水音が聞こえ、見ると、池が溢れている。流れは金魚をからめ捕り、次々に径へと押し流していた。

地面でもがく金魚の様は、生簀を出たところで死ぬだけだったという残酷な現実を、容赦なく定九郎に突きつけた。

鈍く光る鱗を見詰めるうちに吐き気を覚え、定九郎は後ずさる。だが、意に反して足は揺れ戻り、ゆっくり前へ出たのだった。雨に洗われた下駄の歯が、足下で喘《あえ》いでいる金魚の上に、寸分の違いもなく振り下ろされる。

ブチッと爆《は》ぜる音が足の裏に伝った。

また踏み出す。音が響く。腹が裂ける。

定九郎は行く先に横たわる赤や黒を踏み潰していく。いびつな形に膨らんだ腹を、下駄の歯で引きちぎる。


「着替えはあんだろうな」

ずぶ濡れで見世に戻ると、龍造に捕まった。定九郎は、「へえ」と素直に応えて歯を見せる。着替えの支度などあろうはずもない。夜見世がはじまるギリギリまで裏の井戸端にいて、見世をつける儀式が終わった頃、何食わぬ顔で妓夫台に座った。

下足札を手に門口に戻った龍造が、濡れた着物に目を留める。が、彼は定九郎を咎めはせず、帳場に向かって「嘉吉を呼んでくれ」とひとこと言ったのだった。ほどなくして現れた嘉吉は、きっとまた小言を食らうに違いないといった顔で、ひどく縮こまり、おびえていた。

「今日はおめぇがここに座れ」

龍造が脇口の台をしゃくったのに、嘉吉は目を丸めたきりで返事もしない。

「立番の役を預かるんだ」

嘉吉に言ってから、龍造は定九郎に向き直った。

「嘉吉の仕事はおまえが代われ」

あばたにようやく血が灯《とも》る。嘉吉は「へいっ」と勢いよく首を振り、定九郎を押しのけて脇口に座った。定九郎は抗弁もせず奥へと引っ込み、仲どんの持ち場である二階へ向かうため広廊下を辿る。後ろから龍造がついてくる。なにか言われるかと背に力を込めたが、龍造はそのまま内証の前にしゃがんで名を名乗り、「今日は嘉吉を表に座らせますんで」と中に断った。

「ああ、ええよ。どっちにしたって同じようなものだ」

楼主の声が、階段を上がる定九郎の耳にも届いた。

二階に詰めている遣手ばかりが定九郎の登場に驚き、「まさか、嘉吉が立番に上がってあんたが仲どんに落ちるってぇのかい？　聞いたこともないよ。一旦上がったもんを下げるなんて。今宵だけの話だろう？　嘉吉に門口がこなせるわきゃあねぇもの」と義憤を漲《みなぎ》らせた。

「さぁ。このままかもしれませんぜ」

定九郎は薄く笑う。

「なにを暢気《のんき》なことをお言いだよ。あんたって人はどこまで人がええんだろう。だいたいなんで、そんなことまで龍造が仕切ってんだ。御内証でもねぇのによ。あいつは、どこまで付け上がりゃあ気が済むんだ」

遣手は、鼻息荒く言った。

引けまで二階で働いた。

見世を出るとき、龍造に呼び止められた。

「しばらく昼は今まで通りおまえが座れ。嘉吉も二階の仕事がある。ただし夜はどうするか、これから決める」

龍造の後ろでは嘉吉が、口元を手で隠して嗤《わら》っていた。

まだ、雨は激しい。定九郎は谷中坂丁へと走る。ふた月以上も避けていた女の家へ向かっているのだ。十二時を過ぎた町は閑散として、自分の下駄の音が後ろから追ってくるように響いた。

路地を入ると、どんつきには灯がともっている。声も掛けずに格子を開ける。長火鉢の猫板に身体を預けていた女が首を起こした。

「おや。お珍しや。あたしのことなんぞ忘れっちまったと思ったけど」

常磐津《ときわず》の女は、険を含んだ目を潤ませてから、簪《かんざし》を抜いてうなじを掻《か》く。

「おい、あいつは？」

「なんだえ、いきなり来てさ。あいつってぇのは誰だえ？」

「ポン太だ。ここへ通ってきてんだろう。奴のねぐらを知りてぇんだ」

明後日、吉次を美仙楼に登楼《あげ》る。その前にポン太を摑まえておく必要があった。吉次の手下で定九郎に与《くみ》しそうな者は、奴しかいない。

小野菊の足抜きは必ず成し遂げる。ただし吉次の言うなりにもならない。緻密な段取りを頭で練りながら、定九郎は自分自身がなにに突き動かされているのかと、戸惑ってもいた。恨みか、仇《あだ》か。いや、そんな単純なことではない。美仙楼にも見世の者にも、そこまでの存念は抱いていないはずだった。だったらなにに抗しようとしているのか――。

「ポン太？　ああ、噺家《はなしか》の。あんなの一回こっきりさ、ここへ来たのは。あんたと鉢合わせしたときだけだよ」

女は気怠《けだる》げに言う。

「そんなはずぁねぇだろう。おまえの話を何度もしてたんだぜ」

「あら、うれしいねぇ。なんて言ってた？　器量好しだって？」

「おい、ふざけるな。あいつがどこにいるか、知りてぇんだ」

「なんだえ。ずいぶん愛想のないことぉ言うねぇ。まぁそんなところに突っ立ってないでお入りよ」

帯の隙間に親指を挟んで、女は胸を突き出した。

「ほんとに知らねぇのか？」

「しつこいねぇ。知るわけないさ。一度しか会ってないものを」

定九郎は舌を鳴らして、再び雨の中に飛び出した。女がなにか叫ぶ声が聞こえたが、構わず真っ暗な路地を行く。

みながみな、自分を小突き回して愉《たの》しんでいる幻想に囚《とら》われる。さまざまな仕掛けを凝らし、定九郎が泡を吹くのを待ち望んでいる。今まで容易にかいくぐってきたはずの罠《わな》が、手足に絡まりはじめたのだ。平板でなんら面白味もなかった道に、敗北だの負い目だの不甲斐《ふがい》なさだの挫折《ざせつ》だの、見ないことにしてきたものが雹《ひょう》となって一斉に降り出したのだ。

ぽつん、と暗闇に灯りがともった。

径のずっと先だ。ぼんやり浮かび上がった燈籠は、人魂《ひとだま》のごとく左右に揺れながら少しずつ近づいてくる。

定九郎の足が止まる。金縛りにあったように身体は動かない。

燈籠は、一間ほどの距離まで来たところでぴたりと止まった。橙色《だいだいいろ》の灯りに、男の顎から鼻の辺りが浮かび上がる。

「お兄《あに》いさん、この間若竹に来てたでしょう。アタシァ中にいましたんでね、ちらりとお姿ァ拝みましたよォ」

おまえ、と言ったきり、定九郎の干上がった喉は声を失う。ポン太の口角がかすかに持ち上がった。

「あの怪談は続《つづき》噺《ばなし》なんですよォ。師匠が出るときにゃあ欠かさず見に来ないと流れがわかんなくなるってのに、お兄いさん、あれきり来ないいんだもの。もうずいぶん噺ィ進んじまいましたよォ」

燈籠が揺れながら位置を下げる。そのせいで、ポン太の顔が闇に沈んだ。首から上が断ち切られる。

「新三郎の庵《いおり》の裏にさ、使用人の夫婦が住んでんですよ。それがね、お米の幽霊に頼まれてさ、新三郎が戸口という戸口に貼っておいた死霊除《しりようよけ》の御札をひとつ、剝《は》がしっちまうんですよ。ある晩、そっから飯島様のお嬢様、お露様の幽霊が入ってねィ、新三郎を慕うあまり取り殺しちまうんですよォ」

ザンザン雨は降っている。定九郎は、ポン太が傘をさしていないことに気付く。これだけの降りであるのに、燈籠の灯は消えない。

「坊さんの言い付け守って、あんなに雨寶陀羅尼経《うほうだらにきよう》を唱えたのにねェ。ちゃあんと死霊除の札だって貼ってたのにねェ。御札さえ剝がさなきゃ、あんなことにはならなかったのにねェ」

くくっ、とポン太は笑う。声に合わせて橙色が、闇の中をさまよった。

九

灯《あか》りのもとで改めて見ると、ポン太の出で立《いた》ちはいつにも増して珍妙だった。生地は網の目、紋は錦紗《きんしゃ》、いずれも蚊帳《かや》に用いる材である。襟には蚊帳を吊《つ》るための鐶《かん》、帯には蚤取《のみと》り道具の竹の輪を錦紗で縫いつける凝りようだったが、粋とはならず、投網《とあみ》を巻きつけたようなみすぼらしい見てくれだ。網目状の生地から透けた汗襦袢《あせじゅばん》ばかりがいやに派手で、蚊遣《かや》りを焚《た》く美人図《びじんえ》が染めつけてある。常磐津《ときわず》の女は、襦袢の中の別嬪《べっぴん》を見詰めて言った。

「あんた、そんな格好で都大路を歩いてきたのかえ」

ポン太は袖を広げてみせ、誇らしげに顎を上げる。

「夏になりましたからねィ、師匠の家に余ってた蚊帳ォ仕立て直していただいたんですよォ。似合うでしょう。アタシァねェ、そのときどきに一番合う着物ォちゃーんとわかってんですよォ」

「こっちは、そのおかしな着物を褒めたわけじゃあないんだよ」

「いえね、寄席のお客さんからもずいぶん褒められましたものでねェ」

女は、通じぬ話を早々に諦めて厨《くりや》に立った。「肴《さかな》になるようなもんはなんにもないよ、干物っくらいしか」と戸の向こうから言う。

「いらねぇ、なにも。酒もいらねぇんだ」

定九郎は首をひねって奥に返した。

路地で出くわしたポン太を女の家に引き入れたのは、話をつけるのに場所を移す時を惜しんでのことだ。格子を開けると女は一瞬はしたなく目を輝かせたが、定九郎の背後にポン太が控えているのを見つけて表情を無くした。口だけが淫靡《いんび》な形を留めて固まっていた。「少しこいつと話してぇんだ。悪《わり》ぃが座を貸してくれねぇか。明け前《めえ》には出ていくからよ」。断ると、女は身体《からだ》に満ちた期待を解いて、定九郎を責める代わりにポン太を睨んだ。

「そういやね、さっき話した『牡丹燈籠』もそうですけどさァ、うちのお師匠さん、お噺《はなし》、ぜーんぶご自身で作ってるの。すごいよねェ。あんな長いお噺をさ。誰もが知ってる古典ォかけても、師匠ァとびきり腕がいいですからねィ、客止めになるんですよ。でも苦労して、新しいお噺ィ作る。なぜだか、知ってます？」

座敷の隅にかしこまったポン太は、頭を倒して定九郎を窺《うかが》った。

定九郎は立て膝に腕を載せ、ポン太を懐柔するための話の運びを組み立てている。まずは、吉次を美仙楼に登楼《あげ》ると奴に明言する。定九郎が一味に加わることを、ここで報《しら》せてやるのだ。どうせポン太は、仲間内では使いっ走り程度の役回りだろう。美仙楼の内情を探り、定九郎を味方に取り込むのが役目であって、吉次の動きも今後の策も詳しく摑《つか》んでいるとは思えない。はかりごとに深く関わっていないからこそ、餌で釣って動かすこともできる。

「それはねィ、お師匠さん、まだお若い頃、円生《えんしょう》さんってェ方にお弟子でついてたの。同じ高座に上がる日にさ、前もって演目ゥ円生さんにお伝えするとね、先に円生さんが演《や》っちまう。お師匠さんは練習積んで、さぁ高座だって手前でお噺とられっちまうんだもの、災難ですよォ。きっと円生さん、うちの師匠の才が怖かったんだねェ。何度もそうするもんでさ、お師匠さん、ついにご自分でお噺作るようになっちまったの。ね。これなら、だーれも真似《まね》らンない」

厨から火を熾《おこ》す音が立った。龍造の切り火に聞こえて、定九郎の内に燻《くすぶ》っていた鬼火が大きく膨らんだ。

「なぁポン太。おめぇ、しばらくの間、小野菊と一緒に暮らしたかぁねぇか？」

小野菊でポン太を釣ろうと、定九郎は決めている。ポン太は目を見開き、耳まで真っ赤に染めた。

「お姫様《ひいさま》と？　このアタシが？」

「勘違いするな。おめぇに妓《おんな》をやるってんじゃねぇんだ。廓《くるわ》から抜けて次に移る間だけ、かくまってくれめぇかってことよ」

坊主頭が傾《かし》いだ。鼻が、くしゃみでもこらえるようにうごめいている。

吉次は金を山分けにすると約束したが、それを鵜呑《うの》みにするほど定九郎は人がよくない。間違いなく金をせしめる手を、前もって打っておかねば危ない橋を渡ったところで馬鹿を見るだけだ。

足抜きさせた小野菊を、吉次は自分の見世《みせ》で出すつもりだろう。向こうの楼主《ろうしゅ》からはすでに報酬の額を示されているはずで、となれば小野菊の引き渡しも金の受け取りも、奴ひとりで仕切ることになる。下手を打てば、定九郎には一銭も渡ることなく、吉次に雲隠れされるやもしれない。そいつを避けるためにも、足抜きが叶《かな》ったら吉原大門をくぐる前に、小野菊をどこかに隠す必要があった。吉次には、追っ手の目をくらますためにしばらく妓を潜《ひそ》ませたほうがいいと、案を授ける。

妓が見世を抜けたとなれば、どの遊廓《ゆうかく》でも廓をあげて人を出し、草の根を分けてでも捜し出すのは必至だった。妓が死にでもせぬ限り、諦めることはない。その捜索の目をかいくぐるために、小野菊を一旦隠そうと持ちかければいい。定九郎がかくまうと言えば怪しまれもしようが、間に子飼いのポン太を嚙《か》ませておけば、吉次も素直に頷《うなず》くだろう。ポン太と小野菊は、それきり姿をくらます。居場所は定九郎しか知らない。吉次からの金と引き換えに、定九郎は小野菊の隠れ家を教え、そのまま消える。のちにポン太が、どれほど酷《ひど》い目にあっても知ったことではない。

「うまく逃すためにも小野菊を、隠したほうがええと思うんだ。吉次にはわっちから言うからよ。足抜きがうまくいったら、おまえが手引きしろ。ただし妓を隠す場所は吉次には言うな。すべてわっちに任せるんだ。ええな」

ポン太は人差指で自分の唇を弄《もてあそ》ぶばかりで、なにも言わない。理解できぬのか、それともとぼけているのか。

「金は出すぜ。おめぇ、分け前はいくらって言われてる？　それ以上のもんは用意するからよ」

「お銭《あし》ですか？　アタシァお銭にァ昔っから気ィそそられないんですよ」

袖を口元に持っていって、肩を揺すった。蚊帳のこすれる乾いた音が定九郎の神経をつつく。ふざけねぇで答えろ、とどやすと奴は少しく神妙になったが、なにが可笑《おか》しいのかまた、く、く、く、と喉仏を転がした。

「アタシァ前座の身ですよ。弟子といっても円太郎さんや円馬さんみたようにァいかないですからね、芸でいただくのもほんのちょっぴり。まあでもね、お銭よりも蕎麦《そば》の一杯、田楽のひと串でもいただいたほうがうれしいんですよ。だって、お銭ィもらってもォ食い物ォ買うだけですから。だったらはじめっから食い物いただけばァ、とっかえる手間ァかからねェってもんです」

　魚を炙《あぶ》る煙が座敷に流れ込んできていた。定九郎は舌打ちする。女の気遣いは常に的はずれで過剰だった。噛み合わぬポン太との会話と相まって、定九郎は焦《じ》れ、火のない長火鉢を乱暴に蹴った。ポン太は自分が蹴られたようにのけぞり、言葉を仕舞って姿勢を正す。

「どうするえっ。小野菊を預かるのか、預からねぇのか」

「そりゃあね、アタシァお姫様と一緒にいられるんなら、なんだって致しますよォ」

「それでいいんだ。段取りぁわっちが考えるからよ。おめぇはその通りに動きゃあいい。ええな。このこと間違っても吉次に言うなよ。言ったが最後、おめぇのお姫様は、あのやくざ者に取り殺されちまうぜ」

　子供騙《だま》しの文句にも、ポン太は益体《やくたい》もなく震え上がってくれる。なんだって致しますよォ、お姫様のためでしたら、と身を縮めた。

「妓をかくまう場所の当てはあるのかえ。それだけ今、聞いておきてぇんだ」

「そォですねェ。浅草裏門代地の裏店《うらだな》としてェところですが、お師匠さんァ今ァ本所南二葉町に越しちまったんで、そちらですかねェ」

　浅草裏門代地という地名に聞き覚えがあった。確か、遊廓に売られる前に小野菊が過ごした土地ではなかったか。今も妓の親兄弟が住んでいると、遣手《やりて》が以前語っていた。

ポン太は、小野菊の出自や血縁まで調べているのか。吉次の指図だろうが、一応この男にもそれなりのおつむりはあるらしい。これなら、周りさえ固めれば、妓を囲い込む程度のことはやり遂げるだろう。定九郎は人心地ついた。ポン太がそつなく動かねば、計は飛ぶのだ。

「お兄《あに》いさん、南二葉町に一遍いらっしてくださいねェ。あすこはねェ、あったかい場所ですよォ」

「言われなくとも下見にいくさ。小野菊ぉ逃す前《めえ》にな。明後日の夜にでも行きてぇがおまえの都合はどうだえ？」

「はい。アタシァいつでもええですよォ。でも楽しみ。昔っみたいにお姫様と」

ポン太は正座のまま二度ほど跳ねた。最後のひとことが引っかからぬでもなかったが、厨の戸が開いて徳利と小皿を手にした女が現れると、感じた違和も身から流れた。

「ずいぶん愉《たの》しそうじゃあないか」

女の額と口元にいびつな皺《しわ》が寄る。世の底にうごめく業《ごう》をかき集めて造作したような顔だ。急に、定九郎の臍《へそ》の下が嫌な熱を持つ。女の、この醜さにこそ自分はそそられてきたのだと今更ながらに気付く。

定九郎より先にポン太が肴に手を伸ばすと、女の顔に刻まれた皺が溝を深めた。

「あんたさ、うちに弟子入りしたいって、夜更けにいきなりやってきたわりにゃあ、ちっとも通って来ないじゃないか。そんなね、根気も礼儀もない奴に常磐津はできゃしないんだよ」

　ポン太は目も上げず、ドブ水が跳ねるような音を立てて干物の炙りをしゃぶっている。

「だいたい噺家だかなんだか知らないが、あんた、小屋にかかったこともないんだろう？　まぁね、ポン太なんてふざけた名じゃあ師匠の勘気に触れるばっかりだろうけど」

　女は、蚊帳の衣から透ける美人図を睨《ね》めつけて、定九郎を独り占めできぬ苛立《いらだ》ちを臆面もなくぶつける。と、ポン太がふっと顔を上げ、口を耳まで広げて笑った。

「怒られるどころか、お師匠さんァこの名ァ気に入ってアタシォ弟子にしてくだすったんですよ。それに、このポン太ってェ名は、アタシがつけたわけじゃあないんですから。まだ下剃《したぞ》りやってた頃ォ湯屋《ゆうや》でひとっ風呂浴びたあとにねィ、アタシァ中床に『ポン太』ってェ呼び止められたんだねェ。湯気がもうもうと立ってますでしょう、それで中床ァきっと誰かと間違えたんでしょう。けどねェ、『アタシァポン太なんてェ名じゃあござんせんよ』ってェのも、呼んだ中床に気の毒だ。それでアタシァ、『はい』と返事をしたんです。そっからこっち、仲間内でもポン太で通っちまいましてね」

　女は間の抜けた顔で、坊主頭の四十男を眺めている。「一度呼び間違えられたくらいでなぜ名を変えたんだ」という疑問が頭の中を巡っていることは容易に知れた。定九郎も同じ思いだったからだ。

「それまでアタシァ勝公《かつこう》、勝公って呼ばれてましたんでね、『勝』ってェ字がつく名ァだったと思うんですが、今じゃポン太のほうがしっくり来ますよォ」

「『思う』って……おめぇ、自分のもとの名を忘れっちまったのかえ」

定九郎は呆《あき》れて訊《き》いた。

「はい。生まれてそれまで二十数年使った名ァでしたがねェ……。しかしまァ、名ァなんてもんはなんだっていいんですよ、ねェ。お姫様もさ、お見世にあがるときお名を変えてますでしょう。みんな親からいただいた名ァ変えて働いてますもの。お兄いさん、確か定九郎、そうねェ『仮名手本忠臣蔵《かなでほんちゆうしんぐら》』の怖〜い怖〜い悪党ですねィ」

ねっとり笑うポン太を前に、定九郎は舌下に溜《た》まった唾を飲み込んだ。ただの当て推量か、それとも定九郎が名を変えた経緯を知ってのことか——いや、まさか奴が知るはずもない。誰にも話していないことだ。「信右衛門」と呼ぶ声がする。兄が、格子向こうの路地から覗いているような気がして、首筋がざわめいた。

南二葉町の根城を見に行く段取りだけ手早く決めて、闇の中にポン太を帰した。

奴が後ろ手で戸を閉めるなり、定九郎は女の帯を引いて押し倒す。胸元に手をねじ込み、首筋にしつこく舌を這《は》わせ、そこからは、女がまともに声もあげられぬほど滅茶苦茶にいたぶった。けれど女の身体は実体を持つことさえなく、指の隙間から漏れて弛《ゆる》んで溶けていく。突いても突いてもどこにも届くことはない。際限ない沼地にはまるうち、自分まで正体がなくなっていくようだった。

吉次が小野菊をどう口説くのか。いつ落とせるのか。手際を見極めながら、ポン太をうまく操ることだ。金さえ手に入れば、小野菊やポン太がどんな形で渡世人たちの餌食になろうが係りはない。そのときはもう、自分はあの谷にはいない。龍造の顔が浮かんだ。奴が血相を変える様を見物できぬことだけが、心残りだった。

その日は、久しぶりに雨が上がった。それでも根津は、打ち水の必要がないほど蒸している。止めどなく汗が流れる。しかし定九郎の額や手の平を濡《ぬ》らす汗は、暑さのためばかりではなかった。

朝の送り出しのときから緊張で身は硬く、口は渇き、周りの音も遠い。皮膜で覆ったように鈍くなった身体の感覚を取り戻すために、何度となく頭を振った。

もうすぐに、吉次が美仙楼を訪れる。奴を登楼《あげ》て、夜には常磐津の女の家でポン太と落ち合い、南二葉町に向かう。今日やるべきことはそれだけだ。そう自らに言い聞かせ、落ち着きを取り戻そうとする。

楼主は昼見世がはじまる少し前に、男衆《おとこし》をひとり連れて出掛けていった。月に一度行われる、根津遊廓全体の寄り合いに出るためだった。会合は毎回遊廓の外で設けられるため、たいてい二刻は見世を空ける。この頃は花魁《おいらん》学校の件を詰めているせいか、二刻どころか夜見世がはじまっても戻らぬことが多々あった。佐伯の訪れる一六日《いちろくび》でも検徽《けんばい》日《び》でもないこの日は、龍造も夜からしか出ない。吉次は偶然選んだわけではなく、楼内のことを念入りに調べたうえで、門口の手がもっともぬかる日を定九郎に示したのだ。

「素性は間違いござんせん。小伝馬町《こでんまちょう》の大店《おおだな》の番頭さんってぇこたぁ確かです」

下唇を突き出して腕組みする遣手を上目遣いに見て、定九郎は言った。

「前から何度も張見世ぇ見にいらしてましてね、どうしても小野菊花魁を、ってぇ拝まれまして」

「おまえに直《じか》にそう言ったのかえ？」

「ええ。先《せん》の昼見世のときに、花魁は昼は出ないのかってぇ訊かれてからそうなりまして。先様は、夜は店に詰めてねぇといけねぇとかで、なかなか根津までは運べないそうでござんすが、昼なら出られる日があるから花魁の顔ぉ拝むだけでも、って」

「とんだ執心だねぇ」

「へぇ。小野菊さんほどの玉ははじめてだって唾飛ばしてましたぜ。あちらぁ、店じゃあ白鼠《しろねずみ》ですってさ。金もある、遊び慣れてもおりますから花魁に渋い思いはさせねぇはずですよ」

白鼠は福を呼び込むと迷信があることから、古参番頭を指す呼び名として使われている。店の一切を任されているだけに仕事も多く、暖簾《のれんわ》分けとなる四十近くまで住み込みで勤めるため、所帯が持てない。ゆえに馴染《なじみ》の妓を作って気をまぎらわす者が多かった。たいがい遊び慣れており、流儀、作法にも通じているうえ羽振りもよく、廓では概して受けがいい。それだけに、果たして汚れた縞《しま》が身に馴染んだ吉次がうまく白鼠に化けられるか——遣手の前で作り事を並べながらも定九郎は不安を逃せずにいた。いくら龍造が不在でも、遣手に見抜かれては終《しま》いなのだ。楼内には他にもたくさんの目がある。とくに嘉吉は変化の粒を目敏《めざと》く見つける。

「あんたがそこまで言うなら引付座敷《ひきつけざしき》くれぇは支度するよ。ただ花魁が気に食わなけりゃあ、それきりかもしれないよ」

「十分だ。ありがてぇ。おばさんぁ話がわかるんで助かります」

片手拝みをしてから、素早く辺りを窺った。幸い、男衆は厨に入ったのか近くにおらず、嘉吉の影もない。梅雨時の重い湿気が、下足箱の隅で話し込むふたりを蓋するように囲っていた。

「それから白鼠を登楼たこと、龍造さんには」

定九郎は言葉を切って、代わりに人差指を唇に押し当てた。遣手は目を細めてその仕草を見守り、「あんた、女にいっつもそうやって……」と言いさしたが、すぐに気を取り直したふうに腕を組み直す。

「誰があんな奴に言うもんか。その白鼠をうまく乗せたのぁおまえの手柄だ。小野菊が相手を気に入りゃあ上客には違いないんだから、馴染になれば、龍造の鼻ぁあかせるってぇもんさ。立番《たちばん》としてどころか、妓夫《ぎゆう》に上がったって立派にやってけるんだ、ってとこぉ、あいつに見せつけてやんな」

定九郎は、吉次を登楼たことを龍造に秘さねばならぬ方便まで作り込んではいなかったが、幸いにも、遣手が勝手に筋書きをこさえてくれた。自らの力で上客を得て、仕事で龍造を上回ろうとしている——今の定九郎にもっともふさわしい動機には違いない。

遣手は、先だって定九郎が嘉吉と役を代わらされたことを、当人よりも気にしている。あんた、ちゃんと立番に残れるんだろうね、仲《なか》どんに先を越されるようなことがありゃあ、あたしっから御内証《ごないしょう》に言ってやるからね、と定九郎を励まし、龍造と廊下ですれ違うたび取り殺さんばかりに睨みつけてきたのだ。

「わっちもやっと目が開きました。ええ仕事ぉして、兄さんに引けをとらねぇようにしねぇと」

定九郎は遣手の推量に合わせて、お為《ため》ごかしを吐く。

刹那、痺《しび》れるような覚醒があった。別にその通りであったとしてもよかったのではないか。素直に与えられた役目に打ち込み、仕事で周りに認めてもらって居場所を作るという道も、用意されていたはずではなかったか。

定九郎は今また、自分のあるべき姿がひとつ、剝《は》がれ落ちたことを知った。御一新の折に「信右衛門」を葬り、今度は廓の門口に座ってきた自分を殺そうとしている。なにかに躓《つまず》くごとにこうやって切り離していって、果たして最後になにが残るのか——。

「それじゃ、おばさん。小野菊花魁のこと、よろしくお願い致します」

深々と頭を下げた。遣手が鷹揚《おうよう》に頷いて二階に上がっていく気配を、耳で辿る。伏せた目に映るのは土間の土塊《つちくれ》だけだ。自分がどんな表情《かお》をしているのか、見当もつかない。せめて笑っていればいいが。定九郎は意識の隅でひっそり祈る。


昼見世がはじまる。

花魁たちが籬《まがき》の内に並び、化粧の匂いが表まで漂ってくる。

定九郎は楼に目を遣って、帳場から階段、廊下の様子を確かめる。帳場には留守を預かる若い衆がひとりきり。楼主の不在で気が緩んでいるのか、大きなあくびをしている。嘉吉も二階にかかりきりなのか、朝の送り出しから昼見世の支度をする間、ただの一度も姿を見せない。

定九郎は、閑散とした楼内から八重垣丁通りへと向き直る。晴れ渡っていた空が、黒く濁りはじめていた。また、雨になるのかもしれない。湿った風が胸元をかすめる。

男がひとり、惣門をくぐって通りをやってくるのが見えた。目を凝らして、思わず手を握りしめる。

——来るな。なんで、てめぇが。

口中で念じるも、奴はまっすぐ美仙楼へと向かってくる。蚊帳が風にこすれるたび、すすり泣きに似た音が空《くう》を伝った。

「〽雨の降る日は天気が悪い　文久三つで四十五文」

最後の一歩をわざわざ大きく踏み込んで、男は妓夫台の前に立つ。

「へへェ。死霊除《しりょうよけ》の御札ォ剝がしに参りましたよォ〜」

ポン太は言って、懐から書状らしきものを取り出した。以前、定九郎が小野菊に頼まれて若竹に運んだものと同じく、冴《さ》え冴《ざ》えとした白い懐紙《かいし》にそれは包まれていた。

「先にィお姫様《ひいさま》に渡していただけるとォありがたいんですがねェ。そのほうがあとが楽でしてねェ」

「あいつが、そう言ったのかえ？」

声を潜める。近くに人がいないとはいえ、門口で吉次の名を出すことははばかられた。

ポン太は顎を引いてから頭を横に倒して、書状を手渡す。中を検《あらた》めたかったが、懐紙は布海苔《ふのり》で隙なく貼られ、封を解けば一目でわかるよう紙の継ぎ目に経文らしき文字が上書きされていた。

「中身はなんだ？」

さぁ、とポン太は首を傾げた。

「大丈夫ですよォ。お姫様が札ァ貼ったままじゃあ誰も入《はい》られないんで、札ァ剝がす経文が周りにもほらね、書いてあるんですからァ」

定九郎はみっしり書かれた墨字に目を落として、眉根を寄せた。

「あ、その顔。疑ってるんでしょう。お兄《あに》いさんァ、いっつもそお。疑ってばっかりだから疲れっちまうんだねェ。雨が降っても槍《やり》が降っても受け止められる力ァつけたほうが早《はえ》ェのにさァ」

口をすぼめてポン太は笑った。

「ともかくお兄いさん。損に働くことじゃあないですから、どうぞお姫様にお渡しくださいよォ。丸めて捨てちゃあ駄目ですよ。アタシァ千里眼なの。ごまかせないですからねィ」

「遣手が握り潰すかしらねぇぜ。なんの書状かわかんねぇもんを」

「だったらァ誰か御贔屓さんのお名ォ出せばよろしいですよォ。ねェ約束ですよォ。渡してくださいよォ。でないとアタシだって約束ォ守んないですからねィ」

鈨を鳴らして、ポン太は姿を消した。あまりにあっさり去ったため、定九郎は、本当に今までここにポン太がいたのか、それすら疑わしいような心持ちになる。書状を握りしめ、しばらくぼんやりしていた。が、吉次が来るまで間もないことを思い出し、取りも敢《あ》えず遣手を呼んだ。

「サーさんからのお使いものです。小野菊さんに、って」

意外にも、嘘《うそ》はしなやかに滑り出る。遣手は佐伯の名を聞いて、たちまちかしこまり、付け文だろうかねぇ、まだ諦めきれないんだねぇ、とまたもや勝手な話をこしらえて定九郎の出任せを助けたが、懐紙の継ぎ目にびっしり並んだ文字を見ると、さすがに表情を硬くした。

「なんだえ、こりゃ。まるで御札みたようじゃあないか。薄気味悪《わり》ぃ」

「封を開けられねぇように書かれたんじゃあねぇですか？」

「したって、こんな野暮なことはなさらなそうだけどねぇ」

遣手が顎を揉《も》み、定九郎は落ち着かなく通りを振り返る。

「よっぽど見世の者にゃあ読まれたくないんでしょう。きっと、こっ恥ずかしい口説き文句が並んでるんですよ」

「だけどね……」

いつ、吉次が現れてもおかしくない刻だった。

「とにかく渡してほしいってことですから。小野菊さんも、これぇ読みゃあ間夫《まぶ》のことなんざ忘れて、サーさんになびくかしれません」

「間夫」のひとことが効いたのか、遣手は疑いを解き、「わかった。渡しておく。これであの妓《こ》の気持ちが変わればいいがねぇ」と額の上に書状を掲げた。

吉次は、一時を回った頃に現れた。髪を短く刈り込んでひげもあたり、藍の鮫小紋《さめこもん》の着流しに濃紺の帯、下駄履《げたば》きといういかにも堅気の伊達者《だてしゃ》といったこざっぱりした形《なり》で、白鼠という急ごしらえの役に見事なりきっていた。

――これなら、ごまかせるかしれねぇ。

定九郎は息を継ぎ、するとこわばっていた四肢も弛んで淀《よど》みなく送り込みを行えた。

「お登楼《あが》りりんなるよー」

大声で呼ばうと、まず嘉吉が現れる。とはいえ、荷物も上着もない吉次の前ですることもなく、奴はただ「いらっしゃいまし」と頭を下げて、手持ち無沙汰を紛らわすように二階を窺った。嘉吉の目線の先から今度は遣手が下りてくる。吉次を渡す際、定九郎がひとつ頷くと、遣手は万々心得たといった笑みでそれを受け、奴を二階へと導いた。

素敵なお召し物でござんすね、ここまで粋なお姿で登楼ってくださる方ぁ、あたしははじめて見ましたよ、これじゃあ花魁のほうが底惚《そこぼ》れしちまいます、ほどほどにしてやってくださいましよ。

遣手の追従《ついしょう》が少しずつ小さくなって階段の奥へ消えた。続いて嘉吉も二階へ戻る。以前であればここぞとばかりに、「どんなお客です。どなたぉご指名なんですよ」とまとわりついてきたろうが、このところずっと距離を置いていることが、無駄な詮索から逃れるのに幸いした。

一階は再び静けさを取り戻す。

定九郎はおぼつかない足取りで妓夫台に辿り着き、台に座ってしばし放心した。吉次の下駄をしまい忘れたことに気付いて重い腰を上げる。

——なんでもないことだった。

下駄を下足箱に突っ込みながら思った。美仙楼を、いや根津遊廓《ゆうかく》を揺るがすほどの大事に手を染めたはずだった。楼主を、龍造を、凡庸でなににもなり得ぬ自分を、手酷く裏切ってやったはずだった。だが蓋を開ければ、手の内に残されたのは粘ついた汗だけだ。女を抱いたところでなんの快楽も得られぬのに似て、この一件もまた、茶番じみた手応えしか与えてくれない。吉次を登楼てしまった今、定九郎自身も危うい橋を渡っているのだという緊張すら途切れて消えた。

なにかにすがるように、山公を思う。西で戦っているはずの男は、どんな武器を手にしているのか。なにかしらの手応えを得ているのか。

〈此度《このたび》鹿児島県暴徒御征討の義は実に容易ならざる事件にて、開戦以来已《すで》に四旬を過ぎ、攻撃日夜を分たず、官兵の死傷頗《すこぶ》る夥多《かた》なる趣、戦地の形勢逐次伝聞致し候処《そうろうところ》悲惨の状誠に傍観するに忍びざる次第に候、抑《そもそ》も死者は深く憐《あわ》れむべしと雖《いえど》も、生に復する

法なし、唯《た》だ傷者は痛苦万状生死の間に出没するを以《もっ》て、百方救済の道を尽すこと必要と存ぜられ候〉

厨に置きっぱなしになっていた郵便報知の記事だ。戊辰《ぼしん》の戦で官軍の先頭にいた西郷は「賊」となり、田原坂《たばるざか》や山鹿《やまが》の戦いも、新聞各紙は西郷たち賊軍を無様に報じることに心血を注いでいる。

〈賊は枕を並べて討死し、さしもに猖獗《しょうけつ》なりし猪武者《いのししむしゃ》等も浮足になりて逃出し、背より打たれて仆《たお》るるもの数を知らず〉

〈賊兵も既に過半は死傷せしならんと〉

遠雷が聞こえる。権現の方角に不穏な雲が盛り上がっていた。雨はまだ来ないが風が強まって、青葉となった桜の木々を乱暴に揺らしはじめる。

そういえば、あの日も雷が鳴っていた。

父が、旧幕軍に加わろうとする兄を制した日だ。定九郎は、ふたりの側に座していながら、遠くの空で龍《りゅう》が吠《ほ》えるのをぼんやり聞いていた。「今更、なにをしても遅い」。あのとき父が吐いた諦念に、権現で鳴る雷が重なる。

そのとき、なんの前触れもなく、耳の奥に甦《よみがえ》った言葉があった。

「血を流さずに城を明け渡すというのは、大樹公《たいじゅこう》の御意志なのじゃ」

まったく唐突に懐かしい声が聞こえてきて、定九郎は息を呑《の》む。そうだった。あのとき、父が続けて口にした言葉があったのだ。

「我等家臣は、なにより主君の御意志を重んじなければならぬ。薩長軍と戦うことは士道として筋が通っているやもしれぬ。が、忠義にもとる。主君を助けることになりはせぬ。いつなんどきも、度を失わず仕え通すことこそが家臣の務め。沈み掛けた舟にあっても居住まいを正し、最後までそこに残ればいいのじゃ」

定九郎の視界一杯に、逞《たくま》しかった父の姿が浮かんだ。

「しかしそれでは、私の気が収まりませぬ。外様《とざま》に城を取られるなぞ」

確か兄は、そんなふうに抗弁した。父は、「役目として考えるのじゃ。務めというのは己の面目のためにあるものではない、はき違えるな」と激しく叱責したのち、「ことに刀を抜くときは己のためであってはならぬ。主君の求めに応じるときでなければ。己のための戦ならば、戦い方は他にいくらでもある。たやすく刃《やいば》に頼るべきではない」と、優しく説くように付け加えたのだった。

「武士は剣の腕を磨かねばならぬ。しかし刃を用いるのは最後の最後じゃ。そこに至る前にすべきこと、打つべき手は必ずある。精進すれば、己の戦い方はおのずと見えてくる」

はなからないと思っていたものが古い抽斗《ひきだし》の中から転げ出て、定九郎を打ちのめした。なぜ、かほどのことを今まで失念していたのか。あのとき定九郎は十七だった。世は、信じがたいほど遠くにあった。

激しい震えに襲われ、両腕で頭を抱え込む。妓夫台の上で突っ伏した。客を引くことも忘れ、定九郎は長いこと微動だにしなかった。

「おい。どうした。具合でも悪いのかえ」

向かいの見世の立番が案じ声を投げて寄越《よこ》す。籬の妓たちも定九郎の異変に気付いたのか、格子に寄る衣擦《きぬず》れの音が立った。定九郎は吐き気をこらえ、丹田《たんでん》に力を込める。なんとか首を起こし、向かいの男衆に笑みを返した。

「すいやせん。ええ陽気なもんでつい眠気がさしちまって」

男は怪訝《けげん》な顔で空を見上げる。雷の音は最前より近く、大粒の雨が落ちはじめていた。妓たちの冷笑と、門口が手ぇ抜いちゃわちきらの稼ぎが減るってのにいい気なもんだ、という嫌みが定九郎の耳をつねった。

首を回し、深く息を吸う。吉次が登楼っているのだ。感傷に囚《とら》われているときではない。

空が真っ白に光る。間を置かず轟音《ごうおん》が鳴り響いた。妓たちの悲鳴があがる。近くに落ちたのかもしれない。定九郎は権現の方角に首をひねり、そのまま凍りついた。

頭に手拭いを載せ、懐手。鼠鳴きのときと同様素早く足を運ぶたび、縞の裾から紫の襦袢が覗く。いつもであれば、彼が見世に入るまでにまだ一刻以上あるはずだった。

それなのに龍造は、まっすぐ美仙楼へ向かってくる。

定九郎の額に湧いた汗が、目頭から鼻を伝って喉へと流れ落ちた。

再び空が、発光した。雷鳴を背負って、龍造が一歩一歩近づいてくる。

十

動じるな。定九郎は浮きそうになる腰を抑え込んだ。

吉次は、手下の者に芳里を野次らせたあのとき、龍造には顔を見られていないと言っていた。よしんば面が割れていたとしても、吉次は今、階上《うえ》にいる。あそこは遣手《やりて》の領分で、龍造が上がっていくことはない。それに今日の吉次は、龍造と大差なく客の素性を透かし見られる遣手の目をくらますほど、巧みに化けているのだ。

定九郎の動揺が収まらぬうち、龍造は見世《みせ》の軒先に身を滑り込ませた。ほとんど同時に雨が本降りとなり、地面から白い飛沫《しぶき》が上がる。定九郎が送った硬い会釈を受け流し、龍造は肩にとまった滴を払う。

「客は？」

定九郎ひとりに門口を任せたとき、彼が必ず訊《き》くひとことでさえも詰問に聞こえる。脇口に移りつつ、

「まだおひとりです。この空じゃあ、なかなか」

出来うる限り素っ気なく応えた。なぜ今日に限ってこんなに早く見世に入ったのか、訊きたかったがこらえた。墓穴を掘ることになりかねないからだ。龍造は身なりを整えると、楼《なか》には入らずそのまま本番口に座った。出の刻を早めたのは、他の用事を言いつかってのことでもないらしい。

定九郎は通りを眺める形をとり、頭の中で忙しく算段していた。

吉次が楼を出るのは、おそらく昼見世の終わる頃。そのときだけは念のため、龍造を門口から引き離したほうがいいだろう。だが見世をつける支度に入るにはまだ早い。定九郎は親指の付け根を揉《も》みながら、手立てを探る。龍造の関心を妓《おんな》に逃せぬものか。奴は常より花魁《おいらん》の調子を細かに見定めたうえで、客に推しているのだ。

「あの、兄さん。夕霧花魁なんですが」

考えをまとめる前に、口が動く。声の震えは、うまい具合に激しい雨音にかき消された。龍造がわずかに身体《からだ》を開いた。

「今朝方からちょいとご気分すぐれねぇようで。わっちの見立てなんで確かなこたぁ言えませんが、昼見世の終わる頃合いにでも兄さん、中で様子を判じちゃいただけません

か」

龍造がこちらを向いた。久方ぶりに正面から見据えられ、定九郎は息を詰める。

「わかった」

短く応えて、龍造の視線が離れる。安堵《あんど》が訪れるのと一緒に、鈍い後悔が湧いた。かえって藪《やぶ》から蛇を出すことにならないか。汗がまた、顎から滴った。

他に客でもあれば吉次も多勢にまぎれるが、雨脚が強くなる一方で、通りに嫖客《ひょうかく》はまばらだ。向かいの立番《たちばん》はとうに諦めて、格子の中の花魁たちと無駄口を叩《たた》いている。四半刻《しはんとき》後、ようやく客がひとり、美仙楼の暖簾《のれん》をくぐった。これは定九郎の獲物で、初会の客である。送り込んだとき遣手が、「うまいこと運んでるよ」と吉次の件を耳打ちしてきた。長年妓夫太郎《ぎゅうたろう》をやってきた男だ、妓の気を逸《そ》らさぬ手管《てくだ》なら、いくらでも持っていよう。定九郎はかすかに平生を取り戻し、台に戻る。間を置かず、藤間の馴染《なじみ》、例の大店《おおだな》の倅《せがれ》が現れた。これは龍造が送り込んだ。客を遣手に渡した龍造が、男の履物を持って下足箱へと消え、定九郎ははじめて詰めていた息を吐き出す。

うまくいきそうだ。

龍造は夕霧の件を信じ込んでいようから、妓の様子を間近に見るため、昼見世が終わる前に籬《まがき》横の落ち間で控えるはずである。その隙に吉次を出すことだ。これで吉次が小野菊の馴染になってしまえば、あとは足抜きまで奴の為《な》すに任せればいい。いかに龍造でも、妓が気に入った客を門口で勝手に差し止めることはできないだろう。通りに見入っているふりをする。
汗を拭ったところで、奥から龍造が戻ってきた。定九郎は姿勢を正し、通りに見入っ
ているふりをする。

ところが龍造はなぜか本番口に座らず、定九郎の後ろに立ったのだ。奇異に思って振り返る。こちらを見下ろしている目にぶつかった。手には、下駄が一足握られている。

──なんだえ、客の下駄ぁまだ片付けちゃねぇのかえ。

そう呆《あき》れていられたのもわずかな間だった。大店の倅は、下駄ではなく草履ばきだったことを定九郎は思い出す。そのせいで、白足袋がドロドロに汚れていたのだ。じゃあ、この下駄は……。

思ったのと、龍造が下駄を振り上げたのと同時だった。

額が割れる音が鳴って、定九郎は台から吹っ飛んだ。

ぬかるんだ道に叩きつけられる。落ちていた石をまともに背骨で踏んで、息が止まった。身体をひねり、顔を上げようともがくと、額からどろりと黒いものが滑った。黒と見えたものは目に入るや、視界を赤く染めていった。

龍造が定九郎を跨《また》ぎ、胸ぐらを摑《つか》んで顔を寄せる。

「この下駄ぁ履いてる奴を登楼《あげ》たのぁてめぇだな」

吉次の下駄が、鼻先に突きつけられた。定九郎は為す術《すべ》もなく頷《うなず》く。

「どういう奴か、わかってて登楼たのかえ？」

「ただの御店者《おたなもの》ですよ。怪しい素性じゃありませんぜ」

喉から声を絞り出すと、龍造は目を据えた。いつぞや裏路地で定九郎を突き飛ばしたときにしてみせた、蔑《さげす》みに満ちた目だ。不意に定九郎の中に、粘りつくような憎悪が湧く。てめぇだってたかが妓夫じゃねぇか、世の底辺をうろついているひとりじゃあねぇか。定九郎は、自分の胸元を締め上げている龍造の手を力任せに払おうとした。しかしその動きは、横《よこ》っ面《つら》に振り下ろされた下駄に遮られた。再び頭蓋がきしむ。

「本当にそう判じたのか。それともわかっていて登楼たのかと俺は訊いている」

「だから、ただの御店者だと言ってるだろうっ」

花魁たちの悲鳴も他の見世の男衆《おとこし》が騒ぎ立てる声も雨音も、一緒くたになって定九郎の全身を刺した。まるで洞穴の中で聞く獣の咆哮《ほうこう》だ。

「ただの節穴だとしても罪は軽くぁならねえぜ。こいつぁ、先《せん》から見世の前をうろつき回ってる若《わけ》ぇ渡世人の仲間のもんだ。芳里に難癖つけたとき、離れたとこで見物してたふたりのうち、ひとりが履いてたもんじゃあねぇか」

定九郎は言葉をなくした。あのとき龍造が吉次に近づいたのは、ほんの一瞬だったはずだ。吉次は、龍造に見られていないとすら言っている。それほど、両者は隔たっていた。仮に吉次が同じ下駄を履いてきていたとしても、これほど特徴のない高下駄を一瞥《いちべつ》で奴のものと見切れるわけがない。

定九郎の内心を見透かしたように、龍造は手にした下駄を目の前に突きつけた。

「見ろ。爪先と前の歯が斜めにすり減ってる。こういう形に下駄が減る奴ぁ限られてんだ。日頃長《なげ》ぇこと表に座ってっとこうなる。おおかた、どこぞの台に腰ぃ据えてる奴かもしれねぇぜ」

龍造の口元がいびつな形に吊《つ》り上がった。

「それから、ここだ」

指が、下駄の鼻緒を指し示す。龍造は衆目を集める中で、徹底して定九郎をいたぶることに決めたらしい。

「革ぁ使ってんだ。いざってぇときに鼻緒が切れねぇ用心だ。渡世人らしい感心な心がけじゃあねぇか。え？　てめぇはどこにでもある下駄だと思ってっか知らねぇが、こんな下駄ぁふたつとあるもんじゃねぇ。チラとでも見りゃあ忘れねぇさ」

龍造の手が、定九郎の喉を押さえ込んだ。息ができずにむせる。

「甘《あめ》ぇことばっかりしやがって」

叩きつけられた言葉に定九郎の拳が応え、龍造の腕を殴った。が、ほとんど力が入っていなかったのだろう、奴の腕はびくともせず定九郎を締め上げていく。周りの声がだんだん遠くなる。

誰かが上《あ》がり框《がまち》から表へと転げ出てきた。小さい身体が鞠《まり》のごとく弾んで、龍造を後ろから抱え込む。

「よしてくださいよ、龍造さん！　兄ぃが死んじまいますよぉ。兄ぃはなんにも悪くねえんだ。あっしが頼んで登楼てもらったんだ」

嘉吉か……？　顔は見えない。奴はなにを言っているんだ。

だが、定九郎が意識を保てたのは、そこまでだった。


ぼんやり見えたのは煤《すす》けた木目だ。白い靄《もや》がいくつも浮かんでいる。焦点が合ってくるにつれ、靄と見えたものが蜘蛛《くも》の巣だと知った。小さな格子窓から光が一筋入っている。見回すと、部屋の隅に行灯《あんどん》だの布団だのが積まれていた。

——仕置き部屋か。

一階の一番奥にある部屋を、見世の者はそう呼んでいる。かつて妓を折檻《せっかん》するのに使っていたからだが、明治の世になってからこっち、女郎とはいえそこまでの無体をされることはない。この部屋も名だけは「仕置き」とついているものの、今ではただの納戸として使われている。

定九郎は起きあがろうとした。途端に背中に剣山を押し込まれたような痛みが走り、板間に倒れ込んだ。頭の芯が絞られ、血の音が頭蓋の内で響き渡る。脂汗を流してうめいていると、戸が細く開いた。逆光で顔は見えなかったが、たるんだ首筋で芳里とわかる。定九郎の意識が戻ったのを見つけた妓は、木桶《きおけ》を放り出さんばかりに置いて、枕元に駆け寄った。桶の水が床に散る音が、額の傷を刺す。覗き込んだ芳里の目は沈鬱《ちんうつ》な同情に満ちており、定九郎はそこから逃れようと重い口を開いた。

「登楼《あが》った奴ぁどうした？」

想像していたのと異なる問いかけだったのだろう、芳里は戸惑った様子で、「あの、番頭さんって方だね」と応え、それから普段に似ぬ早口で続けた。

「わちきも見たけどね、あのお客は渡世人なんかじゃないよ。龍造さんの見立て違いに決まってる。小野菊花魁だってまんざらでもないようだったと聞いたえ。せっかくあんたがうまく登楼たのに……上客になりそうだったのに、こんなことになっちまって可哀《かわい》想《そう》。おばさんも気の毒がっていたんだよ」

筋違いの長広舌に、定九郎は焦《じ》れはじめる。

「わっちが訊きてぇのは、客があのあとどうなったかってことだ」

語気を鋭くすると妓は見事に萎《しお》れて、「帰ったよ」と小声で返した。

「帰った？　兄さんはただ帰したのかえ」

「そう。なんにもしなかったし、なにも言わなかった。あのお客さんがおばさんと一緒に下りてったらね、下駄を揃《そろ》えて置いて、黙って頭を下げた。そんだけさ。向こうもなんにも言わないで帰ってったよ」

そんなはずあるかえ、と身体を起こした定九郎の肩を、「動いちゃいけない。額が裂けてるんだ。晒《さらし》ぃ替えたばっかりなんだから」と芳里は押さえ込んだ。長らく客を取っていないのに、妓からは栗《くり》の花の匂いが立ち上る。

「まさか。兄さんが、なんにもしねぇわけがねぇよ」

芳里は薄物の袂《たもと》を引っ張ったり、鬢《びん》をなでつけたりと落ち着かない様子であったが、ややあって気まずそうに囁《ささや》いた。

「だって、あんたが表で伸びてたからさ。あれを見たら、お客だってなんにも言えないよ。震え上がって帰るしかないさ」

定九郎は蒼《あお》くなる。気を失って転がっている自分を、吉次は横目に見て行ったのか……。ざまぁねぇなと嘲笑が湧くより先に、常々門口で悶着《もんちゃく》を起こすことをなにより厭《いと》うている龍造が、あそこまで派手なことをしでかした真の理由に気付いて背筋が凍った。

あの騒動はおそらく、二階にも届いていたはずだ。いくつもの悲鳴が聞こえていたから、辺りの見世も巻き込んでのものだったろう。吉原の門口に座る吉次であれば、なにが騒動の原因かすぐに感付く。開き直って居続ければ、龍造の牙が今度は自分に向けられることも察しがつくはずだ。奴は諦めて、階下《した》に下りる。吉次も玄人《くろうと》だ、下手にシラを切ることもしなければ、自分から申し開きもしない。無論、龍造も表立って咎《とが》め立てはしない。登楼たのは見世の落ち度であり、恥でしかないのだ。ただこれ以上の揉め事を避けるために、龍造は定九郎を叩きのめした。そうして、もう二度と美仙楼に近づくなと吉次に言う代わりに、気を失った定九郎を雨の中に転がしておいた。吉次がそのざまを見てどんな顔をしたか、定九郎は想像することから逃げた。絶えず銅鑼《どら》が鳴っているように痛む頭で考えるには、荷が重すぎる。

終わったな、という感慨が楔《くさび》となって打ち込まれる。美仙楼での勤めも、危ない橋を渡って周りに目に物見せるという賭《か》けも。なぜか無念さはなく、助かったという安堵があった。やっと解かれる。見苦しくて惨めで小さな固執から。しかし解かれた先は、いつもの虚無だ。「元の木阿弥《もくあみ》」だ。

「安心おしよ。あんたは傷が治るまでここにいてええんだ。わちきとおばさんで交代に世話するからね」

定九郎は目を閉じる。

「放っておいてくれりゃあええですよ。花魁だって人の世話ぁ焼いてる暇はねぇはずだ。少しでも客を取らねぇと、年季《ねん》が明けてもこっから出られませんぜ」

芳里の、鈍く笑った気配があった。

「いっくら律儀に客を取ったってさ、泥水稼業から抜けることなんざ所詮叶《かな》わぬ夢さ。

前借金がなくなったところで、やれ衣装代だ、やれ台の物の代金だ、って知らないうちに借金が嵩《かさ》ぁ増してく仕組みになってんのは、あんただって知ってんだろう？　落籍《ひか》れない限りはさ、籠の外には出られないんだ、どうせ」

小野菊は、なぜ佐伯の誘いに乗らなかったのか——改めて定九郎は思う。間夫《まぶ》がいずれ迎えにくると、本気で信じているのだろうか。いかに売れっ妓《こ》で、前借金を超える客を取ったとしても、なにかと理由をつけて楼主《ろうしゅ》が小野菊を縛ることくらい、廓《くるわ》暮らしの一、二年も送ればわかりそうなものだ。遣手はだから懸命に、小野菊の身請《みう》け話を進めた。あそこで素直に落籍れてくれれば、自分が吉次の話に乗ることもなかったのだと、定九郎は恨めしく思う。

「わちきら妓がここを出るのはズタボロになるまで使われたあとさ。骸《むくろ》になってからかもしれないね。みんな、そのくらいの覚悟は決めてるよ」

抑揚を欠いた芳里の声が漂った。定九郎は次第に息苦しくなる。

「……地獄だな。地獄だ」

「わちきにとっちゃあ、そうだろうね」

水音が立つ。妓が手拭いを濯《すす》いでいるらしい。すぐにひんやりした布が、定九郎の首筋の汗を拭っていった。

「だけどさ、同じとこにいるはずなのに、泥水にちっとも飲まれない奴もいるんだ。閻《えん》魔《ま》様を横目に見て、平気の平左で背筋伸ばしてる奴がさ。わちきはね、自分が苦界《くがい》に沈んだことより、地獄の一丁目でしゃんと生きてる奴に出会っちまったことのほうが辛《つら》い」

定。あんただってそうだろう。芳里の息が耳にかかる。定九郎はいっそうきつく目を瞑《つむ》る。着物の前がくつろげられ、胸から臍《へそ》へと手拭いが這《は》っていった。お兄《あに》いさん、確か定九郎、そうねェ『仮名手本忠臣蔵』の怖～い怖～い悪党ですねィ。ポン太の声が頭の中を巡る。鼻と口から息が漏れた。なに笑ってんだえ。芳里が、また耳元で囁いた。そうか、わっちは笑っているのか。定九郎は再び眠りに引き込まれる手前で、それだけを思った。

その翌日から定九郎は、起きあがることも食うこともできなくなった。額の傷が膿《う》んで、高熱が出たのだ。

入れ替わり立ち替わり誰かが枕元を訪れ、「お医者を呼んだほうがええんじゃあないか。手遅れになっちまうよ」と言い合うのを夢うつつに聞いた。放り出してくれりゃあ楽なのに、なんだって癒えるまで見世で抱えることにしたのかと、そのたび定九郎はおぼろに思う。追い出して野垂れ死なれては後生が悪いと楼主が考えたのか、美仙楼の評判を気にしてのことか。

熱に浮かされ続ける中で、膿《うみ》がベッタリ貼りついた晒を替えるときだけ目が覚める。額の皮を剝《は》ぐような痛みに、堪《たま》らず悲鳴をあげた。

夢とうつつを往《ゆ》き来《き》する途次、何度かポン太とすれ違った。死霊除《しりょうよけ》の札を剝がしにきたと、書状を持ってひょっこり現れたときの奴だった。「中になにが書かれてあるんだえ?」と定九郎は訊くのだ。しかしポン太は坊主頭を振り子のように揺らしながら笑って応えない。書状は誰が書いたのか。小野菊が吉次を振ることができなくなる仕掛けが、あの中にあったのか。

「アタシァてっきり、お兄《あに》いさん、よすだろうと思ったの。ちゃーんと阻んでくれると思ってたんですけどねィ」

「なんの話だ?」

夢の中で定九郎は問う。ポン太の蚊帳《かや》の衣が、生ぬるい風になびいている。

「この衣ァ涼しくっていいですよォ。アタシィ着物ァうまいこと調えることができるんです。一番合ったものォねェ。着物っていや、ねェ、お兄いさん、このお噺《はなし》知ってる?『鏡ヶ池操松影《かがみがいけみさおのまつかげ》』ってぇの。怖いんですよ、とっても」

定九郎の問いかけをかわし、ポン太は勝手に噺を諳《そら》んじはじめた。

永遠に続くかと思われた、長い長い噺だ。いくつもの存念が重なり合い、何年にもわたって祟《たた》りが繰り返されていく怪談だった。梗概《こうがい》を聞かされたところで筋も摑めないのは、ややこしい経緯《いきさつ》を夢の中で聞いているからだろう。

「はじまりはさ、お里の祟りなんですよ」

唯一このくだりだけは、靄の掛かった定九郎の頭にも留まった。

お里は、村の名主の家に嫁ぐ話がまとまっていた。願ってもない良縁なのだが母娘ふたりの暮らしは貧しく、まともな嫁入り支度ができない。ために名主がはからって、五十両という大金を用立て、お里に衣装を誂《あつら》えさせる。着物など見る目もない母娘である。運悪く古着商人に騙《だま》されて、いかものの着物を高値で買わされてしまう。祝言の日はあいにく雨だ。着物は安物であるから、湿って生地が弱くなる。お里が来客に酌をして回っていると、誰かがあやまって裾を踏んだ。いかものの着物はわけもなく千切れ、娘は大勢の前で古びた湯文字を晒《さら》してしまう。名主は、五十両も用意したのに母娘がろくな支度をしなかった、きっと安物を買って余った金を懐に入れたに違いないと怒り、縁談を破談にする。

「可哀想なお噺ですよ。若い娘が大勢さんの前で湯文字一枚なんざ。ハレの舞台が台無しだ。お師匠さんはあれで存外、辛《つら》いお噺を作るのが巧みでござんすからねェ」

そうしてポン太は最後に、定九郎を見据えてこう言ったのだ。

「お兄いさん、シンとしてますね。今までよりずっと静か。水底《みなそこ》みたいに静かだねェ」

ポン太に振り回され、昏睡《こんすい》し、膿を出す。その繰り返しも、日が経《た》つにつれ次第に薄まる。定九郎の身体は闇に取り込まれることなく、残酷なうつつに向かって明けていった。

目が覚めたとき、部屋には人の気配がなかった。格子窓からの光も消えている。夜更けらしいが、何刻か見当もつかない。

どこからか、かすかな話し声が聞こえる。高くなったり沈んだりしながらも、声は静まりかえった廊下を渡って、仕置き部屋の中まで忍び込んできた。

「なんだってこんな時期に、道中をやりたいと言い出したんだか」

太い息をついたのは遣手のようである。内証《ないしょう》のほうから聞こえてくるから、楼主と内談でもしているのだろう。

「もう小野菊の名は十分知れてますからね、今更八文字を描いたところでどうというわけでもないんですよ。お銭《あし》もかかりますでしょ、あの妓にとってもええ話とはいえないだろうに」

応える楼主の声は、低くて聞き取れない。定九郎は痛みの残る頭で話を嚙《か》み砕く。

小野菊が、道中をやりたいと言い出したのか。

まさか吉次の件と係り合いあるまいなと疑ったが、いかに奴でもそんな途方もない指図はしなかろうと思い直した。むしろ、よそで出す心づもりのある小野菊は、大っぴらに顔が知れてはまずいのだ。とすれば、単純に当人の希望か。道中をやるには大がかりな支度がいる。衣装も新たに誂えるため、金もかかる。支度金は美仙楼が負うにしても、いくらかは妓の前借金に上乗せされる。小野菊は、年季が明ける日が遠のく口実を、自ら作るようなものだ。

まったく奇っ怪な妓だ。一度も顔を見せない間夫に義理を通し、佐伯の誘いを袖にし、今度は道中か。

「ええ、ええ、わかってますよ。総籬を差し置いてうちみたような半籬が道中ってのは、あたしだってどうだろうと思いますよ。だけどまぁ、あの妓が言い張ってねぇ。たったひとつの望みだから叶えてくれろと、あたしに頭ぁ下げますのさ」

定九郎は慎重に上体を起こした。全身が絞られたようになる。息を止めて痛みが和らぐのを待ち、廊下のほうへいざって戸に耳を当てた。

「今まで道中のどの字も口にしたこたぁなかったんですがねぇ。なにしろサーさんをお迎えにお茶屋さんに行くんでも十分に人だかりができてますでしょう。あの妓にとっちゃ、物珍しくもなんともないはずなんですよ」

太い溜息が挟まった。

「でもね、考えようによっちゃ、このご時世にあえて本式の道中やるのもええとあたしは思ってもいるんです。このまま廓の風習が廃《すた》れっちまっても悲しいですもの。昨今じゃ洋装姿のお客もちらほらいますでしょう、書生さんもずいぶん増えた。吉原の稲本楼じゃ、ご時世に合わせて花魁に洋服着せてるってんですから。そうやって新しいものぉ取り入れるのは結構ですがね、昔の廓を知らない客が増えちまうのは、あたしにはちょいと寂しくもあってね。大学校の書生さんは道中なんぞ知らないでしょうから、案外、客寄せになるかしれませんよ。あの妓《こ》はそら、おつむりがええでしょう。なにか、考えるところがあるんですよ、きっと」

楼主の声はなお、手の中で碁石を揉むほどの音でしか伝わってこない。なんとか言葉を聞き取ろうと耳を板戸に押しつけて、定九郎は我に返る。「なにしてんだえ」という呟《つぶや》きが口をついて出た。どうせ辞めさせられる廓の内情を、今更気に掛けてどうする。遣手も小野菊も楼主も龍造も嘉吉も、もう係り合いのない人間じゃないか。

定九郎はのろのろと戸口から離れた。身体をねじった拍子に、火箸で刺されたような痛みが背中に走り、堪らず壁際に積んである古布団に突っ伏した。

と、突然その布団が、奇妙なしなり方をして沈み込んだのだ。

なにが起こったのかとうろたえ、転げるようにして身体を横に除《の》けた。痛みがおさまるのをジッと待ち、それから床にめり込んだ布団をそっと引き抜く。

なんのことはない、床に酒樽《さかだる》ほどの穴が空いていたのである。穴からは下の土台や地面まで窺《うかが》うことができた。

布団が沈み込んだとき音が立たなかったから、もともと空いていた穴なのだろう。修繕の手間を惜しみ、黴臭《かびくさ》い古布団を積んで隠していたのだ。広廊下や階段は黒光りするほど磨かされ、三和土《たたき》や下足箱の水拭きも欠かすなと定九郎に強《し》いてきた美仙楼も、一歩裏に回ればこのていたらくだ。定九郎は古布団をもとの位置に戻し、力なく寝床に横たわった。

「ええ、ええ。よその見世との兼ね合いでしょうね。うまいこと整ったら、それで。花魁にもさように言っておきますから。すみません、まことに」

遣手の声が跳ね上がり、続いて内証の襖《ふすま》の開く音が聞こえた。足音が廊下を渡ってくる。定九郎は目を瞑《つむ》る。仕置き部屋の戸が細く開く音がした。

「大丈夫そうだね。膿も止まったし、もうすぐ起きられるだろう」

遣手は柔らかく呟《つぶや》いてから、いきなり辺りに響き渡るほどの舌打ちをした。

「したって龍造の奴、何様だってんだ！」

乱暴に戸を閉め、床を踏み鳴らして遠ざかっていく。静寂が戻り、定九郎はうっすら目を開ける。真っ暗な穴蔵の中に、また、ひとりきりになった。

次に目を開いたとき、格子窓からは光が射し込んでいた。雀《すずめ》の鳴く声が聞こえる。廊下に慌ただしく行き交う足音がないから、まだ明けたばかりなのだろう。怪我《けが》をする以前と変わらぬはっきりした目覚め方で、試しに身体を起こしてみると、眩暈《めまい》はあったが痛みはずいぶん和らいでいた。

額に手をやる。晒はすでに取り去られており、傷は乾いて固まって、死んだ甲虫が一匹、へばりついているばかりになった。身体をずらすと布団には、人型の寝汗が描かれている。床まで染みているかもしれない。このまま延々寝ていたら、いずれ木が腐って床が抜けるだろうと定九郎は思い、ふと古布団の積んである場所に目を遣《や》った。あの穴も、かつて誰かが長く座らされて空いたものだとしたら――寒気を覚え、目を背ける。慣れ親しんだ穴蔵が、じっとりした恐ろしさを帯びた。

忍んだ足音が、廊下を伝ってくる。仕置き部屋の前でそれは止まり、ほどなくして戸が開いた。隙間から覗いたのは意外にもあばた面で、

「気が付いたんですか！　兄ぃ」

嘉吉は鼻に掛かった声で言い、親しげにすり寄ってきた。

「よかったぁ。ずーっとうなされっぱなしでさぁ。ずいぶん心配しましたよ。もう十日ですよぉ。十日も寝たきりだったんだから」

定九郎は嘉吉の変化を不審に思う。近頃は冷笑をもってしか接してこなかった男だ。一度、立番の席についてからは、あからさまに見下した態度をとっていたのだ。

「あっしぁ兄ぃが殴られてっとき、死んじまったんじゃないかって案じましたよ。龍造

さん、まったく加減しないいんだもの」

「あいつぁ加減したんだろ。加減して、殺《や》る一歩手前で引いたんじゃねぇか」

そういえば、あのとき止めに入ったのは嘉吉だった。奴は妙なことをわめいていた。自分が頼んで登楼《あげ》た、兄ぃはなんにも悪くない——。争いを止めるために用いた方便であるならば、踏み込みすぎている。嘉吉が咎《とが》を引き受けかねないやり方だった。奴は、そこまで情に篤《あつ》い男ではない。定九郎は用心深く口をつぐみ、嘉吉の次の言葉を待つ。

「でもね、兄ぃ。あっしがうまく取りなしましたよ。兄ぃが罪科《つみとが》ぉかぶんないようにさ。御内証も龍造さんも、兄ぃを責めたのはお門違いだったって、わかってくれましたよ」

口元は綻んでいたが、目は獲物を狙う赤犬に似た卑しい光を放っている。

「あっしが表を掃いてるとき、例の白鼠《しろねずみ》から、小野菊花魁に会わせてくれ、って拝み倒されたことにしちまったんだ。そいつを兄ぃに言って、登楼てもらったと、こういう流れで説いたんですよ。ね。あっしだったら見立てが緩いのも許される。お小言は食らいましたがね、素性を見抜けなかった兄ぃと罪は折半になりました。だから兄ぃ、ここぉ辞めなくってもええんですよ」

そうだとしても、見世の前であれほど滅茶苦茶に殴られて、もとのように台に座るわけにはいかない。定九郎がそう返そうとする呼吸を見計らって、嘉吉は歯を剝《む》き出した。

「とはいえ格下げは避けられませんでしたけどね。あっしと役ぉ代わるんですってさ」

なるほど、そいつを自慢したくて寄ったのか。歯の隙間から笑いが漏れた。いつまで経《た》っても同じことの繰り返しだ。

「もうそういうことはいいさ。もう、いいんだ」

「よかぁないですよ」

嘉吉は定九郎に顔を近づけ、声を潜《ひそ》める。

「あっしら龍造にやり込められる筋合いはねぇんですよ。あんな奴、えばってってけど出自ぃ知ってます？　この遊廓《ゆうかく》ん中ですよ。まだ官許にもなってねぇ根津でさ、女郎が孕《はら》んだ子ですってよ。けどおっ母が死んじまってあちこち盥《たらい》回《まわ》しにされてさ、十二んとき御内証が引き取ったんですって。親代わりなんですよ、それでよくしてもらってんだ。あいつはここよりほか生きる場所がないかもしれねぇが、あっしらぁ別段、ここに縛られる謂《いわ》れもねぇ。それをさ、自分と同じ働きをしろとばかりにどやしつけてさ、鬱陶《うっとう》しいったらないですよ」

龍造の出自も意外だったが、嘉吉がここまでの屈託を龍造に抱いていたことが、より定九郎を驚かせた。龍造の前では、ひたすら萎縮し、媚《こ》びへつらい、従ってきた男なのだ。

窓から射し込む朝陽が強さを増す。光の目映《まばゆ》さが暑苦しく感じられ、定九郎は襟元をくつろげた。

「ね。兄ぃ。乗りかかった船じゃあないですか。一緒に龍造に目に物見せてやりましょうよ。おまえの力なんぞいかほどのものでもねぇと、わからしてやりましょうよ。兄ぃだって今回のことに係り合ったからにゃあ、そのくれぇの腹づもりはあったんでしょう？」

定九郎は違和を感じていた。龍造をやり込める——取っ払いたい壁はそんなことではなかった。生簀《いけす》を出たかったのだ。更地からやり直したかった。だが手立てがまるで見当たらない。今いる場所を裏切りさえすれば、次に行けると信じ込んでいた。嘉吉のような明確な怨嗟《えんさ》ではない。

……いや違う。見逃しかけた不可解が暗闇の奥に灯《とも》った。たった今、感じた違和は別のものだ。

「なぁ嘉吉。『今回のこと』ってのはなんだえ？　わっちの『腹づもり』ってぇのはなんのことだえ？」

嘉吉はうなじを叩き、「またぁ。今更しらばっくれねぇでくだせぇよ」とおどけた。

「吉次さんぉ登楼《あげ》たのぁそぉゆうことでしょう？　龍造さえ来なければうまくいったのに惜しいことぉしましたぜ。小野菊もまんざらでもなかったようなんですがねぇ。龍造の奴、虫が知らせたのかねぇ」

「……おまえ、なぜ吉次の名を知っている」

口吻《こうふん》で返した。

嘉吉は、定九郎が目を剝く様を存分に愉《たの》しんでから、知ってますよぉ、と間延びした

「吉次さんも新三さんも。そら、籬ぃ覗いてて兄ぃが登楼ようとしてさ、龍造に止められたでしょう。その頃からのよしみでさぁ。あの一件があったあとにね、横丁でばったり会って、あっしから声ぇ掛けたんですよ」

——こいつか。

額の傷が、錐《きり》で揉まれたように痛み出す。

——見世の内情を吉次に流していたのは、嘉吉だったのか。

「一緒にやり遂げましょうよ。ね、兄ぃ」

猫なで声で迫る嘉吉のこめかみが、蛇が這うように波打っている。

十一

定九郎が仕置き部屋から引き出されたのは、床に臥《ふ》して十五日ののちである。

最初に連れて行かれたのは内証《ないしょう》だ。楼主《ろうしゅ》が詰めるこの八畳間に入るのは、口入屋《くちいれや》と

共に美仙楼を訪れたとき以来だった。上座に楼主、左奥に龍造が座している。龍造を見ても、定九郎の気持ちはもう波立たない。楼主は龍造の親代わりだという、嘉吉が語った話が頭の隅をよぎっただけだ。

「本来なら放り出すとこだ。あんたのしくじりは、これ一度きりじゃあないんだからね」

楼主は、定九郎の後ろの壁を見ながら言う。

「しかも今度の件じゃあ、あんたのおかげで看板に傷がついちまった。その分は働いて返してもらわないとしょうがないよ。ええかい、あんたをここに置くのは温情じゃあない。賠償してもらうためだ」

いつまで働けばその「賠償」とやらが済むのか。疑問こそ浮かんだが、それもすぐに消えた。拘泥《こうでい》するほどのことでもないのだ。どのみち、生簀《いけす》から出るという手に入れかけた望みは、指の隙間からこぼれ落ちた。

楼主のあとを、龍造が引き取る。

「とはいえもう、妓夫台《ぎゆうだい》に座らせることはできねぇ。わかってんな」

すでに、嘉吉から聞いていたことである。ただ違ったのは、立番《たちばん》に上がる嘉吉と単純に役を替わるわけではなく、床番《とこばん》という仲《なか》どんより一段下の仕事を与えられたことだった。花魁《おいらん》の床の上げ下げから部屋の掃除をするのは仲どんと変わらぬが、これまで男衆《おとこし》が交代にこなしていた風呂磨きや厠《かわや》の掃除まで負わされることになる。代わりに、嘉吉が行っていた客の荷を預かる役からは外された。送り込みに立ち会うのはしばらくの間、帳場の男衆のひとりが兼ねることになる。定九郎に否やはない。否やを唱えたところで許されないことはわかっている。

その日から定九郎は、床番をこなすことになった。客を送り出す朝方から夜中二時の大引けまで休みなく働かされ、見世《みせ》が終わると、風呂脇にある板間で仮眠をとる。それもたいてい、明け前には起こされた。朝一番に見世に入る嘉吉が板間に寄るからだ。奴は、花魁たちがまだ起きてこないわずかな時を狙って、定九郎に小野菊を抜けさせる算段を持ちかけるのだった。

吉次がまだ、小野菊を諦めていないのだ。

むしろ前より躍起になって、嘉吉をせっついている。すでに吉原の見世と取引を済ませていることも理由であろうし、同じ妓夫として龍造に顔を潰されたままでは済まされないという執念もあろう。初手から吉次を手引きしていた嘉吉は責を負わされる形となり、奴はその責を熱心に定九郎へなすりつける。

「もとは兄ぃのしくじりなんですから、頼みまさぁね」

心細そうな顔を作ってすり寄りながらも、嘉吉がどこか愉《たの》しげなのは、定九郎を矢面に立たせ、自分は密《ひそ》かな共謀者に徹して成り行きを見守ろうと考えているからだろう。

奴の腹にはおそらく、さんざん叩《たた》きのめされた定九郎をさらにいたぶるという愉楽があり、目の上のたんこぶである龍造にひと泡吹かせるという希望があり、泥中の蓮《はちす》を気取って澄ましている小野菊の転落を見たいという興味がある。

道中でしくじらせろ、というのが吉次の指図らしかった。

二度と根津では出せないほどの恥をかかす。そいつを磨き直して吉原で出す。客が変われば気付かれることもない。たとえ見つける輩《やから》がいても、他人の空似でごまかすさ。

小野菊の道中はすでに、行われることが決まっていた。大見世の不興を買うこともなく、それどころか他の楼主たちは、廓《くるわ》に昔ながらの気風を取り戻すいい契機だと美仙楼の機転を称《たた》えた。もっとも、総籬《そうまがき》が道中の順番を異存なく中見世の美仙楼に譲ったのは、一遍小野菊で様子を見て、客の反応がよければ中見世なぞには真似《まね》できない豪勢な支度をさせて自分の見世の花魁を歩かせればよい、と計算が働いたからに違いなかった。

以来美仙楼は道中一色、妙に浮き足立っている。楼主は再々遣手《やりて》を呼び「贅沢《ぜいたく》な支度をさせろ。金は惜しまないから」としつこく唱えた。妓《おんな》たちは、明治になってからの根津で初めての大がかりな舞台を前に気もそぞろで、客を取るのにも身が入らず、昼見世の終わったあとなど、遣手の小言が聞かれることも珍しくなくなった。ただし誰もが、

小野菊を羨み妬むよりむしろ、すでにお職《しょく》を張っている妓の、天井知らずの功名心を哀れんでいた。

江戸の吉原みたように廓が華やかな頃ならまだしも、このご時世に花魁が姿ぉ晒《さら》したってどうなるものでもあるまいよ、薄みっともない、こっちは見世ぇ張るのも嫌なのにさ。

「どうします、兄ぃ。早《はえ》ぇとこ策を練らねぇと。道中まであとふた月しかねぇんだ」

板間に転がったまま起きあがろうともしない定九郎に、嘉吉は言い募る。

「ねぇ兄ぃ。しくじったら今度こそ、あっしら首が飛びますぜ」

嘉吉が引き笑いをした。仕損じたら吉次には定九郎を差し出せばいい、そういう腹づもりなのだろう。

「しかし九月も末に道中だなんてねぇ。吉原《よしわら》俄《にわか》だって八朔《はっさく》にやるのにさ。人が集まるのは夏ですよ。ところが根津《ここ》じゃ、大学校の書生さんに見ていただくために、学校が休みンなる夏の間はやらねぇってんだから。故郷《くに》に帰る書生も多いから秋まで待って、道中やらせていただくんですってさ」

定九郎は寝返りを打って嘉吉に背を向け、小さく言った。

「道中でのしくじりなら、転ばすんでも、道端から石ぃ投げさせるんでも、なんでもええだろう」

嘉吉が大仰に息をつく音が聞こえる。

「甘いですよ。根津にいられなくなるほどの恥ですぜ。考えてくださいよぉ、ちゃんと」

　背中に鈍い痛みが走った。嘉吉が、なにか尖《とが》ったもので突いているのだ。刺激は少しずつ場所を変えて繰り返され、定九郎の神経をなぶった。

「兄ぃのお役ですよ、案を出すのは。兄ぃのせいでこうなったんだから」

　カランと床が鳴った。嘉吉が鼻で笑って出ていってから音のしたほうに目を遣《や》ると、使い古した竹串が一本、板間に転がっていた。


　いつにも増して蒸す夏だ。濡《ぬ》れそぼった人間をひとり、四六時中背負っているような気怠《けだる》さがあった。

　盂蘭盆会《うらぼんえ》の迎え火が、見世の土間でちろちろと揺らいでいる。

　昼見世がはじまる前、階段に雑巾を滑らせながら、定九郎は立ち上る余煙の行方を追っていた。煙は軒にぶつかると、空に上っていくものと、楼内の天井を伝って二階へと忍び入るものとに分かれていく。

　――どっちに行ったって同じだ。浮世とは縁が切れている。

　そう思って煙を眺めていると、「番頭さん」と妓の声に呼ばれた。小野菊についている新造《しんぞ》が、踊り場に立っている。

「花魁が、お呼びです。お部屋までおいでくださいましよ」

朝の送り出しを済ませた花魁たちは、あられもない姿で寝ているか、妓同士集まって噂話に興じて暇を潰す。だが小野菊だけはたいていひとり部屋にいて、書物を読むか、文机《ふづくえ》に向かってなにか書き物をしていた。新造や禿《かむろ》の面倒も、菓子を分けたり縫い物を教えてやったりと、こまめに見ている。部屋は掃除の必要がないほど片付いており、客の帰ったすぐあとでさえ、敷布に皺《しわ》ひとつ見当たらない。まるで、床に入らず一晩中話でもしていたように整っているのが常だった。

小野菊は、窓を開け放った部屋に端然と座して、定九郎を迎えた。

「天気もええだろ。虫干ししようと思うんだが、あんた、手伝っておくれ」

藤色の地に一筋白い線の入った麻の薄物を着て、化粧もほとんどしていない。そのくせ見世に出るときより数段、艶《なま》めかしい。定九郎は妓から目を逸《そ》らし、

「したら階下《した》の男衆も呼びましょう」

応えたが、小野菊はかぶりを振った。

「あんたひとりで十分だ。この部屋の窓辺でやりゃあええんだから」

衣装の虫干しは楼主の住まう見世の奥まで運び、裏庭に干すのが習いである。狭い部屋の中で広げられる着物はたかが知れている。定九郎が返事をしあぐねていると小野菊は形の良い口元を綻ばせ、部屋の隅に置かれた木箱を指し示した。

「干すのはあれだもの。大袈裟《おおげさ》なことじゃあないんだよ」

妓に命じられ、定九郎は窓辺まで木箱を運ぶ。さほど持ち重りのするものではなかったが、蓋を開くと、中には漢書から蘭学書《らんがくしょ》まで数十冊の書物が詰まっていた。

「……こんなに。どうしたんです？」

「わちきの情人《いろ》がさ、こつこつ外で買い集めてくれましたのさ」

小野菊は木箱から書物を取り出し、畳に敷いた薄紙の上に並べはじめた。定九郎もやむなく、横について作業を真似る。妓からは、いつも焚《た》きしめている香が漂ってきていた。化粧を落としていても栗《くり》の花は匂わない。広々とした部屋には禿も新造もおらずふたりきりで、よその部屋の妓たちも寝入っているのか、聞こえるのは紙を繰《く》る音だけだ。

定九郎は、書物に目を落としたまま、さりげなく訊《き》いた。

「でも、花魁のええ方ってのは、こちらにはまだ見えてませんでしょう？」

妓は「どうだかね」と呟《つぶや》いて、喉で鈴を転がした。相変わらず、自分だけ高いところにあるような妓の余裕だった。小野菊は、定九郎の額の傷にも一切触れない。他の妓たちが容赦なく傷をからかう中で、吉次が登楼《あが》った先でもあるこの妓は、傷が目に入らぬような顔で通している。それが定九郎には不可解であり、不快であった。

「わっちゃ、若竹にいるってぇええ方に、花魁の書簡を運んだこともあるんですよ」

妓は表情も変えず、開いた本の埃《ほこり》を払う。

「あのときぁなぜ、わっちを指名なすったんです？」

「あんたに噺《はなし》ぃ聴かせたいって、あの人がね」

定九郎は手を止めた。

「……なんで、わっちのことを知ってるんで？」

「情人って言ってっけど、惚《ほ》れたはれたの仲じゃないんだ。言ってみりゃ、おとっつぁんみたようなものさ。わちきが浅草裏門代地にいた子供時分、世話ぁ焼いてくれた方でね」

小野菊は、問いかけをするりとかわしてしまう。どこか、ポン太の話の運びを思わせた。

「ここへ来るときの衣装ぉ仕立ててくれたのも、その情人でさ」

確か小野菊は、墨染の衣をまとって美仙楼に入ったのだ。遣手がそう言っていた。これだけの玉であるから楼主もこらえたのだろうが、そんな大胆なことをすれば、普通なら金を返させたうえで廓から放り出されるだろう。

「己の力ではどうにもできないときがある、って言ったんだよ、あの人が。どんなに力ぁ振り絞っても、うまくないときもある。そういうときはね、修行だと思って耐えてみるのがいいってさ」

「それで、尼僧《にそう》の格好を？」

「おや。ご存知かえ」

妓はまた、鈴を転がした。

「耐えるだけじゃあなく、受け入れちまやぁ、こっちの勝ちだって言ってたさ」

「ずいぶん、たやすく言いますね」

皮肉を込めて返した。小野菊は、新たな書物を手にとって、広げる。

「そうだねぇ。確かにたやすくはないかもしれないねぇ。わちきも、前借金を返すまで意地でも働いてやると覚悟を決めてここへ来たけど、嫌気が差すことぁあったかもしれないね。でもね、ここで学んだこともありましたよ、ずいぶんたくさんね」

地獄の一丁目で、まだ小野菊は笑っているのだ。

「あの人はね、死ぬときが来たら墨染の衣を仕立てるって言ってましたよ。それがあの人にとっちゃ、たったひとつのどうにもできないことだから、ってさ」

そんな薄気味悪いことを言い交わしている男と女というのは、ぜんたいどういう関わりなのか。眉をひそめた定九郎を気にするふうもなく、小野菊は、唐突に話を変えた。

「わちきが道中をするのは知ってるね？」

定九郎は頷《うなず》くよりない。

「衣装なんだが、紙衣《かみこ》ってのはどうかと思ってさ」

「紙の……着物ですか」

「ああ。仏僧が着たのがはじめだっていうから、面白いんじゃあないかと思って。元禄《げんろく》の昔は吉原でも流行《はや》ったたって聞くし、今やれば存外新しく映るかもしれないよ」

ポン太が先だって夢の中で語った噺が浮かんだ。いかものの着物が破けて、縁談が壊れる娘の話だ。

「紙が風に揺れて、ええ音を立てる様は風雅だろう」

ひとり悦に入った様子で、妓は細い首を起こす。

「……花魁は、なぜ道中をやる気になりなさったんで？」

「さすがにもう、わちきの前借金も終わる頃だ。年季《ねん》が明ける前に、ひとつっくらい贅沢したいと思ってね」

「道中やれば金が嵩《かさ》みますぜ」

「そぉだねぇ」

小野菊は、窓の外へと目を移した。

「でもまあ、ひとりでもふたりでもええから根津の連中に、わちきがここにいたことを覚えていて欲しいと思いますのさ」

まるで、自分が近く吉原に売り払われるかもしれぬことを察しているような言い条だった。定九郎は改めて、妓の横顔を見詰めた。砥粉色《とのこいろ》のきめ細かい肌や一筋の乱れもない髪が、いつになく作り物じみて見えた。

「あんた、『自由』ってぇ新語をどう思うえ」

妓はまた、脈絡もなく話題を変える。定九郎は、問いかけに応えない。生簀から出ることが自由だとすれば、自分はきっと、何度となくそいつを摑《つか》み損なって死んでいくのだろう。脱ぎ捨てたはずの過去に縛られて、誰かが不自由になっていく様を心に願い、励みにしながら、己が消えてなくなるまでの時を、息を潜《ひそ》めてやり過ごすのだ。嘉吉や吉次や芳里と同じように。

「わちきら花魁にとっちゃ、『自由』ってのは路頭に迷うのと同じことさ。生きる場を無くすってことだ。でもね、花魁が籠の中の鳥なのは、廓に閉じ込められてっからじゃあないんだよ。外の世界を信じてないからさ。身の回りにいるほんの一握りの人間しか見ようとしないからさ。それじゃあ籠から放たれたところで、自由にはならない」

根津遊廓《ゆうかく》という作り物の町しか知らぬ妓がいっぱしなことを語る様を、定九郎は鼻白む思いで眺めていた。表では汽車が走り、内務省だの司法省だのが発足し、人々には自由が与えられた。いずれも、この谷底とは無縁のものだ。

籠から放たれたところで自由になれないのは、なにも外の世界を信じていないからではない。ここにいる誰もが、新しくなった世の中に必要とされていないからだ。

小野菊が道中でしくじる様を見てみたいと、定九郎はこのときはっきり思った。この妓が無様を晒し、楼主や龍造が慌てふためく。普段、微動だにしないものがみっともなく揺れて崩れる。それは夢のような光景で、のちにはきっと、泥水の中では誰もが泥にまみれてあるべきだという確信と安らぎが訪れるのだ。

「わっちは潜《もぐ》っていられりゃあええんです。外の音が聞こえないほど深くに潜って、すべてが過ぎていきゃあそれでええんだ」

ほとんど口の中で呟いたので、小野菊に届いたかはわからない。妓は、聞き返すことをしなかった。また、紙を繰る音だけが響く。蚊帳《かや》のこすれる音に、それは似ている。


このところ遣手は四六時中、内証に入り浸っている。

紙衣で道中をやりたいと言い出した小野菊を、どうやってなだめすかして考えを改めさせればよいものか、楼主と膝突き合わせて話しているのだ。

紙衣は、主に十文字漉《じゅうもんじす》きといって縦横に繊維を流して作った紙を貼り合わせた反物である。四十八枚を継ぎ合わせて一反とし、丈夫さを出すため、表面に蒟蒻糊《こんにゃくのり》や寒天を引く。手で揉《も》んで紙の性《しょう》を抜き、柔らかくするので布とさして代わらぬ着心地で、しかも温かい。冬の間の厚着を野暮だと厭《いと》う芸者衆や、役者も好んで用いるという。ただし「紙衣浪人」などという言葉もあるほどで、暮らしに窮した下々が着るものだという印象が強く、絹物を誂《あつら》えるべき道中をわざわざそんな安物で歩かせては、美仙楼が笑いものになると、遣手は恐れているのである。

だが小野菊は、案ずる遣手と楼主を、筋道立った理屈をこさえて抑え込んだ。

「御瓦解からもう十年ですよ。いつまでも自分の目方より重い着物ぁ引きずって歩く時代じゃございせんよ。とびっきりの職人に作らせた紙衣を着りゃあ、新しさのほうが目を引きますのさ。あとに控える総籬にも義理が立つってもんですよ」

つまり妓は、自分の道中がうまくいけば必ずあとに続くだろう大見世に、真っ向から対抗するようなことをしても仕方がないというのである。羽振りのいい見世が、美仙楼より遥《はる》かに贅を尽くした道中で見せ場を作るのは目に見えている。同じ絹物で勝負して、後追いの見世に負けて霞《かす》むくらいなら、他の見世がためらう斬新なことを最初にやってのけ、周りをアッと言わせるのが利口だ――妓の論には無駄がなく、理にも適《かな》っていた。楼主はほどなく小野菊の意見に転び、習いにこだわる遣手も終《しま》いには従った。

三つ重ねの裲襠《うちかけ》と小袖を紙衣で作り、帯と襦袢《じゅばん》は絹物でいくことが決まった。遣手が紙衣職人を呼んで仕様の打ち合わせに入ったところで、定九郎は、しつこく策を迫る嘉吉に、ひとつの案を呟いたのだ。

道中のさなか、紙衣の裾を千切ればいい。道中着が破れるなど聞いたこともない。自らしゃしゃり出て舞台に立った挙げ句、そこまでの失態を晒せば、小野菊は一遍で霞む。単純に、夢で聞いたポン太の噺をなぞっただけの安易な策に、嘉吉は渋い顔を作った。

「うまくいくはずぁないですよ。誰が小野菊の着物ぁ踏むっていうんです。裾引きずって歩くわけでもあるめぇし。昔の書物にもあるでしょう、『長き裳裾《もすそ》をかいどり　八文字に踏で行く後姿《うしろかげ》』ってさ。だいたい、一丁足らずの中でそんな大がかりなことができますかえ」

「別段、裾を踏むこともあるめぇ。紙衣に錘《おもり》をつけりゃあええのさ」

半ば思いつきで応えた。紙衣がなびかぬための錘だ。道中では二布《ふたの》に鉛をつけて下帯が覗かぬようにする風習があるから、不自然ではない。紙であれば重みで破けることもあろうし、どうせ引足もまともに仕込まれていない妓の初舞台だ、あまたの錘に足を取られて乱れるのは目に見えている。

「確かにうまくいきゃあ見物《みもの》かもしれねぇが……」

嘉吉の顔がにわかに明るくなった。

「けど、あらかじめ生地にも細工しておかねぇと無理ですよ、錘だけじゃあさ。それにしてもとんでもねぇ思いつきだ。道中で着物を切っちまうなんて。危ねぇ橋だな。しくじったら兄ぃのせいですからね。兄ぃの考えた策だもの」

「ああ。そうだな」

「そうだ。着付けはおばさんが手伝うでしょ。前もって錘のこと、言っておかねぇと」

「わっちから言って、承知してもらうさ」

嘉吉は上目遣いに「おばさんのこと、兄ぃに任せてええんですか」と訊いてきた。遠慮ではなく、定九郎が土壇場で裏切るのを危惧している顔だった。

「もちろんだ」

そう返すと、「頼りになるな。さすが兄ぃだ。汚れ役はすべて任せましたぜ」と奴は定九郎の肩を拳で叩いた。

紙衣に錘をつけることを、遣手はあっさり承知した。

花魁が外八文字を描くたびに緋色《ひいろ》の襦袢が覗くのは粋だから、なにもそう用心することはないけれど、と遣手は前置きし、それでも重い絹とは違う、紙だからね、大っぴらにはためいちゃ台無しだ、用心に越したことはないね、と気もそぞろといった様子で返した。道中には遣手も加わる。なにを着るか、自分の支度にも忙しいのだ。

「錘は支度しておくよ」

遣手は軽やかに言って、慌ただしく内証に入っていった。

大引けが過ぎ、定九郎は二階から階下に下りた。表の戸締まりを確かめ、厨《くりや》で冷や飯をかき込み、裏路地に出て木箱に座って油差しに油を満たす。頃合いを見て花魁たちの部屋を回り、行灯《あんどん》に注ぐためだった。重みを増した油差しを手に立ち上がったとき、開け放した勝手口から漏れた光の中に、長い人影が描かれているのが見えた。

妓たちはとうに閨《ねや》に潜った頃である。男衆たちもすでに引けている。そっと覗くと、蚊帳の衣が風に揺れていた。坊主頭がこちらを向いた。

「お兄《あに》いさん、こないだ、お噺の途中で眠っちまうんだもの。まったく張り合いがないんですからねィ」

ポン太は物珍しげに厨の中を見回しながら言う。吉次が登楼《あが》った日以来だ。あの後、定九郎は龍造に殴られ、仕置き部屋に放り込まれた。小野菊をいっとき隠しておくための本所南二葉町の根城を見に行くという約束も反故《ほご》になった。ずいぶん昔のことに思える。妓を隠すことも、それと引き替えに吉次からうまく金をせしめるという計も、夢から覚めた定九郎にはどうでもいいことだった。

「せっかくいいとこだったのにさ、これからってとこなのに、スーッと寝ちゃってさ」

定九郎は黙している。おおかた、初めて若竹に行ったとき、怪談噺がはじまるまで眠りに誘われたことを今頃持ち出したのだろうと、ポン太の脈絡のなさにうんざりしていた。

「あれ、お兄いさん。忘れっちまったの？　つい、こないだのことなのにィ。そら、『鏡ヶ池操松影』。お里の着物が千切れて、そっから祟《たた》りがはじまるお噺、したでしょう？」

定九郎は手にした油差しを、厨の台に落とした。注ぎ口から、ドロリと油が滴り落ちる。ポン太は、頭を揺らして笑っている。

「まさか、おまえ、仕置き部屋に……？」

あとの言葉が続かない。あれは、夢ではなかったのか。ポン太の噺を聞いたことは。

「あ。揺らいだね。今、この部屋ん中が。お兄いさんの胸の内が波を立てたんですよォ。まだ、揺らぐんですねェ」

定九郎は音を立てて唾を飲んだ。

吉次に見世の内情を送っていたのは嘉吉だ。ポン太が、小野菊を足抜きさせる一件に絡んでいるのか、吉次とは関わりがあるのか、それも今となってははっきり知れない。揺るがぬ事実は、奴が執拗《しつよう》に定九郎につきまとうということだけだ。

「おまえ、なんのためにそうやって……なんの狙いがあって」

ポン太はゆるりと首を傾《かし》げる。

「ねぇ、お兄いさん。どんなにシンとしたとこでもね、動いてるものは必ずあるんですよ。海だの川だのでもさ、水底《みなそこ》に積もってる砂粒は一時《いっとき》たりとも休まないの」

奴の顔は笑っているようでも、泣いているようでもあった。燭台《しょくだい》の火が風に揺れて、ポン太の影を壁一杯に広げる。

「何万粒って砂がねェ、こうしている間も水の流れに乗って、静かに静かーに動いていってるんだねェ。岸からは見えないですけど、そうやって海岸や河岸を削っていくんだねェ。水面《みなも》はさ、いっつもきれいだけどなんにも残さず移り変わっちまうでしょう。でも水底で砂粒はねェ、しっかり跡を刻んでるんだねェ」

定九郎の中に、なにかが浮かびかけた。それは父の姿であり、山公の顔であった気がする。けれどいずれも形を成す前に、身の内に広がる闇に溶けた。たぶんもう二度と陽の光は届かぬだろう、ずっと奥へと仕舞われた。閂《かんぬき》のおろされた音がする。

「アタシァね、砂粒が動くのを水底で見たことあるんですから。ほんとですよ。こう見えても素潜りの名人なの。長ァい時ォ潜ってられるの」

見据えられて定九郎は、一歩退がる。不意にポン太は耳をひくつかせ、からりと声の調子を変えた。

「こないだのお噺の続き、今度、若竹でお師匠さんがやりますから、お兄《あに》いさん、来てちょうだい。道中の夜ですからさ。アタシが話すより本物をね。なんたって当代一の噺家なんですから。ね、聴きにきてよ」

言うだけ言うと、ひょいと片手をあげて勝手口から裏路地に消えた。ポン太が現れたとき定九郎は裏路地にいたから、奴はどこから厨に入ったのだろうと怪しんだ。けれどそれも束《つか》の間《ま》で、得体の知れない静けさに取り込まれると、定九郎の思考や懐疑は音もなく奪われてしまうのだった。

職人が仕立てた道中の衣装は、八月も半ば過ぎに見世に届いた。

意外にも紙衣は、柄もなにもない白綸子《しろりんず》だった。裲襠も小袖も冴え冴《さざ》えとした白で、定九郎は一目見るなり、いつぞや、間夫《まぶ》のもとへ届けた書簡を包んでいた、真っ白な懐紙《かいし》を思い出した。

「ええねぇ。あたしが思ってたよりずっと立派だ。紙衣もやりようじゃこれほどの品が出るんだねぇ」

遣手はひとしきり感心し、傍らの定九郎に、衣装を衣桁《いこう》に掛けるよう言いつける。

「白は地味だとええ顔をなさらなかったが、どうです、絹みたような光沢もあってきれいでしょう」

小野菊が、応える。

「なんだか、花嫁衣装みたようだねぇ。緋色の襦袢が映えるよ、これは。吉原の八朔じゃ、花魁たちが白無垢《しろむく》に身を包むらしいが、この方がずっと見事だ」

遣手は得々として、何度も頷いた。定九郎は衣装を衣桁に掛けつつ、そっと手触りを確かめる。小袖は、袖口、裾、襟にのみ生地を重ねた比翼仕立で思いのほか薄い。紙とは思えぬほど柔らかく、絹物と比べても見劣りせぬ滑らかな気品があった。甘さの微塵《みじん》も混じらぬ、後先ない潔い白さは、小野菊の凜《りん》とした雰囲気とよく似ていた。

「存外、薄いだろ？　普通のものより薄く漉いてもらって、糊引きもしなかったんだ。丈夫さにゃあ欠けるが衣がこわばると野暮になるからさ」

小野菊に言われ、定九郎は恐る恐る顔を上げる。妓になにごとかを見抜かれたような気がしたのだが、小野菊は満足げに紙衣を眺めているだけだ。定九郎は、安堵《あんど》か落胆かわからぬ気持ちを持て余し、衣桁から離れた。

紙衣に細工をしたのは、嘉吉だ。

道中の前日、まだ龍造も来ない朝のうちである。小野菊が湯を使っている間に部屋へ忍び込んで、小袖の腰下を表からはわからぬように薄く削《そ》いだ。

「ずいぶん軽くて柔らかいんですねぇ。飛沫《しぶき》のひとつもかけたら、溶けちまいそうだ」

嘆じつつ慎重に細工を済ますと、嘉吉は大きく息をついた。

「しかしうまくいくのかねぇ、子供騙《だま》しの策ですぜ」

皮肉に笑って、定九郎を小突く。定九郎は紙衣に目を据えたまま返した。

「うまくいくかいかねぇか、どっちに転ぶも時の運だ。わっちの知ったことじゃねぇ」

嘉吉の顔から、意地の悪い笑みが消える。代わりに弱気な薄笑いがよぎった。

「なに言ってんです。策ぉ考えたなぁ、兄ぃですぜ」

「考えるにゃあ考えたが、どうなるかまでは知らねぇってことさ。額に大袈裟な傷ぅこさえたわっちが、道中に加われるわけでもねぇからな。あとはおめぇが首尾良くやっつくんな。おめぇの責でよ」

嘉吉は色を失う。

道中には見世の男衆四人、禿二人、遣手、新造が従うことになっている。おそらく花魁の前で提灯《ちょうちん》を持つ役は龍造が務めるだろう。妓に肩を貸して先導するのは普段帳場を預かる男衆、嘉吉は後ろでさしかけ傘を持つ役である。吉次は必ず、どこからか道中を見守る。小野菊の真後ろに控えている嘉吉にすべてが託されることになる。着物がうまく破けなかった場合、裾にしがみついてでも計の通りに運ばなければ、吉次は許さないだろう。

「……ここまで来て、あっしに押しつけて逃げんのか、え、兄ぃ」

「別に逃げちゃいねぇよ。最後までやるこたぁやると言ってんだ。ただ、わっちは道中には加われねぇというだけよ」

「しくじったら兄ぃのせいだと吉次さんには言うぜ」

「言やぁいいさ。どのみち、一遍しくじってんだ。なにされても怖かぁねぇ。もっともわっちゃ、見世から出られねぇ身だからさ、吉次との談じ合いは今まで通りおめぇに任すよりねぇんだが」

嘉吉の総身が震えはじめた。その口から「汚ねぇぞ」と低いうめきが吐き出される。

定九郎は、小野菊の道中を美仙楼の前で出迎える役に就く。数人の男衆と一緒だ。ただ、終いまで見ずに根津から去ろうとも考えていた。見世の者が出払って留守になるこの日は、どさくさにまぎれて姿を消すには好機だ。

「うまくいくといいな」

定九郎は、嘉吉に言った。

「うまくいって、おめぇの命が繋がるといいな」

道中の日は、朝から雲行きがおかしく、花魁が出る夕刻まで空がもつか、誰もがその話しかしなかった。仲秋も終わりに近いのに空気はまだどっぷり湿って、時折生ぬるい風が吹き抜ける。そのたび暗い裏路地に、砂塵《さじん》が舞った。乾いた砂埃と違い、湿った砂の動きは鈍く、けれど奇妙な安定がある。ポン太が語った水底でうごめく砂は、こんな様子なのだろうかと定九郎は思う。

西南の役が西郷軍の敗北に終わったことを、数日前に定九郎は聞いていた。「賊」の死者は全部で六千にも及んだといわれている。

勝負を決したのは九月の半ば、鹿児島の城山《しろやま》に戻った西郷たちを征討軍が取り囲み、一斉砲撃したことだった。このとき負傷した西郷は戦を諦め、自刃して果てたのだ。彼が最後に口にしたのは、

「もうここらでよか」

というひとことだったという。そうつぶやいた西郷の目には、いったいなにが映っていたのか。いくら考えても景色は浮かばず、冷え冷えとした静けさしか感じとることはできなかった。

昼を過ぎた頃、遣手を手伝って、定九郎は錘を紙衣につけた。糸で括《くく》った鉛の粒を、裏側にひとつひとつ縫い込んでいくのだ。遣手が楼主に呼ばれて座敷を外した隙に、さらに錘の数を増やした。動くたびに鉛は揺れて、妓を翻弄《ほんろう》するはずだった。

小野菊が化粧部屋から戻る。定九郎が紙衣の裏側を見せて「ちょいと歩きづらいでしょうが」と断ると、妓は眉も動かさず「ええ細工じゃあないか」と満足げに頷いた。

「これからお着替えですね。おばさんを呼んできやしょう」

立ち上がって襖《ふすま》に手を掛けた定九郎を、小野菊が呼び止めた。

定九郎、とこのときはじめて名を呼んだ。

「あんた、わちきがここで縛られてるように見えたかえ？」

いきなり訊かれ、定九郎は襖から手を離して妓に向き直る。

「いいえ」

答えを受け取った小野菊が笑んだ。これまで見たことのないほど婉然《えんぜん》とした笑みだった。

「そうかえ。見えなかったかえ」

定九郎は頷き、一礼してから部屋を出る。足の裏に廊下の冷たさが伝い、頭の芯を痺《しび》れさせた。

階段を慌ただしく駆け上ってくる音がする。遣手が踊り場に現れ、「花魁はもうお入りかえ?」と、突っ立っている定九郎に訊いた。

「へえ」

応えると、「支度だ、支度だ」と繰り返し、跳ねるように小野菊の部屋へと入っていった。

定九郎は、二階の格子窓から表を覗いた。八重垣丁通りは、道中目当ての客でいつになく混み合い、華やいでいる。けれど男たちの騒ぐ声も、定九郎の耳にはひどく遠い。水に潜ったとき、ほのかに聞こえる外界の音と、よく似ている。

額の傷に手を遣った。甲虫が、まだ貼りついていることを確かめる。

あと二刻だ。二刻も待てば、道中がはじまる。

十二

蜘蛛《くも》が、軒下から糸を垂らしている。

見世《みせ》の表玄関は常より念を入れて掃除をする場所で、蜘蛛の巣など見かけたこともないのに、よりによってハレの日に現れた見苦しい虫を、定九郎はひんやり眺めていた。

以前であれば薄ら笑いを浮かべたろう。ざまぁねぇなとうそぶいたかもしれない。しかし今の定九郎にとって蜘蛛は蜘蛛でしかなく、どこへ向けようもない己の苛立《いらだ》ちを救う存在にはなり得なかった。

吉原の道中とは趣向を変え、小野菊は茶屋から出て美仙楼までの一丁ほどを歩くことになっている。道中に加わる龍造や遣手《やりて》、嘉吉らと共に、妓《おんな》は半刻ほど前に茶屋へ入った。

逃げるかと思われた嘉吉は、今朝も一番に見世に現れた。心ここにあらずで仕事をこなし、蒼白《そうはく》な面《つら》をさげて茶屋に向かった。しくじれば吉次の餌食になると知りながら、見えない糸にからめ捕られている。嘉吉にとってもまた、いつでもここを抜けられるというのは、幻想でしかなかったのだ。

定九郎は美仙楼の男衆《おとこし》らに従って、表に出た。他の妓たちは道中が終わるまで二階で待つように言われているため籬《まがき》は空《から》で、その誰もいない格子の前に男衆らは一列に並んだ。定九郎は門口からもっとも離れた端について、気配を殺す。

厚い雲は昼のうちよりずっと低く垂れ込めており、この谷をすっぽり蓋していた。深く息を吸い込もうとする。喉が締まったようで浅い息しかできない。頭が、朦朧《もうろう》となる。

「見たかえ。花魁《おいらん》の衣装を」

美仙楼の男衆らは落ち着かなく茶屋のほうに首を伸ばして、小声で言葉を交わしている。

「ああ。神々しいようだったぜ。紙衣《かみこ》たぁ、さすが小野菊花魁だ」

「あの白ぁ絹物じゃあ、かえって出せねぇかもしれねぇぜ。あすこまできっぱりした色はさぁ」

「まったくだ。白無垢《しろむく》の花嫁御寮みたようで、惚《ほ》れ直しちまった」

「あんな嫁が来てくれりゃあ、少しは俺の暮らしも華やぐかしれねぇが」

ひとりが呟《つぶや》くと、他の男衆が一斉に噴き出した。

「夢ぇ見るのもたいがいにしろぉ」

「したって男なら誰だって、あの衣装の花魁ぉ見たら、そう思うだろうよ」

みなは束《つか》の間《ま》黙り、「そうかもしれねぇ」と頷《うなず》き合った。

「それで花魁ぁ、あの衣装を選んだかしれねぇな。男らに夢ぇ見させるためにさ」

「ああ。そういうお方だ。お優しくて、聡《さと》いお方さ」

突然、光が射した。厚い雲が左右に割れたのだ。

雲間から陽が覗き、ちょうど八重垣丁通りに沿って、黄金色の道ができる。

さすが花魁だ、見事な晴れ舞台じゃあねぇか、とまるで小野菊が空まで操ったかのように誉《ほ》めそやす声がそこかしこから立ち上ったが、定九郎には唐突に現れた光の筋も不吉なものと映った。天界が谷底に向けて蓋を開けたようで、彼岸《ひがん》の気配すら感じたのだ。

金棒が、地面を打つ音が響く。

宮永丁の方角で大きな歓声があがった。

昂揚《こうよう》が、通りの両脇を固めた客を伝い、津波のように楼の前まで迫ってくる。

「はじまったようだぜ」

男衆のひとりが、はしゃいだ声を出した。

定九郎も茶屋のほうに目を遣《や》る。行列が、光の舞台をゆっくり進んでくるのが見えた。

高々と結い上げた立兵庫《たてひょうご》に挿したびらびら簪《かんざし》が、ひと足ごとに華やかに揺れる。念を入れた化粧が映えて、遠目に見ると顔も首筋も陶器のようだ。紙衣の白が光を集めて、煌《きら》めいている。もともと上背のある小野菊は道中下駄《どうちゅうげた》を履くとそびえるようで、客の男たちは妓の美しさに喝采を浴びせる前に一瞬、気圧《けお》されたふうに押し黙る。

名花とはいえ女郎だ。所詮、廓《くるわ》に飼われた籠の鳥である。ところが小野菊は、男らがどうあがいても手が届かぬ気高さを、全身で発していた。簡単に御せるはずのものに手痛くはねつけられる——まさにそんな顔で男らは息を呑《の》むのだ。美仙楼の男衆らだけが、自分の高価な持ち物を誇るように顎を高く上げていた。

定九郎は静かに一歩、退く。道中に見とれている見世の者は気付く様子もない。じりじりと美仙楼から遠ざかり、八重垣丁通りと直角に路地が走った場所まで移った。

——ここから裏通りに出れば抜けられる。

素早く辺りに目を配る。景色の中に知った顔を見つけた。吊《つ》り上がった新三の目。黄色く濁った吉次の歯。向こうも、定九郎に気付いたようだ。吉次が通りを挟んで鈍い笑みを送って寄越《よこ》した。先だっての定九郎の失態を嗤《わら》っているのかもしれぬし、道中で小野菊がしくじるのを今や遅しと待つ愉楽の笑みかもしれない。

行列は歓声を引きつれて、着実に美仙楼へと近づいてくる。先頭に龍造、妓の後ろにはつんと澄ました遣手と真っ青な顔の嘉吉が従っている。小野菊は正面を見据えて、どこで習ったのか、見事な引足を披露していた。

暮れどきの陽を、裳裾《もすそ》になびかせた白い紙衣に灯《とも》した小野菊は廓には不似合いな清らかさで、それを見るうち定九郎の頬を力ない笑みがかすめた。

——失敗だ。

判じた途端、身が軽くなる。いかに紙衣とはいえ、もともとこれほどわずかな道中で千切れようもない。それにあの妓《おとし》はとうに解かれている。なににも囚《とら》われずに生きている者が、他人によってたやすく貶められるはずもないのだ。

定九郎は、空を仰いだ。黄金色の陽が再び、厚い雲に覆われようとしているところだった。谷底特有の吹き下ろしが通りを舐《な》める。思わず前をかき合わせ、道中に目を戻す。小野菊の紙衣が風に揺れている。それでも妓は、堂々とした引足を続けていた。

定九郎の足が、さらに一歩退く。二度と戻ることはないだろう美仙楼を仰いだときだった。

重苦しいどよめきが、客の間から立ち上ったのだ。

何ごとかと小野菊を見る。別段変わった様子はない。さっきより強まった風を受けて紙衣がなびいているだけだ。定九郎は息をついて通りに背を向ける。

そこで再び、大きなどよめきが起こった。

足を止めて、振り返る。

花魁の近くにいる客たちが、なにかを見つけて騒いでいる。美仙楼の前に並んだ男衆らも、一斉に伸び上がった。

定九郎は目を凝らす。

小野菊の道中衣装がひしゃげているのを見つける。

後ろについた嘉吉の顔に、赤いあばたの花が咲きはじめている。

定九郎は人垣を分け、小野菊の全身が見える位置に立った。

身の内が氷室《ひむろ》のように凍えた。

小袖の片側が、腰の下から千切れて垂れ下がっている。

また強い風が吹き、客たちが堪《たま》らず袂《たもと》で顔を覆う中、紙の裂ける音が今度は定九郎の耳にもはっきり届いた。叩きつける雨に似た険しい音だ。道沿いに伝播《でんぱ》するどよめきが大きさを増す。蝦蟇《がま》に似た悲鳴をあげたのは遣手だろう。龍造は、歩を進めながらも鋭い目を後ろに送っている。男衆のひとりが、事態を楼主《ろうしゅ》に報《しら》せるためか、見世の中に駆け込んでいった。

小野菊の、裂けた紙衣の内からは緋色《ひいろ》の襦袢《じゅばん》が大きく覗いている。ぶら下がった紙衣は、だらしなく地面を掃いていた。

定九郎が謀った通り、本当に破れてしまったのだ。そう理解はしているのだが、薄ぼやけた実感しか得られない。夢の中に引きずり込まれて、幻影を見せられているような鈍い感覚だった。身体《からだ》を打つ風も、次第に大きくなるどよめきも、美仙楼の中から聞こえてくる物々しい声も、遠い。

小野菊は、紙衣が千切れたことに気付かぬはずもないのに、顔色ひとつ変えず、未だ堂々と引足を続けている。小袖をおさえることさえしない。顎を高く上げ、通りの遥《はる》か先に目を遣って、まったく拍子を乱さず歩き続けていた。

本来ならば、野次や失笑が渦巻いているところである。前代未聞の醜態を、妓は晒《さら》しているのだ。けれど誰一人として囃《はや》す者も面白がる者もいなかった。妓の威厳に圧されて、一様に声をなくして成り行きを見守っている。吉次と新三までもが、最前まで浮かべていた余裕を消し去り、妓を見詰めていた。据わりの悪い寂寞《じゃくまく》だけが広がっていく。

錘《おもり》に耐えかねたのか、引足に揺さぶられたのか、小袖の破れはひと足ごとに大きくなっていった。遣手が小走りに近づいて、小野菊に懸命になにかを訴えている。妓はなおも振り返ろうとしない。風が、容赦なく吹きつける。紙の千切れる音がまた大きく響き渡ったところで、龍造が後ろを見ぬまま行列を止めた。遺手がすかさず、千切れた紙衣を持ち上げる。小野菊は遣手が為《な》すに任せて立ちつくしている。その姿は、意志的であるようにも、放心しているようにも見えた。

美仙楼の男衆らが慌てふためき、行列のほうへ向かって通りを駆けていく。

定九郎はその場にすくんだ。

妓のもとに駆け寄るのか、このまま路地に潜《もぐ》って逃げるのか。

足が震えて動けない。ようやくざわめきはじめた物見の客たちが身を乗り出したために、小野菊の姿は定九郎の視界からかき消えた。

一歩、退いた。

定九郎の足は、路地を選んだのだった。

そこからは一瞬だった。身をひるがえして一心に駆ける。裏通りに出て、あてもなく逃げる。八重垣丁通りの喧噪《けんそう》から。美仙楼から。立番《たちばん》という仕事から。また巧みに自分自身を脱ぎ捨てたはずだった。それなのに、ついてくる。小野菊の、無様にぶら下がった紙衣のように、定九郎の後ろには脱ぎ捨てたはずの分身が引きずられて薄ら寒い音を立てている。

どのくらい走ったか、わからない。

いつしか、見知らぬ景色の中にいた。

風が生臭さをともなって吹いた。湿った地面に、大きな斑点《はんてん》が描かれていく。

雨が降りはじめたのだ。

上がった息を整えるため、立ち止まって辺りを見回す。どこか見覚えのある町並みだと気付く。少し先に、瓦葺《かわらぶ》きの建物があった。入口から長い行列が伸びている。いつ見た光景だったろうと混乱する頭で考え、小野菊に言付かった書簡を届けに来た場所だと思い当たる。

そこで、聞き慣れた声に呼び止められた。

「や！　お兄《あに》いさん、ほんとに来てくだすった」

建物から走り出してきたポン太は、上気した顔で定九郎の手を取ったのだった。今日は蚊帳《かや》の衣ではない。白地の浴衣姿である。

「ゆっくり聴いてってくださいね。こないだアタシィ話したヤツォお師匠さんがやりますからねィ」

「……ここぁ、若竹かえ」

「やだ、お兄いさん。なに寝ぼけたこと言ってんですよ。ここォ目指して来てくれたんじゃあないんですか？」

根津から若竹までは相当の距離がある。いくら駆けてきたとはいえ、これほどたやすく辿り着けるはずもない。定九郎はますます混乱し、もう一度周囲を見渡した。木戸口にかけてある看板が目に入る。

〈三遊亭圓朝《さんゆうていえんちょう》　鏡ヶ《かがみが》池《いけ》　操《みさおの》　松影《まつかげ》〉

墨字で大きくしたためられてあった。落し噺《おとしばなし》に疎《うと》い定九郎でさえ耳にしたことのある名だ。「当代一の噺家」「八丁荒し」――ポン太が語ってきた「お師匠さん」とは圓朝のことだったかと腑《ふ》に落ち、一度噺まで聴いたにもかかわらず、それと気付かなかった己の迂闊《うかつ》さに呆《あき》れもした。だが定九郎は、圓朝がいかほどのものか、実のところよく知らないのだ。他のすべてのうつつと同じように、関心も興味もない。

「さあ、早いとこ中ェ入らないと、席がなくなっちまいますよォ」

　ポン太は定九郎の背を押した。

「よせ。わっちゃ噺なんぞ聴きたかねぇんだ」

　美仙楼から追っ手が送られてくるかもしれない。一歩でも遠くへ逃げるのだ。悠長に噺を聴いている暇などない。

「そんなことォ言わないでさ。ちょっとの間です。寄ってってくださいよォ。お噺の続き、気になるでしょう。いかものの着物、腰から下が破れっちまった続きがさァ」

今見たばかりの道中が頭をかすめ、全身から熱が引いていく。

「おまえ、なぜ道中に来なかった。大好きなお姫様《ひいさま》の晴れ舞台だぜ」

「アタシァ見なくったっていいんですよォ。だってもう、お噺最後まで知ってるもの」

「噺？　わっちが言ってるのは道中のことだ」

わかってますよォ、とポン太は肩を揺らし、強引に定九郎の腕を引く。

「うつつもお噺も一緒のことですよ。違いはないの。ことにお師匠さんが話すとね、嘘《うそ》からまことが飛び出しますから」

「おい、わっちが訊《き》いたことに答えろ」

定九郎はポン太の手を振り払う。乱暴な所作にも、周りの客たちは見向きもしない。

「ともかくお兄《あに》いさん、入ってくださいよォ。いつまでも逃げてたって、はじまらないでしょう」

思いがけない力で押されて、定九郎は若竹の中に踏み入ってしまう。屋内は真っ暗で、舞台には燭台《しょくだい》がふたつ、すきま風に揺らいでいた。肩を押さえつけられ、空いた席に座らされる。

「お師匠さんのお噺はさ、作り話なのに、命ィ持っちゃうんだねェ」

耳元の気配はそれきり遠くなった。白い浴衣が戸の外へふわりと流れて、消えた。

場内は水を打ったようだ。真打の登場を待ちかまえる客の期待だけが満ちていた。目が、少しずつ闇に慣れてくる。

舞台袖の暗がりが音もなく動いた。

男がひとり現れて高座に上る。

以前にも見た縮れ毛の男だ。彼は深く一礼して顎から顔を上げた。そうして定九郎をまっすぐ見据えた。一瞬、そう思えたのだった。

「さてお話は、祝言の席、お里の裾が千切れたところからにございます」

圓朝はやはり、声を張ることはない。噺を聴こうと客のほうが身を乗り出すうち、噺家の呼吸に自然と飲まれてしまうのだ。知らぬ間に虚構にからめ捕られていく。

狐火《きつねび》。

定九郎は江戸の頃に聞いた迷信を思っていた。師走晦日《みそか》の夜、装束榎《しょうぞくえのき》の下に集まる関八州《かんはっしゅう》の狐。その狐火で明年の吉凶がわかると言い伝えられていたために、人々は暗闇の中で息を潜《ひそ》め、もうひとつの世を見ようとする。すぐ近くにある、見知らぬ世界に触れようとするのだ。

「いかものの着物が千切れ、湯文字を人前に晒すことになったお里は『ええ情けない』とその場に泣き倒れます。名主は『あんな糊付《のりづ》けのような物を着ておれに恥ィかかせるのか』と怒り、お里を自分の家の嫁として迎えることはならぬと、お里母娘を追い出し、花嫁衣装を用立てるのに貸した五十両も返せと言って喧《かまびす》しい。『娘に満座の中で恥をかかせましたのも、これはみんなわたくしの届きませんからのことで。まったく四十二両出して買い物をいたしたのにちがいありませんから、そのことはどうか、あなたから名主様へよろしくお話を願います』母は仲人に取りなしを頼みますが、仲人は、『買い物をした家《うち》へ、金を返してもらいてぇって、掛け合いに行ったらよかんべぇ』『それはわたくしも考えましたが、あのくらいないかものを売るくらいですから、掛け合いにいきましたところが、払った金を返しますまい』『五十両の金を出さなけりゃあ村を追い払われてしまうんだから仕方がねぇ』」

小野菊も、単に見世から放り出されるだけでは済まないだろう。紙衣で道中をしたいと我を張ったばっかりに、美仙楼の看板に泥を塗る羽目になったのだ。道中にかかった金はかぶることになる。が、公にあそこまでの失態をしでかした妓を見世で出したところで客がつくはずもなく、小野菊の馴染《なじみ》も今回の件でほとんどが退くはずだった。ほんのささいな評判で、花魁の価値は、たやすく上がりも下がりもする。小野菊には、客を取って金を返す手立てさえ残されていないのだ。

吉次は美仙楼に、どう話をねじ込むつもりか。見世で持て余しているなら引き取りましょうと、親切ごかして持ちかけ、叩《たた》きに叩いた値と引き替えに正面から小野菊をもらいうける気か。それとも嘉吉を使って、びた一文元手をかけず裏から妓を落とすのか。いずれにしても、これで小野菊は一生泥水稼業から抜けられなくなった。前借金を返し切り、胸を張って惣門から出ていくことも、姿を見せない間夫《まぶ》と結ばれることも、叶《かな》わぬ夢となった。吉原で吸い尽くされて投げ込み寺に放り込まれるか、切女郎にまで転落するか。

「『あれ今ここにいたお里さんはどうした』」

雨音が一段と激しく屋根を打っている。噺が熱を帯びてきたせいか、圓朝がさっきよりずっと近くに座っているように感じられた。

小野菊がいかに転落したところで、定九郎には、なにひとつもたらされない。周りが貶められることで、自分が浮かび上がる道理などない。ずっと以前から、頭の芯ではその条理に気付いていることが、定九郎にとって最大の不幸だった。

――どこへ逃げればいいのか。

かすかに残る意識の中で考える。どこに逃げても、どこまで逃げても結局は同じだという現実だけが手の中に残される。

それでも今までの定九郎は、抜け道は必ず用意されていると、信じ込んでいた。いざとなったらするりと路地に入り込んで、どこへなりとも身を隠せる。いかに偽り、手を抜いたところで、逃げる場所はまだいくらでもある。砦《とりで》を常に意識し、用意しながら生きてきたのだ。

「『今台所のほうから出て行った。まことに済まねぇから、おらァここにゃいられねぇ、面目ねえから身でも投げておっ死《ち》ぬべえって出て行った』」

だが砦など、いったいこの世の、どこにあるというのか――。

「跡を追いかけましたが、もう間に合いません。娘のお里はとうにここを抜け出し、田んぼ道を急ぎまして、一里もありましょう、神崎《こうざき》の土手まで来まして、土手の上に立ち上がりますと、雨はますます降りまして、水は柵《しがらみ》へ突き当たり、ドウードーッと落ちますから、実にものすごいありさまで」

小野菊の道中姿が、はっきりと目に浮かんだ。花嫁の白無垢を模した紙衣。その紙衣が圓朝の噺と交わり、姿を歪《ゆが》める。白装束は、お遍路のように見え、比丘尼《びくに》のように見え、死に装束のように見え……。

「娘は着物の袖へ手を掛けて、ピリピリと引き切って、そばにある柳の枝に掛け、『ああ思いがけない今日の災難、わたしが不調法《ぶちょうほう》から仲人さんにも恥をかかせ、名主様にも申し訳がない』」

定九郎の腰が、噺に促されるようにして浮いた。

「『お母様に対し、村の衆に対し、なに面目あってわたしが生きながらえておられよう』」

定九郎は立ち上がる。客たちは誰一人として見向きもしない。壇上の男もまた、客席とは別の景色を見ているのか、猫背を保ったまま噺を続けている。

「鬢《びん》のほつれ毛を嚙《か》みしめて恨めしそうに江戸のほうを睨んだのは、実に恐ろしいさまです。先立つ不孝はお許し下さい、と坂東太郎《ばんどうたろう》の急流へ、もんどり切ってドブーンと飛び込みまして、死骸もそのままわからないようになりましたが……」

足が床を蹴り、誰もいない木戸口を駆け出した。

なにをしているのだ、と内なる声が響く。せっかく、廓を抜けたのだ。巧みに、ばれずに、逃げられたのだ。

だが思惑に抗《あらが》って定九郎の足は、根津を目指すのだった。雨が激しく叩きつける。冷たさを孕《はら》んだ雨だ。足下がぬかるんで、思うように運べない。御瓦解からこっち、送ってきた日々とまったく同じ鈍さに、身体までが囚われたようだった。頭を振る。髪にしがみついた飛沫《しぶき》が飛んだ。

定九郎の走る右手には、神田川のうねりがあった。川に背を向け、本郷《ほんごう》春木丁を突っ切って走る。肺腑《はいふ》がむやみと痛んで、息がうまくできない。

ただの噺じゃあねぇか、うつつとは係り合いのねぇ噺だ。だいいち、あの妓がどうなろうと知ったことではない。自分に説く声がはっきり聞こえているのに、足はどうしても止まろうとしない。また逃げているのか、立ち向かうつもりなのか、それさえも定九郎にはわからなかった。

二度とくぐることはないと、ついさっきまで思っていた惣門が見えてくる。切り離したはずの自分自身が現れて、そこに吸い込まれていく感覚があった。八重垣丁通りを走る。美仙楼が、いつも以上によそよそしく佇《たたず》んでいる。

定九郎は、表玄関から飛び込んだ。ひとり台に座っていた龍造に、すかさずずぶ濡《ぬ》れの胸ぐらを摑《つか》まれる。

「おい。今までどこへ行ってた」

代わり映えしない詰問によって、定九郎ははじめて、格子の内に妓らが座っていることに気付く。あんなことがあった夜まで廓は、いつもと変わらぬ顔で見世を開けているのだ。なにかが当たり前に繰り返されることの強靭《きょうじん》さに、定九郎の総身が凍えて萎縮する。

「どこへ行っていた、と訊いている」

定九郎は龍造の問いかけには応えず、叫んだ。

「花魁は？　小野菊だ。どこにいる」

張見世の中にその姿はない。龍造の顔が険しく歪んだ。なにごとかを、いや、おそらくすべてを気取《けど》った歪みだ。定九郎は再び胸ぐらを摑まれる。奥から走り出てきた遣手の、「玄関口でなにやってんだ」という鋭いひとことが、龍造の手を弛《ゆる》ませた。その隙を衝《つ》いて濡れたまま上《あ》がり框《がまち》に飛び乗り、小野菊はどこにいる、と同じ問いを遣手に投げた。

「仕置き部屋だよ」

遣手は廊下の奥をしゃくり、苛立《いらだ》ちも露《あら》わに言った。この年増にとっても一世一代の晴れ舞台が失敗に終わったのだ。明治の世に、華やかなりし昔の廓の風情を取り戻すという試みも、泡と消えた。

「もう本間にも戻りたくないってさ。仕置き部屋に籠もってずっと泣いてる。中から心《しん》張棒《ばりぼう》までしちまって」

泣いている？　あの、小野菊が？

定九郎は妙な胸騒ぎを覚え、周りが止めるのもかまわず、大股で廊下を進んで行った。

「今は誰にも会いたくないってんだから、そっとしといてやんな。道中で恥ぃ晒したんだ。根津中の笑いものになっちまったんだ」

遣手の声が追ってきたが定九郎は振り向かない。

廊下のどんつき、薄暗い一画へ踏み入ると、部屋の前で番をしていた男衆が定九郎の形相を見てギョッとしたように身を引いた。追いすがった遣手が、立ちはだかる。

「ずっと見張りも立ててんだ。いいから、そっとしておいてやんな」

遣手の言い様はいつもの温情に満ちていたが、もはや身内を気遣う執拗《しつよう》さは抜け落ちていた。小野菊はもう、美仙楼の妓ではないのだと、その口調が如実に語っている。

「花魁」

定九郎は中に向かって呼びかける。返答はおろか、かすかな物音すらしない。

「花魁……小野菊花魁」

仕置き部屋の板戸に手を掛けた。なにしやがんだ、と男衆が立ち上がり、今は花魁にかまうんじゃない、と遣手が金切り声をあげた。そのとき、定九郎の耳に鳴りはじめた唄があった。ずっと前、どこかで聞いた唄だ。

〽何時《なんどき》なりと無常の風　まってくれとはいわぬぞよ
高座の前で聞く一念　乗彼《じようひ》願力《がんりき》と乗りこむなり
乗ったわたしは高枕　乗せて必ず渡すとある

唄は三絃《さんげん》の音を伴って、定九郎の頭をかき回す。遣手と男衆をかわし、戸を引き開けようとした。だが、中から心張棒をしているせいでビクとも動かない。もう一度、力任せに引こうとしたとき、誰かに腕を摑まれた。振り返ると、龍造が立っている。

「勝手をするな」

定九郎は大人しく、戸から手を離す。一歩、後ろに退く。龍造は疎ましげに目を細めてから、摑んでいた定九郎の腕をほどいた。

戸の前に、隙間ができた。

深く、息を吸う。腰を落とす。

わずかな隙をすり抜けて、定九郎は身体ごと戸にぶつかっていった。板の割れる音が鳴り、遣手が悲鳴をあげた。古びた戸は呆気《あっけ》なく敷居からはずれ、派手に跳ね上がって内側に倒れた。

もうもうと埃《ほこり》が舞い上がる。膜が張ったような視界の向こうに、仕置き部屋の中が見えた。

定九郎は目を瞠《みは》って、立ちつくす。

「……花魁」

龍造も男衆も、ひとこともなく突っ立っている。遣手がへなへなとその場にしゃがみ込んだ。騒ぎを聞きつけて見世の者が集まってくる。部屋の中を見て、みな一様に、気の抜けた息を漏らした。

誰もなにも言わなかった。呼吸の音さえ聞こえない。遣手の喉ばかりが、鳩《はと》に似た声で鳴いている。

長い時が経《た》った。

ようやく龍造が動く。仕置き部屋の中に踏み入った。

部屋の四方を見回し、しゃがれ声でうめく。

「……どこへ、行った？」

放心のみに象《かたど》られた言葉だった。

「小野菊は、どこへ消えた？」

見張りをしていた男衆が泡を食って龍造に寄り、自分は小野菊が仕置き部屋に入ってから、一遍たりとも座をはずさなかった、厠《かわや》にすら立たなかったのだと弁解した。

「だいいち、中から心張棒が支《か》ってあったんだよ」

遣手が呟く。

部屋にひとつきりの小さな窓には、格子がはめられている。出入口は、廊下側の一箇所にしかない。そこに見張りがついていたとなれば、妓が出ることは叶《かな》わない。

定九郎は、先刻から頭の中を巡っている奇妙な唄に追い立てられて、仕置き部屋の右手に置かれた行灯《あんどん》の群れから、煤《すす》けた天井までを丹念に見渡した。小野菊はなぜ、わざわざここに籠もりたがったのか。不審が湧く。妓はいつも自分の部屋にいて、化粧と風呂以外は階下《した》に下りることもなかったのだ。道中の失態がこたえたにしても本間を避ける理由はなく、また、小野菊が一階奥にある仕置き部屋の存在を知っていたこと自体が不可解だ。

定九郎の目が、左端の古布団の山に行き着く。

唐突に、唄が鳴りやんだ。視界が捻《ねじ》れて、眩暈《めまい》がする。ゆっくり踏み出して、乱雑に積まれた古布団の前にしゃがみ込んだ。みなの目が集まる。

定九郎は慎重に、重ねられた布団をずらしていった。

その下から現れ出たものを見て、全員が「あっ」と声をあげ、身を乗り出した。床に空いた酒樽《さかだる》ほどの穴は、定九郎がここに閉じ込められたときと同様の姿でそこに在った。ささくれだった縁には、紙衣の切れ端らしき白い紙が一筋、引っかかっている。

龍造が、すぐ横に膝をつく。

「……いつからだ。なぜおまえが知っている」

譫言《うわごと》のように呟いたが、定九郎に答えを求めていないのは明らかだった。龍造はしばし仇《かたき》でも見るように穴を睨《にら》んでいたが、身体を起こして男衆らに振り向くや、

「捜せ」

鋭く命じた。

「必ず見つけ出すんだ。どっちにしても勝手を許しちゃあなんねぇっ」

このとき龍造が言った「どっちにしても」の意を、定九郎は汲《く》むことができなかった。ただその声に弾かれて、気付くとまた、雨の中へ駆け出していた。

定九郎の目の前には、噺で聴いたお里の最期が、実際その場に立ち会ったかのようにありありと浮かんでいる。

お師匠さんのお噺はさ、作り話なのに、命ィ持っちゃうんだねェ。

藍染川を目指して走った。水嵩《みずかさ》を増して、激しく流れている。バンズイの水が溢《あふ》れて、辺りが金魚だらけになった日と同じだ。それもまた、夢のように遠く感じられる。山公のことも、兄のことも、父のことも。いったい自分はなにに邪魔されてこんな場所まで流されたのかと思い、「時代」という陳腐な答えが浮かび上がる。しかしそれほど密に時代と結びついているという実感は、欠片《かけら》もないのだ。

藍染川を辿《たど》ったが、なにも見つけることができぬまま不忍池に行き着いてしまう。

定九郎は、西に舵《かじ》を切った。

湯島《ゆしま》を抜け、妻恋丁《つまごいちょう》に出て、若竹から戻ったときとは逆の道を辿る。間夫《まぶ》のもとへ逃げたのかもしれぬ。そこに望みを繋いだ。

文部省用地を過ぎた辺りから、再び水の音が響いてきた。細い路地を抜けると突如景色が開け、水のうねりが迫って見える。定九郎は神田川づたいに、若竹の方角へと上っていった。

小野菊が無事でいることに、なんの意味があるのか。なぜ妓を探し求めているのか。まさか、小野菊が狭い廓の中に閉じ込められながら一度たりとも失わなかった、「自由」とやらの正体を見届けようとでもいうのだろうか。

神田川にかかる橋にさしかかった。

人影を見つけた。

定九郎は前のめりに足を止める。爪先に鋭い痛みが走った。

橋の上にいるのは、女らしかった。

頭から白無垢の裲襠《うちかけ》をかぶって、背を向けている。ずぶ濡れの紙衣が身体にまとわりついていた。

小野菊はやはり、間夫のもとへ逃げようとしたのだ。ひどく胸苦しくなる。

花魁。

呼びかけてみるも、無惨にあがった息と震えに妨げられ、うまく声にならない。

妓は橋の欄干に身を預け、流れを覗き込んでいた。

「花魁」

ようやく出た声も、雨音にかき消されるほど小さい。だが小野菊にはしかと届いたのだろう、肩が大きく震えた。

「戻ってくだせぇ、花魁」

妓は振り向かない。

「美仙楼に戻ってくだせぇ」

小野菊が手にした自由。その自由とやらはいつか必ず、自分たちに等しく降るのか。

問いかけたかったが、言葉は、吐こうとするすぐそばから雨粒に撃ち抜かれた。見る間にズタボロになった素望《そぼう》をぶら下げて、定九郎は立ちすくむ。

もう一度、妓に声を掛けようとしたときだ。

小野菊が、裲襠の袖を静かに裂いたのだ。

娘は着物の袖へ手を掛けて、ピリピリと引き切って、そばにある柳の枝に掛け——。

妓の身体が、わずかに前にのめった。

「花魁？」

定九郎は、踏み出す。

刹那、小野菊の身体が大きく傾《かし》いだ。あっという間もなく、川の流れに身を躍らせた。

「花魁っ！」

妓の姿は、一瞬で水の中に吸い込まれた。定九郎は川べりを走る。うねり流れる波間に白いものが見え隠れする。やがてそれも消えた。

「花魁っ、花魁！」

定九郎はやみくもに流れの中に手を伸ばす。身体ごと持って行かれそうになって護岸を転がる。すんでのところで岸に止まり、呆然《ぼうぜん》と下流を見詰めた。

もはや頭にはなんの言葉も存念もなく、真っ白ながらんどうが内側に広がっていった。

しかし定九郎はこのときはじめて、自らが輪郭を持ったようにも感じていたのだ。本当になにかしらの形を得たのか、単に、激しく打ちつける雨によって己と外界の境界が露わになっただけなのか、判然としない。

定九郎はただ、自分が確かにいることを意識しながら、小野菊を飲み込んだ川の流れを見続けていた。

十三

小野菊の亡骸《なきがら》は、とうとう浮かばなかった。

美仙楼の男衆《おとこし》らは無論、巡査も多数出て、十日掛けて川を浚《さら》ったが、見つかったのは溶け残った紙衣《かみこ》だけである。小野菊が身を投げた日は、神田川も嵩《かさ》を増していたから大川《おおかわ》まで流されてしまったのかもしれない、という見立てもあったが、いかに嵩が増したところで、あの程度の雨であれば必ず途中、どこかに引っかかるはずだと多くの者は首を傾《かし》げた。

定九郎は、川岸に佇《たたず》んでいたところを龍造によって美仙楼に連れ戻されたらしかった。はっきりとは覚えていない。小野菊が飛び込んでからの記憶は途切れ途切れにしかなく、気付くと楼主《ろうしゅ》の前で妓《おんな》の最期を語らされていたのだ。紙衣を千切ったと思ったら、そのまま川に飛び込んだ、声ひとつ発さなかった。定九郎はそう、繰り返した。目に焼き付いたまぎれもない現実を語っているにもかかわらず、なぜか直前に聴いた圓朝の噺《はなし》をなぞっているような、心地悪さに支配される。あの噺から小野菊の最期が引き出されてしまった気がして、定九郎は何度も吐き気を押し込めた。

楼主はしかし、小野菊を引き止められなかった定九郎を、責めも罰しもしなかった。むしろ、道中でしくじってあやが付き、このの ち持て余すことが目に見えていた妓が、きれいさっぱり消えてなくなったことに安堵《あんど》している向きさえあった。おそらく小野菊の前借金はとうになくなっており、楼が損失をこうむることもないのだろう。遣手《やりて》を内証《ないしょう》に呼びつけては、小野菊の死をいかに美化して廓《くるわ》に広めるか、小野菊に代わる看板を藤間にするか夕霧にするか、今後の話に熱を傾けている。

根津遊廓《ゆうかく》が官許になってはじめての道中が失敗に終わり、ひとりの妓が死んだ。それなのに八重垣丁通りの喧噪《けんそう》も、格子の中に座る妓たちの退屈そうな顔も、薄ぼんやりした廓の灯《あか》りも、なにひとつ変わらない。美仙楼は、まるで小野菊などはなからいなかったかのように見世《みせ》を開け続けている。変化といえばせいぜい、小野菊のあとに盛大な道中をしてやろうと目論《もくろ》んでいた総籬《そうまがき》が一斉に手を引いたことくらいだ。

定九郎は、逃げ切ったはずの生簀《いけす》に再び押し込められることになる。吉次を登楼《あげ》て、門口で龍造に殴られた、その失態の賠償とやらがまだ済んでいないためだった。定九郎は黙って従った。自分自身からひたすら逃げ続けた挙げ句、なににも囚《とら》われず自由であった妓をひとり殺してしまったという重石《おもし》が、逃げる気力を奪ったのだ。

また、台に座る日々がはじまる。昼前から引けの頃まで門口にいて、通りを眺め、客を引く。龍造の横で、息を詰める。

立番《たちばん》に戻されたのは、あの日を境に嘉吉が消えたからである。小野菊が身投げしたと聞いて恐れを成して逃げたのかもしれぬし、どこかで吉次に捕まって葬り去られたのかもしれない。龍造は、嘉吉の件に一切触れない。ただ、「おまえをここに座らせるのは、空いた穴を埋めるためだ。わかってんな」と定九郎に釘《くぎ》をさしただけだった。

策を弄し、周囲を裏切り、狂騒に巻き込まれてなお、定九郎は定九郎のままだった。「元の木阿弥《もくあみ》じゃな」と山公はきっと笑うだろう。

桜《はな》の頃になった。八重垣丁通りの桜並木にも雪洞《ぼんぼり》が灯《とも》されている。

朝の送り出しを終え、楼内の掃除を済ませると、定九郎は夕方まで仮眠をとるべく風呂場脇の板間に寝転んだ。最近になって昼見世が開かれぬ日が、月に二日ほどできるようになったのだ。楼主たちが企図した花魁《おいらん》学校がはじまり、妓たちが手習いをしに集会所に出掛けるためだ。おかげでその日は立番も、昼見世の間、休息をとることができる。

見世には人気《ひとけ》もなく、静かだった。定九郎は、目を閉じる。小野菊が神田川に飛び込んだときの光景が、鮮明に像を結んだ。妓が死んで半年も経《た》ったのに、未だその幻影から逃れられずにいる。

眠れそうにもなく、身を起こした。板間を出て、帳場の男衆に「ちょいと出てきます。夜見世までには戻りますんで」と断った。男衆は返事もしない。定九郎の存在は前にも増して希薄になり、誰もその仕事に期待せず、関わることさえ面倒がって避けているのだった。

裏口から出て、南へ向かう。不忍池を過ぎたところで左に折れた。大川の方角へ進む。浅草裏門代地を目指している。根津からはそこそこ距離がある。足を速めた。

小野菊がかつて住んだその土地に行って、なにをするというあてもない。未だかの地で暮らしているらしい妓の親兄弟を訪ねる気もなければ、感傷に浸る気などさらさらなかった。ただ、興味があった。妓が見ていた景色に触れておきたいという、日ごと強まる思いに引っ張られたのだ。

けれど、半刻後に定九郎が立った神田川下流の地は、粗末な長屋が並んだだけの取り立てて見るべきものもない土地だった。柳橋も近いが昼間であるせいか、ひっそりして人の声も聞かれない。

定九郎は苦笑する。

景色の中に、小野菊が何物からも放たれてあった証《あかし》があろうはずもないのだ。

踵《きびす》を返したところで一軒の長屋から人影が現れて、定九郎は足を止めた。見慣れた影だ。向こうも気付き、「おや」と声をあげた。御納戸色《おなんどいろ》の着流しを着た坊主頭が笑みを浮かべる。

「これは奇遇。おかしなところで会いましたねィ」

ポン太は小走りで定九郎に寄ってくる。

「どうしてお兄《あに》いさんがここにいるんです？」

見据えられて口ごもり、「おまえこそ、なんでここにいる」と訊《き》き返した。

「アタシ？　そりゃあお兄いさん、前に言いましたでしょう。以前お師匠さんがここに住んでましたからね、この辺りにゃまだ知り合いが大勢いるんですよ。未だに暇があると、こうして遊びに来るの」

「お姫様《ひいさま》」が死んだというのに、ポン太は相も変わらず飄然《ひょうぜん》としている。

「おまえ、近頃根津に姿ぁ見せねぇじゃねぇか」

「そうね。そうですねィ。用事もなくなっちまいましたからねィ」

用事というのは小野菊を眺めに来ることだろうと定九郎は思い、その拍子に、ずいぶん前、ポン太が呟《つぶや》いたことを思い出した。小野菊を足抜きさせたあと、吉次に渡す前にポン太に預けるという画策を定九郎が持ちかけたときだ。奴は喜色を浮かべて、こう言ったのだ。

――昔っみたいにお姫様と。

小野菊が見世に売られる前から、奴は妓を知っていたのだろうか。格子の中の花魁に岡惚《おかぼ》れしたわけでも、吉次に命じられたわけでもなく、昔馴染《むかしなじ》みを案じてこまめに張見世を覗きに来ていたとしたら……。

「そうそうお兄《あに》いさん。アタシィ、二つ目に上がったんですよ、このたびようやく。といっても、お師匠さんのお情けでね。アタシァ弟子ん中じゃ、年嵩《としかさ》のほうですからさ」

ポン太は他人事《ひとごと》のように言って、く、く、くと笑う。

「この町にお師匠さんが住んでた十年前なんて、アタシァずいぶんしごかれたものですよォ。兄弟弟子に負けないように気ィ入れて噺ィ覚えたんですけどね、芽が出なくってさァ」

少しぶらつきませんか、とポン太は言って、長屋から遠ざかり大川の端まで歩いた。

アタシァ一遍、この辺りまで泳いできたことがあるんですよォ、アタシの唯一の得意技は素潜《すもぐ》りですからねェ、と奴は自慢げに言った。でもだいぶ疲れて、そのあとしばらく寝込んだけど、と肩をすくめてみせた。

「もうちょっと早く二つ目に上がってさ、真打にィなりたかったんだけどねェ。寄席の深《ふけ》ェとこに出られる噺家になりたかったんですよ、心の底からね」

ポン太がここに通っていた十年前は、小野菊もまだ、身内とこの地に住んでいたはずだ。

「でも噺家ってのはねェ、あるところまで行くと、精進だけでなんとかなるもんじゃぁないの。そういう領域に入っちまうんだねェ。まァ、なんでもそうかもしれませんけどねィ」

――惚れたはれたの仲じゃないんだ、おとっつぁんみたようなものさ。

小野菊は、姿を現さぬ間夫《まぶ》のことをそう語っていた。

「お兄いさん、うちのお師匠さんの噺ィ聴いたでしょう？　凄《すご》かったでしょう？　お師匠さんが口を開くとさ、みんなあっちの世にィ行っちまうんだねェ。アタシァ一生掛かってもお師匠さんにはなれないの。これはもう、わかっちまったことなんだね」

ポン太は愉《たの》しげに言う。自分より年下の師匠に敵《かな》わないことを知り、寄席の賑《にぎ》やかし程度の役しか与えられずにいるのに、奴はカラカラと笑うのだ。定九郎は重い口を開いた。

「だったらどうして、そっから逃げねぇんだ。そこに居たって、失い続けるばっかりじゃあねぇか」

「いいえェ。失ってなんぞいませんよォ。お師匠さんのとこにいる限り、アタシァなんにもなくさないの。身になってるんだねェ。大事なもんが積もっていくんですよォ」

ポン太は、心地よさそうに風を受けている。川は揺るぎなく流れていく。

「お兄いさんだって、そうでしょう?」

「いや。わっちゃ、奪われてばっかりで……」

軽口で受け流そうとして口ごもった。定九郎はひたすら、失うことが怖くて逃げていたのだ。世相に、時代に、周りの人間に、奪われ続けたのが自分の辿った道であるはずだった。けれど奴らはいったい、なにを奪っていったのか。自分は、なにを奪われたのか。

「ねェ、お兄《あに》いさん。そんなに奪えるもんじゃあないんですよ、その人の芯にあるものなんてさァ。周りが奪えるのはね、些細《ささい》なもんなの。せいぜい巾着くらいなもんですよォ」

ポン太はなにが可笑《おか》しいのかしばし声を忍ばせて笑っていたが、急に「いけない、もう行かないと。お師匠さんを迎えに行く刻ですよ」と言い、慌ただしく駆けだした。

「またね、お兄いさん」と声を残し、細い路地へと消えてしまった。

ひとりになって定九郎は川に目を落とす。川底ではきっと今も、砂粒が静かに力強く動いているのだろう。その息吹を、腹の奥に感じ取っている。

定九郎が美仙楼に戻り、前掛けを締めたところで、龍造が見世に入った。いつものように冷たい一瞥《いちべつ》を寄越《よこ》し、下足箱の隅で鼠鳴《ねずみな》きの支度をはじめる。闇が迫ると、怪しかった空から雨粒が落ち、冷たい驟雨《しゅうう》となった。空模様のせいで、通りには人影もまばらだ。今宵は客の入りもよくないだろう。

見世をつけ終えた龍造が本番口に座る。定九郎はさりげなくそちらに目を遣《や》った。

龍造はおそらく、定九郎が小野菊の道中をしくじらせるため計を巡らせていたことも、道中のさなか逃げようとしていたことも察している。それなのに、賠償が済むまで定九郎を働かせるという楼主の命に黙って従っている。自分の見立てた一部始終を、楼主に告げることもしていないようだった。

道中が終わってしばらくしたら小野菊を晴れて送り出して欲しいと、龍造が楼主に頼み込んでいたことを、定九郎はつい最近、遣手から聞いた。もう前借金も済んでいるのだから、堂々と惣門から去らせてやって欲しい、お職《しょく》を張った妓が男の手を借りずに解き放たれていく様を、他の妓たちに見せてやるのが、新しい世の妓楼《ぎろう》の在り方だと彼は訴えたのだという。

わかった風なことぉ言いやがって、と遣手は苦く顔を歪《ゆが》めたが、言葉にはいつもの険がなかった。奴の言う通りなのかもしれないね、いつまでも男に落籍《ひか》れるしか道がないんじゃあ、それこそ廓は牢獄《ろうごく》のままだもの、とぽつりとこぼした。

この龍造の意気も、吉次の誘いに乗った定九郎や嘉吉の横槍《よこやり》で頓挫したことになる。

仕置き部屋から小野菊が消えたとき、もっとも取り乱したのは龍造だった。紙衣が破れた道中でも泰然としていた男が、度を失った。どっちにしても勝手を許してはならない、とあのとき龍造は言った。美仙楼の名を保つためにも、他の妓たちの希望を殺《あや》めぬためにも、小野菊を守るためにも。いろんな意味がそのひとことには宿っていたのだろう。

視線に気付いたのか、龍造が剣呑《けんのん》な目を向けてきた。定九郎は顔を背け、通りを眺める。

「おまえ、なぜ戻った」

低い声を聞いて、定九郎は龍造に向く。今日の昼間、出歩いていたことを問われたのかと思ったが、道中の日のことを言っているらしい。応えあぐねて黙した。あの日、逃げ出したはずの根津に戻った理由は、定九郎自身、今になってもよくわからないのだ。噺に促され、身体《からだ》が意思に逆らって動いたのだとしか、言いようがない。

首を振り、定九郎はうつむいた。龍造は、それ以上言を重ねることをしなかった。が、しばらくあって、ひとりごとのように呟いた。

「武士の忠誠ってヤツかえ」

定九郎は顔を上げる。龍造の横顔に皮肉な影は浮かんでおらず、単純に自分の中で結論づけたことが口をついて出てしまったといった様子だった。

「わっちゃ入間の百姓ですぜ。前からそう言ってたはずだ」

定九郎は苦しい笑いを浮かべて返す。口入屋《くちいれや》に話をつけたときから、百姓で通してい る。美仙楼にいる者が、定九郎の出自を知るはずもない。それに武士など、明治の世になって死に絶えた生業《なりわい》なのだ。西郷ですら朽ちた。定九郎の中に、武士であったことの証が残っていようはずもない。

龍造が、おもむろに立ち上がった。脇口に寄ると、有無を言わさず定九郎の手首をひねって、手の平を上に向けた。

「剣だこがある」

指し示されて、久方ぶりに己の手の平を見る。指の付け根に貼りついたあまたのたこが目に入った。竹刀を握らなくなってずいぶん経つのに、まだこんな名残があったのか。自分ですら気付かなかった剣だこを、龍造が見つけていたことに動じもした。

「鍬《くわ》でできたたこですよ」

定九郎はとっさに出任せを言う。

「毎日畑ぇ耕してたんで、まだとれねぇんだな」

龍造はそれを聞き流し、今度は定九郎の足下にしゃがんだ。

「ちょいと下駄ぁ脱いでみろ」

やにわに命じる。長らく履き続けて、すっかり古くなった下駄である。なんのつもりかと定九郎はためらったが、龍造に続けて命じられ、仕方なく言う通りにする。下駄には足の形に黒い染みがついていた。

「見ろ。左足のほうが大きい」

これまで気付かなかったが、確かに左の足型は右に比べて一目でわかるほど大きかった。

「若《わけ》ぇうちから刀ぁ差してた奴は、たいがいこうなる。腰のものは左に差す、どうしたって左足でふんばる癖がつく。幼い時分から差してりゃあ、身体が育つにつれて、左のほうがでかくなっちまうんだ」

自分の知らない、武士であった証だった。腰のものを取り去った日、歩くにも重心が狂って心許《こころもと》なかった感覚が甦《よみがえ》った。自分にも、こんな跡が残されていたのかと愕然《がくぜん》となる。すべてを奪われ、失ったはずの自分であるのに。

龍造は本番口へ戻って台に座った。通りの人気《ひとけ》はいつしかすっかり絶えている。

「生きていりゃあ、なんかしら跡が刻まれる。誰でもそうだ。だがどんな跡であれ、そっから逃げなきゃならねぇ謂《いわ》れはねぇんだ」

龍造は、雨に言い聞かせるようにして、言った。

奥から男衆が土間に降り、「龍造さん、御内証がお呼びです」と耳打ちする。龍造は頷《うなず》き、「ここぁしばらく任せるぜ」と定九郎に言い置いて、楼《なか》へと消えた。

定九郎はひとり脇口に残され、いっそう激しくなった雨をぼんやり眺めている。

喉が引きつって、息が苦しい。

自分がしゃくり上げているのだと気付いたときには、頬が温かなもので濡《ぬ》れていた。必死に息を殺すのに、嗚咽《おえつ》が漏れてしまう。剣だこだらけの手の平を眺め、強く握りしめた。拳に額を預けるようにして突っ伏し、定九郎は長い間、静かに肩を震わせていた。

十四

三年が過ぎた。定九郎は今なお美仙楼の門口に座っている。変わらず、立番《たちばん》として働いている。ただ今年に入って、ひとつ変化があった。見世《みせ》をつける儀式を、任されるようになったのだ。

一方で龍造は、近く妓夫《ぎゆう》をあがって、帳場や奥の仕事を取り仕切る役に就くことが決まっている。

いずれ御内証《ごないしょう》の跡を継ぐんじゃないかって噂だよ、そら御内証ぁお子がいないだろう、だからあの男に任せるお考えなんじゃないか、って。遣手《やりて》は定九郎に耳打ちし、嫌だねぇ、あんな陰険な男が見世ぇ取り仕切るなんてさ、と渋面を作った。この年増は、龍造の代になっても美仙楼に居続けるつもりらしい。でもさ、龍造が奥に引っ込むんなら今度こそあんた、妓夫に上がれるんじゃないかえ、と遣手は続ける。妓夫に上がったって立派にやっていけるってとこぉ、龍造に見せつけてやんな、そう言って定九郎の胸を叩《たた》いた。

巷《ちまた》では自由民権運動の狂騒が続いている。西南戦争での西郷軍敗北によって、下火になるかと思われた士族たちの新政府批判も、苛烈を極めていた。民権家の演説会には集会所のみならず、寄席や芝居小屋まであてられている。大勢の聴衆が集まり、野次を飛ばす者、暴れ出す者もあって大変な騒ぎとなるらしい。

〽一つとせ、人の上には人はなき、権利にかわりがないからは、この人じゃもの
二つとせ、二つとはない我が命、捨てても自由がないからは、この惜しみゃせぬ
三つとせ、民権自由の世の中に、まだ目のさめざる人がある、この哀れさよ
四つとせ、世の開けゆくその早さ、親が子供に教えられ、この気をつけよ

民権歌を歌いながら通りを闊歩《かっぽ》する男らを見るたびに定九郎は、未だはっきりとした正体を現さぬ「自由」に、歯がゆさとも諦念ともわからぬ感情を抱く。

――定九郎。わちきがここで縛られてるように見えたかえ。

ときどき小野菊の婉然《えんぜん》とした笑みが目の前をかすめる。『学問のすゝめ』にも民権書にも、答えは書かれていないのだ。自由を得る手立ては、おそらく別のところにある。

ポン太には、あれからもう一度だけ会った。

使いを頼まれて、本所南二葉町まで足を延ばしたときに偶然行き会ったのだ。奴は、何人かの男と一緒に歩いていた。集団の先頭には、若竹で見た圓朝の姿もあった。男らは、ポン太と同じく圓朝の弟子たちなのだろう。向こうが先に気付いて定九郎を呼び止め、圓朝に引き合わせた。

「お姫様《ひいさま》がいらした廓《くるわ》の門口に座ってらっしゃる方です」

まったく奇妙な紹介の仕方だった。が、圓朝は眉を開き、「ああ、あんたが」と声を躍らせたのだ。まるで噂にでも聞いていたような反応で、定九郎は訝《いぶか》しんだ。

「あんた、この男にすっかり担がれちまいましたな」

圓朝が言うと、「お師匠さん、勘弁してくださいよォ」とポン太が慌てて遮った。

「まあ、でもね、あたしらの仕事は別の世を見せることです。許してやってくださいよ。それにこいつは、あたしと違って人がいい。悪いようにはしていないはずですよ」

そう言って、軽く会釈をして立ち去った。弟子たちがあとに続く。

「これからね、柳島の橋本ェ行くんですよ。アタシたちが代わる代わる師匠の前で噺《はなし》をやるんですねィ。出来がいいとね、お師匠さん、ご自分の持ちものォ褒美《ほうび》にくれるんですよォ。弟子ん中にァね、菖蒲革《しょうぶがわ》の手提ェいただいた者もいるんです。紙入れだの煙管《キセル》だの、他にもね。気前がいいの。アタシァ、ずいぶん前にきれいな刺繍《ししゅう》の巾着いただいたきりだから、今日はなんとしても帯の一本くらいせしめないとねィ」

ポン太はひとしきり捲《まく》し立てると、慌てて弟子たちを追った。途中で振り返り、「お兄《あに》いさん、またいつか」と手を振った。定九郎は、釈然とせぬままひとり取り残され、一行を見送らねばならなかった。憮然《ぶぜん》とした顔をしていたのだろう、ポン太は何度となく振り向いては、甲高い笑い声をあげた。角を曲がるとき、大きく伸び上がってもう一度手を振った。

ポン太は、それからほどなくして死んだ。

根津の近くで圓朝の噺がかかるというのでちらりと小屋に立ち寄ったとき、定九郎はそのことを兄弟弟子の男から聞かされたのだった。

「あいつぁ鉄砲玉みてぇにあっちこっち出掛けちゃあ、ろくに帰ってこねぇことが多かったんですけどね、いつだったたっけな、急にあっしらにまとわりつきましてね、法衣をこしらえてくれろ、法衣をこしらえろと嫌にねだるんですよ。墨染の衣が欲しい、ってさ」

「墨染の……？」

定九郎は口中で繰り返す。

「おかしな奴でしょう？　『アタシァそのときに一番合った着物を着るんですよ』なんて言いやがってさ」

ポン太がよく口にしていた台詞《せりふ》だ。蚊帳《かや》の衣で現れたときも、奴はそんなふうに言っていたのだ。

「仕方がねぇからみんなで金を出しましてね、墨染の法衣をこしらえてやったんですよ。こっちはあいつより歳が下なのに、なんだって着物をこしらえてやらなきゃいけねぇんだ、ってみんな腹を立てながらもね。したら、それから十日くれぇ経《た》った頃だったかな、シュー ッと火が消えるみてぇに逝っちまったんですよ。眠るような穏やかな顔でね。芸はからきしだったけど、妙にいろんなことを見通しているような男だったから、自分の寿命も察したのかもしれませんよ」

定九郎は、ポン太のことを見世の者には言わなかった。奴の名を出したところで誰も覚えていないような気がしたからだ。小野菊が死んで、ポン太が張見世を覗きに来なくなっても奴を懐かしむ者はおらず、話題にする者さえいなかったのだ。

ポン太という男は、本当にいたのだろうか。あの男もまた、圓朝の作り出した幻なのではないか。もしくは自分のもとにだけ現れ出た分身か。春霞《はるがすみ》にけぶる八重垣丁通りを眺めていると、定九郎はとりとめもない思いに囚《とら》われるのだ。

昼見世が終わり、裏路地に回って井戸水を汲《く》む。どこからか民権歌が聞こえてくる。最近は茶屋での戯《ざ》れ歌《うた》ももっぱら民権だ。寄席まで民権集会に使われていると知ったら、ポン太はどんな思いを漏らすだろう。

寄席は静かにお噺ォ聴くところですよォ、嘘《うそ》からまことが出るんですからァ。

久しぶりに奴の面影を思い描きながら手桶《ておけ》に水を移したところで、ポン、と肩を叩かれた。ハッとして定九郎は振り返る。

立っていたのは、龍造だった。

「なにボーッとしてんだえ。さっきっから何度も呼んでんだ」

眉間に皺《しわ》を刻んで言う。

「使いを頼みてぇんだ。白山《はくさん》に田崎ってぇ家があるなぁ知ってんな」

定九郎は頷《うなず》く。根津遊廓《ゆうかく》を贔屓《ひいき》にしている官員で、政府の高官にも顔が利くと評判の男である。根津では大八幡楼の客だが、このところ楼主《ろうしゅ》の集まる会合で再々あがる名だという。

「中見世の意見をまとめた上申書だ。追って御内証が足ぃ運ぶが、その前に目ぇ通してくれるよう取り次ぎに出た者に伝えつくんな」

定九郎は、黙って龍造から封書を受け取り、懐に収めた。

根津遊廓移転の話が、今年になって新政府内で持ち上がっているのだ。大学校が遊廓に近い本富士町にもでき、風紀上よろしくないというのが理由である。見世の者たちは「向こうのほうがあとにできたんじゃねぇか。なんで先にあった廓《くるわ》がどかなきゃならねぇんだ」と腹を立て、大学校生の客を見込んで花魁《おいらん》の学校まで作った楼主たちは慌てふためいた。政府の移転計画をなんとか差し止めようと、楼主たちは手を尽くしているのだった。

「これで移転は、止められるんでしょうか」

定九郎は懐を叩いて言う。「さあな」と龍造は素っ気なく返した。

「このまま他の土地に移るようになったら、兄さんはどうなさるんで？」

龍造は、水の満ちた手桶を定九郎から奪う。

「どうもしねぇさ。今まで通り仕事をするだけだ」

早く行け、というふうに龍造は顎をしゃくった。定九郎はひとつ会釈して、裏路地を辿って白山に向かう。早足だったものが、小走りになり、気付くと大股で走っていた。走り続けても不思議と息は切れない。

頼まれた用事を済ませた帰り道、定九郎が谷中の寺に向かったのはまったくの思いつきだった。兄弟弟子の男から聞いた寺の名だけを頼りにうろつくと、さほど時もかからず坂の中腹に見つけることができた。

日暮れの墓地には人気《ひとけ》がない。敷地に隣り合わせた藪《やぶ》をねぐらにしているのか、烏《からす》の鳴き声が喧《かまびす》しかった。墓標を確かめながら、ゆっくり歩を進める。

ちょうど真ん中辺りまで来たとき、ひとつの墓の前に誰かしゃがんでいるのが目に入った。

女であるらしい。藤色に白い筋の入った着物が、薄闇に浮かび上がっている。一心に手を合わせていた。

定九郎は気配を殺し、女の後ろを通り過ぎる。真新しい墓である。墓標に目を遣《や》った。

ポン太信士之墓、と刻まれている。

足を止めた。下駄の下で、砂利が大きく鳴ってしまう。拝んでいた女が物音に気付いて振り返った。

定九郎は、目を瞠《みは》る。

女のほうはしかし、さして驚きも慌てもせず静かに立ち上がり、「あんたもお参りかえ。定九郎」と喉の奥で鈴を鳴らした。

「花魁。なんで、花魁がここに……」

「そんな、幽霊にでも会ったような顔をおしでないよ」

墓の間にすらりと立った小野菊だが、霊魂でも幻でもないようだった。あの、香が漂ってくる。しかし定九郎は確かに見たのだ。小野菊が川に飛び込んだのを。そうして妓《おんな》は二度と浮かんでこなかった。

「どうやって助かったんです。あの流れをどうやって」

「あたしは泳げないもの。水ん中なんざ、はなから飛び込みませんよ。ねぇ」

小野菊は、まるで相槌《あいづち》を求めるように墓に向かって首をひねった。

あのとき、橋桁に立った小野菊は後ろ姿だった。妓は定九郎の目の前で、しかしけっして振り向かぬまま川に身を投げたのだ。

「そうだ。あんたに返したいものがあるんだ。どっかで会えるんじゃないかとずっと持ち歩いてたんだよ」

小野菊は袂《たもと》から布の袋を取り出す。綾織《あやおり》に牡丹《ぼたん》の刺繍《ししゅう》がされているのを見て、定九郎は声を失った。かつてテラ銭をくすねては石垣の穴に貯《た》め込んでいた、その金を入れていた巾着である。

「中のお銭《あし》はさ、見世を出てから使わせていただいたんですよ。親兄弟の長屋に潜《ひそ》んで習い事をしていたものだから、その足しにね」

「習い事？」

もっと他に訊《き》くべきことがあるはずなのに、定九郎は気を呑《の》まれてつまらぬ鸚鵡返《おうむがえ》しをしてしまう。

「速記を習ったんですよ。前からちょいと興味があってさ。でも、まだ半人前。いずれ稼業にできればと思ってね」

「そっき」という言葉自体、定九郎には耳慣れぬものだった。

「速記ができればね、お噺だってそのまま写すことができるんですよ。直接聴かれない人にもね、伝えることができるんだ」

小野菊から手渡された巾着には、重みがあった。もとの通りに金を貯めて持ち歩いていたのだろう。

周りが奪えるもんなんて、巾着くらいなもんですよォ。

ポン太が得意げに言った顔が目の奥をよぎった。

定九郎は小さく笑って、巾着を女の手に戻す。

「これぁもともとわっちの金じゃあねぇんです。どうぞ、花魁が持っててくだせぇ。それにわっちにはもう、入り用のねぇ金だ」

小野菊は切れ長の奥二重をまっすぐ向けた。まるで定九郎の像を留めようとするかのように、見詰めていた。定九郎を、ではなく、美仙楼にいた頃の自分を、定九郎を通して見詰めているのかもしれなかった。

「だったらこれは、ありがたくいただいておくよ」

女は巾着を袂に戻し、静かに目をたわめた。

「だけどこの巾着、もとはあたしのものだったんだよ。あんた、これをどこで拾ったんだえ？」

「あ……化粧部屋です。落ちてたんで、つい」

小野菊は軽やかな笑い声をあげる。

「そうかえ。これもあたしが小さい時分に例の情人《いろ》からもらったもんでね、大事にしてたから、なくしてしょげてたんですよ。あんたが見つけてくれてよかったよ。捨てちまわないで、こうして残しておいてくれて」

華やかに笑って、小野菊は深々と一礼した。そうしてもう一度定九郎に笑いかけてから、きっぱり踵《きびす》を返し、遠ざかっていった。

定九郎は、おそらくもう二度と会うことのない女を見送った。その姿が見えなくなってから、墓の前にしゃがむ。

「くだらねぇ手妻《てづま》ぁ使いやがって」

墓石に呟《つぶや》いた。笑いが、勝手にこみ上げてくる。

「さて。そろそろ見世に戻らねぇと」

定九郎は勢いをつけて立ち上がった。

烏の鳴き声もやんでいる。夜が迫っていた。
二、三歩行ったところで背後に物音を聞いて、定九郎は振り返る。
向こうに見える藪の、闇に沈んだ木々の間に、なにか動くものがある。くくく、とさも可笑《おか》しそうな忍び笑いが聞こえてくる。墨染の法衣を着た坊主頭が、木の隙間から一瞬見えた。定九郎がとっさに声を掛けようとしたとき、それは、闇の奥へと消えて見えなくなった。

参考文献

『三遊亭円朝全集（1〜7巻）』（角川書店）
『三遊亭円朝集（明治文学全集第10巻）』（筑摩書房）
『落語特選（上・下）』麻生芳伸編（ちくま文庫）
『講談落語今昔譚』関根黙庵（平凡社）
『落語風俗帳』関山和夫（白水社）
『化政期落語本集』武藤禎夫校注（岩波文庫）
『遊女の文化史』佐伯順子（中公新書）
『江戸の遊里』志摩芳次郎（大陸書房）
『江戸の色里　遊女と廓の図誌』小野武雄編（展望社）
『遊女の知恵』中野栄三（雄山閣）
『たいこ持ち』桜川忠七（かのう書房）
『洲崎遊廓物語』岡崎柾男（青蛙房）
『品川宿遊里三代』秋谷勝三（青蛙房）
『明治東京風俗語事典』正岡容（ちくま学芸文庫）

『幻景の明治』前田愛（岩波現代文庫）
『明治の文化』色川大吉（岩波現代文庫）
『新聞が語る明治史』荒木昌保編（原書房）
『明治七年の大論争』牧原憲夫（日本経済評論社）
『民権と憲法』牧原憲夫（岩波新書）
『自由民権と現代』遠山茂樹（筑摩書房）
『学問のすゝめ』福沢諭吉（岩波文庫）
『岡本綺堂随筆集』千葉俊二編（岩波文庫）
『柳田國男全集23』（ちくま文庫）
『文京区史』文京区編
『不思議の町　根津』森まゆみ（ちくま文庫）
『音曲双書』演芸珍書刊行会編（巖南堂書店）
『白石和紙　紙布　紙衣』片倉信光（慶友社）

引用にあたっては、全体の統一感を得るため、語句や語順、言い回しや表記について若干の変更を加えて、文体を揃えています。

第144回直木賞受賞作

初出誌「青春と読書」二〇〇九年六月号～二〇一〇年六月号
この作品は二〇一〇年九月、集英社より刊行されました。

小村雪岱《春告鳥》
埼玉県立近代美術館寄託作品(個人蔵)

木内　昇の本

新選組　幕末の青嵐

身分をのりこえたい、剣を極めたい、世間から認められたい——土方歳三、近藤勇、沖田総司ら……。新選組隊士たちのそれぞれの思いとは。切なくもさわやかな新選組小説の最高傑作。

木内　昇の本

新選組裏表録《うらうえ》　地虫鳴く

走っても、走っても、どこにもたどりつけないのか——。華やかな新選組隊士がいる一方で名も無き隊士たちがいる。焦燥、挫折、失意を抱えながら、光を求めて走る男の生き様を描く。

集英社文庫

S 集英社文庫

漂砂《ひょうさ》のうたう

2013年11月25日　第1刷
2024年12月15日　第4刷

定価はカバーに表示してあります。

著　者　木内《きうち》　昇《のぼり》

発行者　樋口尚也

発行所　株式会社　集英社
東京都千代田区一ツ橋2-5-10　〒101-8050
電話　【編集部】03-3230-6095
　　　【読者係】03-3230-6080
　　　【販売部】03-3230-6393(書店専用)

印　刷　大日本印刷株式会社

製　本　大日本印刷株式会社

フォーマットデザイン　アリヤマデザインストア　　マークデザイン　居山浩二

ISBN978-4-08-745130-6 C0193